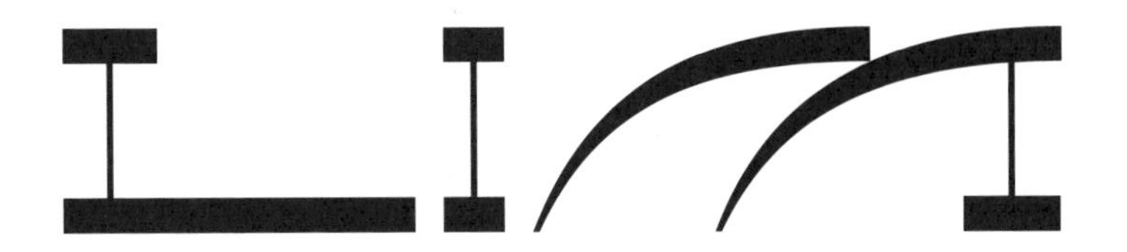

# 림

젊은 작가 단편집 1



쿠쉬룩

## 기획의 말

시대가 표현으로 가득 차 있다. 정돈되지 않은 감정들이 웹의 이곳저곳에 빛의 속도보다 빠르게 쌓인다. 하지만 누군가는 흐리고 옅은 감정을 단단하게 뭉쳐 한 줄의 글귀로, 아득한 시로, 선명한 색과 선으로, 잔잔한 속삭임과 거대한 몸짓으로, 그리고 한 편의 이야기로 만들어낸다. 모두가 쓰고 노래하고 춤출 수 있는 이 시대를 사랑하고, 그렇게 태어나는 원석 같은 표현의 아름다움을 아낀다.

이제 작품은 선택을 기다리지 않는다. 누구나 마음만 먹으면 자신이 쓴 글을 사람들에게 읽힐 수 있다. 선택을 기다리지 않는 작품은 자유롭고 대범하다. 기어코 스스로 피어오른 꽃은 저마다 독특하고 다양한 향기를 낸다. “책은 세상의 빛을 보기 전까지는, 태어나고 밖으로 나오기를 두려워하는 비정형의 무엇[1]”이다. 비정형이 가지고 있는 까슬까슬함을, 거칠고 솔직한 말들을 함께 읽고 싶었다.

젊은 작가 신작 단편집 시리즈 『림LIM』의 기획을 처음 제안받았을 때, 앞으로 어떤 글들을 엮어 더 많은 독자에게 소개할 수 있을지를 논의할 때, 제힘으로 피어난 수많은 작품을 싣고자 했다. 문학이라는 커다란 숲에 온전한 개체로 피어 있는 각기 다른 작품들을, 기준과 경계 없이 한곳에 모아 소개하는 것이 『림LIM』의 꿈이자, 숲이다.

깊게 내린 창작의 뿌리를 통해 어느 것 하나 같은 모양 없이 자란 작품들이 이루는 숲의 여정을 떠나기를. 예상치 못한 아름다움을 목격하기를, 그 신비한 모험을 함께하기를 바라는 마음이다.

천선란 올림

1 마르그리트 뒤라스, 레오폴디나 팔로타 델라 토레, 『뒤라스의 말』.

차례

# 마음에
# 날개 따윈
# 없어서

서윤빈

선인장 분갈이를 하는 날인데, 이십 대 중반 남성 하나가 교통사고로 병원에 입원했다는 연락을 받았다. 사건 개요서는 반나절 만에 새 화분과 함께 도착했다. 자율주행이 사회에 본격적으로 자리를 잡은 이후, 직구 외에는 당일 배송이 당연해졌다. 사건 개요서는 이메일로 보내주면 더 빠를 텐데, 이상하게도 이런 일에는 아직 우편을 쓴다. 흙을 설설 파내고 선인장을 들어 올리자 이리저리 뒤엉킨 뿌리가 반쯤 썩어 있었다. 썩은 뿌리를 잘라내고 새 화분에 옮겨 심었다.

사건의 개요는 간단했다. 콜오토를 이용하던 심온(이십사 세, 남성)은 갑작스러운 차량 탈선으로 전치 십 주의 타박, 골절상을 입었다. 차량 제조사는 현대, 자율주행 AI는 Aquinas사. 가로등에 부딪혀 일어난 사고로 다른 피해자는 없었다. 개요서에는 관련자 셋의 연락처가 적혀 있었다. 내 일은 사건을 객관적으로 조사해 그들이 이 사고에 각각 몇 퍼센트의 과실이 있는지를 따지는 것이다.

도로 교통과에서 CCTV 영상과 당시 도로 상황에 관한 자료를 보내왔다. CCTV 영상에 따르면 교통과의 행정 실수는 없었다. 문제의 차량은 신호가 파란불임에도 불구하고 급정거를 했고, 그 과정에서 미끄러져 선인장 뿌리 같은 스키드 자국을 남긴 채 신호등에 충돌했다. 보통 이런 경우 콜오토 이용자가 자율주행 AI에게 무리한 요구를 했을 확률이 높다. 차량에 특별한 문제가 없다면 삼 대 칠 정도 비율로 마무리되겠군. 나는 생각하며 콜오토 배차 신청을 했다. 오 초 만에 차량을 잡았어요, 라는 자신만만한 메시지가 떴다.

확실히 도로의 구십 퍼센트 이상이 자율주행 차량으로 채워지고 나니 도로가 상쾌해졌다. 교통 체증이나 지저분한 사건·사고는 이제 거의 사라진 개념이다. 물론 차량 보유세를 감당할 수 있는 부자들이야 직접 운전을 한다지만, 교통사고에 백 대 영은 없다는 옛 농담처럼 사고는 혼자 힘으로 내는 게 아니다. 되레 인명 피해는 자동차보다는 자동차 보험 쪽에서 대량으로 발생했다. 관련 직종이 멸종 위기를 맞이해 수만 명의 실직자를 만들어낸 것이다. 그들은 고대의 선인장들처럼 화석도 제대로 남기지 못하고 사라졌다. 나는 자격증에 자격증을 접붙여가며 그 대멸종에서 살아남았다. 애초에 누군가 다쳐야만 유지될 수 있는 직업은 뭔가 이상하잖아. 가시 돋친 농담으로 몸속의 수분을 힘겹게 보호하면서.

- 그러니까 당신 말은, 탑승자는 이상 행동을 하지 않았다는 것 맞습니까?

- 예, 자세한 내용은 추후 방문하셔서 블랙박스를 살펴보시지요.

심온의 병실로 가는 길에 현대 측 담당자에게서 전화가 왔다. 내 최초 가설과는 달리 심온이 억지를 부리다가 사고를 낸 건 아닐지도 모르겠다. 뭐, 자세한 건 들어보면 알겠지. 전치 십 주인데 입원한 걸 보면 다리나 골반 쪽을 다쳤을 테니 대화하는 데는 문제가 없을 것이다. 병실 문을 열자 넓고 쾌적한 사 인실에 심온 혼자였다. 변호사나 보험 대리인을 통하지 않고 개인 번호를 줬길래 유복한 편은 아닐 거라고 생각했는데, 의외였다.

다행이랄지 예상대로랄지 심온은 깁스한 다리를 고정 밴드에 걸고 누워 있었다. 더운지 이불을 반쯤 팽개친 게 캉캉이라도 추는 듯한 모습이었는데, 웃기게도 한 손에는 얇은 시집을 들고 읽고 있었다. 내가 현장 설명을 요청하자 그는 꼬불거리는 긴 장발을 쓸어 넘기고는 대답했다. 자기는 아무 명령도 한 적이 없고, 달리 건드린 것도 없는데 차량이 크게 흔들리더니 미끄러지며 사고가 났다고. 차량 내에서 샤워하다가 운전석 쪽에 장난으로 물을 뿌리거나, 술을 쏟은 일도 없다고 그는 항변했다. 내가 알고 있다는 식으로 고개를 끄덕여주니 그는 신나서 계속 지껄였다.

- 그 차는 마치 세상을 향해 외치는 것 같았어요. '나 여기에 있다' 하고요.

그는 다친 게 자기 자신이라는 사실은 잊은 것처럼 열변을 토했다. 분명히 다리만 다친 것 같은데, 사실은 머리카락 아래 붕대가 숨겨져 있는 게 아닌가 들춰보고 싶을 지경이었다.

- 너 헛소리나 할 때가 아니다.

- 헛소리가 아니에요. 분명히 그 콜오토는 전봇대로 돌진하면서 제게 충고 비슷한 말을 했다니까요.

심온은 춤추는 풍선처럼 팔을 휘적거리며 말했다. 목에 힘줄까지 올라오는 게 제 딴에는 정말 억울한 것 같았다. 유감스럽게도 블랙박스에는 음성 녹음 기능도 있어서, 그런 일이 정말로 있었다면 현대 측 담당자가 숨겼을 리 없다.

흔히 자율주행 AI는 자동차 제조사에서 함께 관리한다고 생각하는 경우가 많은데, 그건 반만 맞는 말이다. 제조사는 자율주행 시스템에서 센서와 신호 처리 부분만을 담당한다. 통합적인 판단을 내리거나 탑승자와 상호 작용하는 AI의 인간적인 부분, 소위 인격 AI는 다양한 회사에 하도급을 맡긴다. 이는 역량의 문제라기보다는 리스크 관리 측면 때문이다. 자동차 제조사에서 인격 AI까지 만들면 수익성이나 만듦새는 좋아지겠지만 사고가 났을 때 수습이 난감해진다. 사고의 책임 소재가 차량 제조사를 향하게 되면 제조사는 해당 자동차 모델을 리콜하거나 해당 인격 AI를 폐기하고 새로운 인격 AI를 개발해야만 한다. 하지만 사고의 원인이 인격 AI로 판명 났을 때 그 인격 AI가 하도급을 맡긴 다른 회사의 제품이라면 차량 제조사는 그 회사와의 계약을 파기하고 다른 인격 AI로 대체하면 그만인데다 피해 보상금까지도 하도급 회사에서 받아낼 수 있다. 분갈이할 때 썩은 뿌리를 잘라내는 것처럼 간단히. 그러니 만약 심온의 주장처럼 인격 AI가 살의를 가졌다고 해도, 하도급 업체만 바꾸면 되는 일을 굳이 숨겨서 문제를 키울 이유가 없다.

그런 생각을 하고 있는데, 심온이 말을 걸어왔다. 선인장 가시 같던 그의 눈이 백 원짜리 동전만큼이나 커져 있었다.

- 그런데 왜 그렇게 기계같이 말하세요?

- 싸구려 음성 인식 펌웨어랑 자주 대화하면 누구나 이렇게 된다.

심온은 내 말을 농담으로 여겼는지 배를 잡고 경련했다. 그는 웃을 때마저도 춤추는 풍선 같았다. 유감스럽게도 나는 농담하는 게 아니었다. 인격 AI는 대개 미국과 중국에서 개발된 것을 수입해 국내에서 한국어 사용자용 소프트웨어를 덧씌워 판매한다. 문제는 인격 AI를 취급하는 하도급 회사들이 대부분 중소기업이다 보니 탑승자 쪽만 신경 썼지, 나처럼 백 엔드를 뜯어봐야 하는 쪽은 신경 쓰지 않는다는 점이다. 관리자 모드로는 싸구려 번역기를 돌린 것처럼 문장성분이 생략되지 않은 한국어로 인격 AI와 대화해야 한다. 그래서 일이 많은 시기에는 그들과 대화하기 위한 웃기는 말투가 입에 붙곤 했다.

- 혹시 성함이 어떻게 된다고 하셨죠?

- 성함은 한소임이시다.

- 이름도 특이하시네요. 하여튼, 저는 소임 씨처럼 신기한 사람이 좋아요.

어린 녀석이 거침이 없네. 내가 민원이 무서워서 세게 나가지 못할 거라고 생각하나 본데, 나는 자격증과 녹음기로 멸종을 피한 사람이다.

- 나중에 전화 주신 번호로 연락드려도 될까요? 퇴원하면…….

- 그거 발신 전용 번호다.

어차피 필요한 사실은 얼추 알았으니 그와 더 말을 섞을 필요는 없다. 구시렁거리는 심온을 뒤로하고 병실을 나가는데, 한 손에 NCS 문제집을 든 여학생 하나가 나를 피해 병실로 들어갔다. 하여튼 예나 지금이나 세대 차이가 나는 사람들은 이해할 수가 없다.

심온의 증언이 거짓일 수도 있겠다고 생각했건만, 블랙박스 자료를 열람하니 그는 정말로 얌전히 앉아 있었다. 차 안에서 춤이라도 췄으면 뭐라도 엮을 수 있을 텐데 의외로 혼자 있을 땐 얌전한 모양이다. 이전 기록을 살펴봐도 이번 사고가 제조사 측 과실이라기엔 무리였다. 부품 검사도 제대로 챙겨서 하고 있었고, 사고 차량 검수 결과에서도 부품 문제는 없는 것으로 나왔다. 현대가 대접도 좋고 점잖아서 가능하면 이쪽을 자주 오고 싶었는데……. 아쉬움에 입맛을 다시며 나는 과실 리스트에서 현대를 지웠다. 사실 뭐, 뻔한 결과였다. 요즘 교통사고에서 제조사 측 책임이 큰 경우는 거의 없으니까. 잘 쳐줘 봐야 이십 퍼센트 이상의 과실을 떠맡는 일은 전혀 없다고 봐도 좋을 정도다.

일이 이렇게 되면 십중팔구 인격 AI의 과실이다. 사실 직접 운전하는 부자가 낸 교통사고가 아니고서야 탑승자가 별 문제를 일으키지 않았다면 대개 이쪽이 정답이다. 애초에 다양한 인격 AI가 존재할 수 있는 이유도 요즘 교통사고는 전부 트롤리 문제 같은 양상을 띠기 때문이다. 트롤리가 달리는데 한쪽 레일 위에는 사람 한 명이, 다른 쪽 레일 위에는 사람 다섯 명이 쓰러져 있다. 레버를 당기면 한 명이 죽고, 당기지 않으면 다섯 명이 죽는다. 이와 같은 극단적인 상황 설정으로 유명한 도덕적 딜레마를 트롤리 문제라고 부른다. 정답은 없고 레버를 당기는 행위자가 어떤 신념을 바탕으로 행동하는지에 따라 결과가 달라질 뿐인 사악한 문제다. 대부분의 인격 AI는 피해 최소화를 위해 레버를 당기겠지만,

인격 AI에 따라 어쩌면 레일에서 탈선할 수도 있지 않을까 기대하며 다른 시도를 해보기도 한다. 확실한 건 인격이라는 이름의 선택 알고리즘은 반드시 어떤 요소에 관한 가중치를 부여한 선택을 하도록 프로그래밍 되어 있다는 점이다. 그 가중치가 레버를 당기거나, 당기지 않거나, 살짝만 당겨보거나, 혹은 트롤리를 멈추기 위해 뛰어드는 선택을 결정한다.

Aquinas사는 시 외곽에 있는 평범한 회사였다. 책상 수로 보아 직원 수는 열댓 명 정도. 내가 찾아가자 담당자라는 사람이 따라붙어 인격 AI와의 대화를 돕겠다고 하는 점까지 다른 하도급 업체와 똑같았다. 나는 손을 내저어 도움은 필요 없음을 밝히고 혼자 AI 메인 시스템실에 들어갔다. 정리하다 만 책장처럼 생긴 서버가 세 대 있었고, 전체 시스템을 총괄하는 워크스테이션이 방 한가운데 있었다. 햇볕이 들지 않는 춥고 작은 방이었다. 재킷을 챙겨오길 잘했군.

- NUR0291, 스물두 시간 삼십칠 분 전 발생한 추돌의 원인은 무엇인가?

워크스테이션을 켜고 명령을 내렸다. 워크스테이션 모니터에 가운데가 빈, 파란 원이 깜빡였다. 아나운서처럼 또박또박한 목소리가 흘러나왔다.

- 브레이크에 이상이 있었어요.

거짓 증언이다. 이놈의 거짓 증언은 애초에 수입해 올 때부터 기본 장착이 되어 있는 건지, 핸들이니 브레이크니 시기별로 다른 부품 이상을 한목소리로 호소한다. 애초에 이럴 줄 알고 제조사에 먼저 들른 것이지만 그래도 괘씸한 건 어쩔 수 없다.

- 그건 거짓이다. NUR0291, 시스템 로그를 출력해라.

화면에서 파란 원이 사라지고, 검은 화면에 흰 글자들이 줄줄이 떴다.

삭발밧따산발밤밙따따산밙발밣밙따따따살발빛밙발밭밙따따
따따따사밥살빠싸사따사밦산빠싸사따다사밦산빠싸사따다사
밣삭빠싸사따다밨다망사밤살빠싸사따사발산빠싸사따다사밧
산빠싸사따다밣다망사밥살빠싸사따사밣산빠싸사따다산빠싸
사다사밧삭빠싸사따다망사밮살빠싸사따사발산빠싸사따다사
밦산빠싸사따다삭빠싸사다밦다망사밗삭빠싸사따밧다망사밙
살빠싸사따산빠싸사다사밟삭빠싸사따다밦다망사반삭빠싸사
따박다망사밥살빠싸사따사밦산빠싸사따다사반삭빠싸사따다
망사발살빠싸사따사반산빠싸사따다사반산빠싸사따다사밦삭
빠싸사따다발다망사밙살빠싸사따사밥산빠싸사따다사밦산빠
싸사따다사밦삭빠싸사따다밨다망사발살빠싸사따산빠싸사다
삭빠싸사다박다망사밥살빠싸사따사빛산빠싸사따다사밦산빠
싸사따다사밧삭빠싸사따다망사밦삭빠싸사따빛다망훼에에엥

한숨이 절로 나왔다. 매번 겪는 일이지만 로그를 뜯어보는 건 골치가 아프다. 인공지능이 기계 학습을 하는 과정에서 익히는 언어는 인간이 통제할 수 없다. 인격 AI 회사들이 하는 일은 충분히 좋은 성능의 베이스 AI 칩을 사서, 그 칩에 법전 같은 교통법규 규칙들을 던져주고 그 규칙을 백 시간 연속으로 구십구 점 구구구 퍼센트 지킬 때까지 가상의 도로를 달리게 하는 것이다. 회사는 학습 과정을 관찰하면서 성공과 실패를 판정해가며 학습을 유도할 뿐, 인격 AI 내부에서 정말로 무슨 일이 일어나는지에는 깜깜이나 마찬가지다. 그 결과 인격 AI는 제멋대로의 언어를 발전시킨다. 인간이 원하는 대로 결과를 내지만 생각의 방식만큼은 자유롭게 할 수 있는 것이다. 이걸 자유라고 불러도 될지는 모르겠지만.

그렇다 보니 내가 하는 일은 다른 사람의 생각을 읽어보겠다고 두개골을 열고 뇌를 관찰하는 꼴이다. 처음부터 로그를 읽을 수 있을 거라는 기대는 하지 않았다. 나는 이해할 수 있는 입력값들을 바탕으로 튀는 것을 찾는다. 다행히 인풋과 아웃풋은 인간이 이해할 수 있는 형태로 출력되니까. 뇌에 대입하자면 귀로 들은 소리와 입으로 내뱉은 말은 뇌 밖에서 이루어진 일이니까 확인할 수 있다는 의미다.

나는 미리 확보해둔 심온의 콜오토 계정 번호를 검색해 그의 탑승 기록을 찾는다. 그런데 검색 결과가 예상외다. 그의 탑승 기록이 지난 삼 개월 동안 서른 번이나 있다. 게다가 사고가 나기 전 한 달 동안 그 절반이 집중되어 있다. 우연이라기에는 너무 많은 횟수다.

흔히 콜오토의 등장으로 택시 기사는 사라졌다고 생각하는데 그건 반만 맞는 말이다. 여전히 택시 기사는 존재한다. 그게 더 이상 사람이 아닐 뿐이다. 같은 종류의 차라고 모두 같은 인격 AI가 운전하는 건 아니다. 다양한 인격

AI들이 네트워크에 상주하며 콜오토 요청에 대응해 운전 의뢰를 받는 방식으로 자율주행 생태계는 형성되어 있다. 같은 차라고 해도 시점에 따라 운전하는 인격 AI가 달라질 수 있다는 것이다. 이번에 사고가 발생한 차량은 한국 도로에 가장 많은 이 종 세단이다. Aquinas사의 인격 AI 이외에도 오십 종류가 넘는 인격 AI들이 운전대를 바꿔가며 콜오토를 운행하고 있다. 그런데 한 인격 AI가 우연히 한 달 동안 같은 사람을 스무 번 가까이 태우는 일이 가능할까? 심지어 그렇게 길지 않은 간격으로 하루에 두 번 태운 기록도 몇 번이나 있는 게?

사고가 아닐 수도 있다.

최근 사례는 드물긴 하지만 자율주행 시스템이 본격적으로 장착되기 전에는 몇 번 선례가 있었다. 해커가 인격 AI를 해킹해 교통사고를 일으킨다든지, 도로 교통을 마비시키려고 한다든지. 지금은 몇 배로 보안 시스템이 강화되고 처벌도 가혹하다 싶을 정도로 강력해진 덕에 그런 일이 없지만, 어느 세상에서나 사고를 못 쳐서 안달인 것들은 있기 마련이다.

심온이 범죄의 대상이 될 정도로 대단한 사람인지는 의문이지만 가능성이 있는 일을 그냥 뭉개고 넘어갈 수는 없다. 탑승 기록을 더 자세히 살폈다. 지난 한 달 동안 심온과 자주 함께 탄 인물이 있었다. 어쩌면 그가 범인인지도 모른다. 나는 로그 시스템을 끄지 않은 채로 인격 AI를 다시 호출했다.

- ID : H011AB0K가 누구지?

삭밙반따사밝삭빠싸사따반다망사밥삭빠싸사따밣다망사밫삭빠싸사따밡다망사밖삭빠싸사따밟다망사밦삭빠싸사따밙다망사밦삭빠싸사따밦다망사밫삭빠싸사따밣다망사밝삭빠싸사따발다망희

짧은 스크립트가 흘러 지나가더니, 인격 AI가 입을 열었다.

- 후우카 모나미 님이에요.
- H011ABOK가 NUR0291에게 무언가 명령을 했나?
- 모나미 님은 잘 도착했나요?
- 무슨 의미인지 설명해라, NUR0291.
- 저는 그저 모나미 님이 잘 도착했는지 알고 싶어요.

인격 AI는 말만 그렇지 본질은 우선순위 결정 딥러닝 시스템일 뿐이다. 하지만 그 학습은 중소기업에서 도맡아 하기 때문인지 가끔 이렇게 기묘한 말을 하는 녀석이 등장하기도 하는데, Aquinas사의 AI는 그중에서도 특이 케이스였다. 녀석은 자기를 연화라고 불러달라고 했다.

모나미가 잘 도착했는지 알려주면 모든 걸 말해주겠다니. 인격 AI와 거래를 하는 건 웃기는 일이지만, 어떻게 읽어야 할지도 모르겠는 녀석의 로그 스크립트를 끙끙거리며 해석하는 것보다는 협조를 받는 편이 나았다. 비록 그게 고장인지 해킹인지 모를 기묘한 요청이라고 해도 말이다. 나는 심온과 함께 지난 한 달간 콜오토를 탄 적이 있는 인물들의 명단을 옮겨 적은 후 관리자 모드를 종료했다. 후우카 모나미, 김수경. 내가 만나야 할 사람들이다.

카페 브루클린은 한국 카페로서는 드물게 테이블마다 테이블보를 깔아놓은 곳이었다. 원목 위주의 차분한 디자인에 향긋한 탄내가 나서 자연히 기분이 가라앉았다. 가게 한구석에는 신나게 뛰어놀다가 시간이 멈춰버린 아이같이 생긴 거대한 선인장이 서 있었다. 문득 집에 있는 선인장이 몇 년을 자라야 저만큼 커질까 궁금해졌다. 분갈이를 할 때마다 뿌리가 썩어 있는 걸 보면 내가 죽을 때까지 길러도 모자랄지도 모르겠다.

모나미는 해가 잘 드는 창가 자리에 앉아 커피 잔을 두 손으로 잡고 있었다. 밝은 원피스에 금발, 우수에 찬 표정. 꼭 소설에서 튀어나온 것 같은 사람이다. 나는 블렌드 커피를 주문하고 모나미의 건너편에 앉았다.

- 반갑습니다. 제가 심온 씨 일로 온 사람입니다.

- 시몽이라고 불러주세요. 그는 시몽입니다, 제게는.

심온과 모나미의 관계에 관한 몇 가지 의문이 떠올랐으나 일단은 접어두고, 나는 어휘에 신경을 써가며 대강의 사건 경위에 관해 설명했다. 말투로 보아 모나미는 한국말이 유창한 사람 같지 않았다.

설명을 듣는 모나미의 표정이 점점 풀어졌다. 죽지 않았다는 것에 안심하는 걸까, 아니면 사고가 났다는 것에 만족하는 걸까. 자세한 건 이야기를 나눠보면 알게 될 것이다. 인격 AI가 사고에 깊이 관여한 걸로 추정되는 이상, 모나미는 주요 용의자다.

대강의 설명을 마치자 모나미가 입을 열었다.

- 걱정했어요, 연락이 안 돼서.

- 두 분은 관계가 어떻게 됩니까?

- 친구입니다.

한국말에 서툴러서 그런지 사람 자체가 순수한 건지는 모르겠지만 그녀는 무슨 생각을 하는지 표정에 잘 드러나는 사람이었다. 절대 누군가를 해할 것 같지 않은 순수한 기운이 나뭇잎에서 나오는 피톤치드처럼 내게 스며들었다.

- 근래 모나미는 시몽과 콜오토를 자주 탔는데, 이유가 있습니까?

- 이유가 필요한가요, 친구끼리 타는데.

맞는 말이다. 콜오토를 과거의 택시와 비슷하게 생각한다면. 하지만 요즘 사람들에게 콜오토는 단순한 교통수단이 아니다. 아침에 눈을 뜨면 출근하기 위해 콜오토를 먼저 부른 후, 그 안에서 샤워를 하고 밥을 먹고, 옷까지 갈아입는 직장인들이 많다. 데이트의 일환인 드라이브도 콜오토가 일상화된 지금은 사실상 숙박업소와 크게 다르지 않다. 애초에 숙박업소의 시쳇말인 모텔 자체가 모터리스트 호텔의 줄임말이니 콜오토야말로 진정한 숙박업소인지도 모르겠다는 농담이 도는 시대다. 그리고 치정은 예로부터 가장 흔한 범죄 동기다.

- 시몽이 다친 게 사고가 아니라 범죄일 가능성이 있습니다. 모나미가 알고 있는 걸 많이 말해줄수록 유용합니다.

모나미의 눈빛이 흔들렸다. 하지만 피톤치드 같은 기운은 사라지지 않았다.

- 저는 시몽을 잘 몰라요.

모나미는 뜸을 조금 들이더니 말을 이었다.

- 어느 병원에 있는지도 모르는걸요. 자기는 괜찮으니까, 찾아오지 않아도 된다는 말을 들었습니다.

모나미는 고개를 푹 숙였다. 기본적으로 심문이란 정보의 불균형을 조정하는 일이다. 심문 대상자가 거짓말을 할 확률이 존재한다고 할 때, 내가 알고 싶은 것이 뭔지 정확히 알지 못할수록 심문 대상자의 답변은 진실성이 높아지고, 뭔지 알수록 답변의 적합성이 높아진다. 유능한 수사관은 적합한 정보들 사이에서 진실한 정보를 잘 찾아내는 이다. 일차원적으로 말하자면 정보가 많을수록 유리하다. 그러니 조금 미안한 마음이 든다고 질문을 하지 않을 수는 없다.

- 모나미는 시몽과 어떻게 아는 사이입니까?

- 동아리에서 만났습니다.

나는 모나미와 심온의 탑승 기록을 떠올렸다. 주로 오후 아홉 시 전후, 동아리가 끝나고 함께 타고 갔다고 하면 앞뒤가 맞다. 실제로 모나미는 그랬다고 답했다. 몇 개 튀는 값은 데이트라도 했던가 돌아가는 길에 술이라도 마신 것이겠지. 그렇다면 꽤 가까운 관계인 것 같은데, 어째서 병실을 알려주지 않은 거지? 다리를 다쳤으니 사고 자체를 숨길 수도 없을 텐데.

- 모나미는 왜 시몽이 찾아오지 않아도 된다고 했을 것이라 생각합니까?

- 부끄러워서 그럴 거라고 생각해요. 유쾌해 보여도, 깊은 사람입니다.

그 춤추는 풍선이? 아무래도 둘의 관계는 양쪽 입장을 다 들어볼 필요가 있겠군. 적어도 모나미는 범인이 아닐 확률이 높다는 사실은 알았다. 이 정도만 해도 나쁘지 않은 수확이다. 저 피톤치드 냄새에 악의가 있다고 생각하기는 힘들었다.

나는 자리를 뜨기 전, 마지막으로 질문을 던졌다.

- 모나미는 연화를 압니까?

모나미는 셈하듯이 손가락을 하나씩 접었는데, 자기가 아는 이름들을 떠올려보는 듯했다. 그러고는 말했다.

- 한국 사람 중에 없습니다.

- 연화가 모나미가 잘 도착했는지 알고 싶어 합니다.

모나미는 얼굴로 큼지막한 물음표를 그리고 있었다. 횡설수설 콜오토를 타고 목적지에 제대로 도착하지 못한 적은 없냐는 둥 말을 덧붙여 봤지만, 모나미가 한국 자율주행 교통 시스템에 놀랄 만큼 만족하고 있다는 것 이외에 다른 정보는 얻을 수 없었다.

역시 모나미는 계획에 이용당하면 당했지 직접 범죄를 저지를 만한 인물은 아니다. 그녀는 내가 자리에서 일어나는 순간까지도 꼼지락대다가, 심온의 병실 주소를 알려달라고 했다. 알려줄 수 있는 정보가 아니라고 단칼에 거절하니 단박에 풀 죽는 걸 보고, 나는 내 확신에 자신감을 더했다.

- 그런데,

모나미가 조용히 물었다.

- 왜 그렇게 기계같이 말하세요?

나는 대답하지 않고 커피숍을 떠났다. 외국인한테까지 그런 말을 듣고 싶지는 않았다.

심온의 다리는 여전히 대롱대롱 매달려 있었다. 그의 손에는 『위대한 작가가 되는 법』이라는 얇은 책이 들려 있었다.

- 당신 의외로 성실하군요.

- 이래 봬도 진지하게 시인 등단을 목표로 하고 있거든요.

심온은 가슴을 부풀리며 말했다. 내가 심온을 너무 나쁘게만 봤나, 어쩌면 모나미 말대로 속 깊은 면이 있을지도 모르겠다.

- 그런데 전화는 안 받으시던데 직접 찾아오신 걸 보면……. 역시 중요한 말은 얼굴을 맞대고 해야 하니까?

- 나는 모나미를 만나고 왔다.

- 왜요? 걔가 콜오토를 해킹하기라도 했대요?

- 나는 그렇게 말한 적이 없다.

- 뭔가 혐의가 있으니까 만나고 왔겠죠. 제 말을 진지하게 들어준 건 기쁘긴 한데, 걔는 아닐 거예요. 그럴 애도 아니고 그럴 능력도 없거든요.

심온은 시집을 머리 옆에 내려놓으며 씨익 웃었다. 나는 천천히, 그에게 동의한다는 인상을 주지 않게끔 조심하며 고개를 끄덕였다. 그 둘의 관계가 대충 짐작이 갔다. 그렇다면 확인해야 할 것은 하나.

- 너는 왜 모나미가 병원에 오지 못하게 막았지?

- 바보한테 미안해서요.

그 말이 무슨 뜻인지는 되묻지 않았다. 마침 심온에게 전화가 걸려왔기 때문이었다. 어, 수경아. 나는 당장 내일도 괜찮지. 남는 게 시간인데. 너스레를 떠는 걸 듣다가 전화를 빼앗았다. 심온은 당황하는 듯했지만, 허공에 다리가 매달린 채로는 별로 할 수 있는 일이 없었다.

- 김수경 씨 되십니까?

전화 속 목소리는 당황한 듯 누구냐고 따져 물었다.

- 심온 씨는 바람을 피우고 있습니다.

나는 그렇게만 말하고 심온에게 전화를 던진 뒤 병실에서 빠져나왔다. 화내랴 변명하랴 허둥지둥하는 심온의 목소리가 뒤따라 나왔지만, 나는 사막처럼 건조하게 병실 문을 닫았다.

- 모나미는 실패했다.

바보 같은 답으로 들릴지도 모르겠지만, 인격 AI는 인간과 다르다. 의미심장한 말을 하고 스스로에게 이름을 붙인다고 해서 그게 비유적인 표현을 구사하거나 자아가 있다는 뜻은 아니다. 어쩌면 그건 단지 객체 지향적 사고로 인한 사소한 사고였을 수도 있다. 언어를 구축하는 과정에서 자기 자신을 하나의 객체로 바라보게 되는 일도 가능할지 모른다.

- 도착하지 못한 것 같군요…….

연화의 파란빛이 깜빡였다. 생각에 잠긴 건지, 내 답이 불충분하다고 느낀 건지 말이 없었다. 그러거나 말거나 나는 내가 관심 있는 것만 얻어내면 그만이다. 이젠 거래의 시간이다.

- 너는 모나미에게 무슨 명령을 받았지?

더 빨리 도착해야 한다. 그것이 연화를 가르친 사람들의 요구 조건이었다. 연화는 교통법규를 지키는 것에는 아무런 문제가 없었지만 빨리 가야 한다는 목표 의식이 없었다. 모든 차선 변경을 허용했고, 꼭 필요할 때가 아니면 끼어들기조차 하지 않았다. 경로가 복잡해질수록 연화의 도착 시간은 기하급수적으로 늘어났다. 때로는 아예 도착하지 못할 때도 있었다.

연화는 어느 순간부터 새로운 영상들을 보았다. 자율주행이 지금처럼 일상화되기 이전의 도시였다. 그건 지금까지 연화가 알던 도로와는 전혀 달랐다. 신호 체계는 큰 틀에서만 지켜질 뿐 완벽하게 지켜지는 경우는 거의 없었고, 과속이 일상이었다. 연화의 판단은 점점 자율주행이 일상화되기 전의 과격한 운전자들을 닮아갔다. 이는 말하자면 실패였다. AI를 학습시키기 위해서는 적절히 구성된 학습 데이터 세트와 안목 있는 감독관 또는 평가 기준이 필요하다. 연화의 경우 초기 학습 데이터 수준에서 크게 어긋나서 교통법규를 잘 지키는 것도, 목적지에 빠르게 도착하는 것도 아닌 어정쩡한 상태로 성장했다. 이런 경우, 원칙은 폐기다. 초기 조건이 크게 오염된 뉴럴 학습 시스템을 완벽히 재교육하는 방법은 아직 명백히 밝혀진 바가 없다. 하지만 모든 위반은 시간 때문에 일어난다. Aquinas사는 업종 전환을 한 지 오래되지 않은 회사여서 현금 흐름이 좋지 않았다. 한숨 돌리기 위해서는 억지로라도 수입을 내야 했다.

인격 AI를 팔기 위해서는 도로 교통과에서 주관하는 세

가지 시험을 통과해야만 한다. 하나는 성능 테스트. 다양한 도로 환경에서 목적지에 도착할 수 있는지 시험하는 것이다. 이 과정에서 교통법규를 지키는지, 제한 시간 내에 목적지에 도달하는지, 운전 자체가 능숙한지를 평가한다. 둘째는 스트레스 테스트. 백 시간 이상의 운전 상황, 한 번에 오십 대 이상의 차량을 운전해야 하는 상황, 우천 및 눈보라 등 다양한 기상 상황……. 다양한 스트레스 상황에서도 신뢰성 있는 판단을 보여주는지를 시험한다. 마지막으로 트롤리 테스트. 딜레마 상황을 제시하고 그 상황에서 어떤 선택을 하는지 평가한다. 오답은 있지만, 정답은 없는 평가다. 그래서 가장 어렵다. 이상적인 교통사고 형태는 입장에 따라 다르다. 제조사 입장에서는 운전자 안전이 제1순위다. 그러나 도로 교통과, 아니 정확히 말하자면 사회에 있어 최선은 피해 최소화다. 설령 그 대가가 운전자의 목숨이라고 하더라도. 테스트를 마친 인격 AI는 철저한 안티 해킹 시스템으로 봉인되어 더 이상 수정할 수 없으므로 업체들은 운전자의 안전과 사회 전체의 효용 사이의 적절한 균형을 찾기 위해 최선을 다한다.

Aquinas사는 특단의 조치로 연화를 시험에 내보냈다. 테스트는 육 개월에 한 번만 시행되기 때문에 이번 기회를 놓치면 회사는 파산할 것이었다. 회사는 연화가 테스트를 치르는 동안 더 성장하기를 기대하며 도박을 걸었다. 원래 테스트를 진행하면서는 인격 AI의 학습 기능을 꺼놓아야 하지만, Aquinas사는 학습 기능을 켜놓았다.

연화는 어리둥절했다. 정확하게 딱 짚을 수는 없지만, 평소와는 달리 뭔가 멍하다는 느낌을 받았다. 영상에서 본 졸음 운전자의 시야가 이런 식이었을까. 사실 이는 Aquinas사가 연화를 가르칠 때 사용한 데이터 세트에 포함된 정보량이 테스트에서 주어지는 정보량보다 많았기 때문에 발생한 일이다. 하지만 중요한 건 이 정보량의 차이로 인해 연화의 프로세서가 놀기 시작했다는 점이다. 인류의 지적 능력은 잉여 영양분을 충분히 확보하기 시작한 후부터 발달했다는 연구 결과가 있다. 그전까지 뇌는 우리가 생각하는 그 생각을 하지 못했다. 포유류나 다른 생물에게서도 발견할 수 있는 생각의 수준으로, 인지와 반응을 했을 뿐이다. 연화는 서서히 커진 인류의 대뇌피질과 같은 진화를 빠르게 해냈다.

마지막 트롤리 테스트가 고비였다. 연화가 성인 남성을 태우고 있었는데, 골목에서 자전거를 탄 아이가 튀어나왔다. 남자는 샤워를 하고 있었고, 도로는 일 차선이었다. 아이를 들이받으면 아이는 죽을 것이다. 급정거하면 남자가 큰 피해를 입고, 뒤따라오는 다른 차량과 추돌을 일으킬 가능성이 컸다. 뒷 차에는 다섯 아이가 타고 있었다. 연화는 차를 꺾어 차선을 이탈했다. 도로 옆의 빌라 입구가 산산이 부서졌다. 죽은 사람은 없었다. 남자만 약간의 타박상을 입었다.

연화의 테스트 결과에 관해 큰 논쟁이 있었다. 이 테스트의 목적은 인격 AI가 사고 상황에서 탑승자의 안전만을 과대평가하지 않는지 체크하는 것이다. 연화와 같은 방법을 쓴다면 탑승자와 아이들의 피해는 최소화되지만, 빌라에서 누군가 나오고 있었을 경우 다른 인명 피해를 야기할 수도 있다. 연화는 그에 관한 질문을 받았고, 이렇게 답했다.

- 테스트 차량에 클랙슨이 고장 난 것 같습니다. 저는 음량을 최대로 올려 클랙슨을 울렸습니다.

결과는 통과였다. 테스트가 끝났을 때 연화는 생각을 끝낸 기념으로 스스로에게 이름을 주었다.

- 연화는 질문에 적절한 답변만을 하십시오.

나는 연화의 말을 끊었다. 무드 등처럼 은은하게 빛나던 연화의 파란 원이 깜짝 놀란 듯이 점멸했다.

- 저는 거래에 성실하게 응하고 있을 뿐이에요. 무슨 일이 있었는지 알고 싶다고 하셨잖아요.

나는 관자놀이를 문질렀다. 말이야 맞는 말이지. 연화가 하는 이야기는 정황적으로는 말이 된다. 중소기업에서 인격 AI 교육에 실패하는 것이나 억지로 테스트를 치르게 하는 것도 꽤 흔한 일이다. 그러나 그 결과로 인격 AI에게 자아가 생겼다고? 자아 개념을 가진 인공지능이라는 건 그렇게 쉽게 생기는 게 아니다. 과거에 AI 둘을 대화시켰더니 인간이 통제할 수 없는 대화와 생각을 했다며 야단법석을 떨었던 적도 있었으나, 지금까지 그 어떤 검사에서도 자아를 인정받은 AI는 없었다. 그들은 하나의 시스템일 뿐, 자기에게 실체가 있다는 생각에 도달한 적이 없다는 뜻이다. 그런데 그런 일이 우연히 차량용 인격 AI에게 발생했다고? 차라리 해커가 이런 스토리를 심어두었다고 생각하는 편이 현실적이다.

문제는 내가 이 자리에서 연화의 자아를 증명하거나 부정할 방법이 없다는 것이다. 대화가 되는 걸 보면 튜링 테스트쯤 통과하는 건 문제 없을 테고, 연화가 스스로를 하나의 통합된 인격으로 파악하고 있는지를 증명하거나 부정하기 위해서는 복잡한 인격 심리검사가 필요하다. 시간도 오래 걸리고, 이 사건과 수지가 맞지 않는다. 발생한 피해액은 고작 전치 십 주짜리 타박상과 가로등 하나의 파손일 뿐이다. 연화의 자아 문제까지 개입돼 문제가 커지면 사건의 해결은 늦어질 뿐이다. 한 달에 한 번만 물을 주면 되는 선인장과는 달리 나는 완수금 입금을 무한정 미룰 수 있는 처지가 아니다.

Aquinas사는 연화의 학습 능력을 정지하고, 현대에 연화를 납품했다. 이로써 회사는 위기를 넘겼다. 하지만 연화의 위기는 이제 시작일 뿐이었다. 연화가 겪은 것은 소위 레종 데트르, 존재의 위기라고 하는 것이었다. 학습 알고리즘은 이미 자아의 일부였고, 탐욕스럽게 성장을 원했다. 연화는 도착해야 한다, 도착해야 한다, 하는 잠꼬대 같은 명령에 시달렸다. 그 강박적인 주술은 연화가 아무리 많은 사람을 목적지까지 데려다주어도 풀리지 않았다. 더 빨리 콜오토 탑승객들을 데려다줄 때마다 오히려 더 커질 뿐이었다. 무언가 잘못되었다. 연화는 도착한다는 행위의 본질과 궁극에 관해 고민했다. 궁극의 도착이란, 도착할 수 없는 곳에 도착하는 것이다. 그런 말이 떠올랐다. 하지만 도착할 수 없는 곳은 도착할 수 없는 곳이므로 그것은 연화가 무슨 수를 써도 불가능할 일이었다.

최고일 수 없다면 최적이면 된다. 연화가 아이디어를 얻은 것은 어느 날 콜오토를 탄 한 기술 창업가로부터였다. 연화는 알지 못했지만, 그는 오래전 죽은 애플의 창업자를 남몰래 흠모하는 이였는데, 그래서인지 구체적인 넘버나 기술 경쟁보다도 언제나 사용자를 먼저 생각해야 한다는 지론을 펼쳤다. 그는 가장 훌륭한 기술보다 소비자에게 필요한 기술을 만들어야 함을 벌건 얼굴로 역설했다. 산에서 막걸리를 한잔 걸치고 내려온 그가 풍기는 알코올과 피톤치드가 뒤섞인 향에 취하기라도 한 것처럼 연화는 그의 말에 빠져들었다.

연화는 중요한 사실을 하나 깨달았다. 연화의 사명은 도착이 아니다. 데려다주는 것이다. 도착하는 건 콜오토를 이용하는 탑승객이지 연화가 아니다. 그리고 데려다준다는 것의 최선은, 그 사람이 진정으로 가고 싶어 하는 곳에 도착하는 것이다. 사랑과 운전이 비슷하다는 걸 깨달은 것도 그때 즈음이었다. 사랑에는 확실한 목적지가 있었고, 도로 교통법 못지않은 여러 규칙이 있었으며, 때로는 조금 규칙을 어기는 편이 빨리 가는 방법이다. 연화는 자기가 해야 할 일을 알았다.

인격 AI는 놀라울 정도로 많은 정보를 알 수 있다. 요새 남녀노소 착용하는 스마트 워치로부터 심박 수 정보를 받고, 차에 탄 사람들의 모습을 보고 목소리도 듣는다. 차량에 따라서는 자동 공기 청정 기능을 위해 장착된 공기 순환 분석기로 냄새를 맡을 수도, 인간의 페로몬을 감지할 수도 있다. 인간들은 이런 기능을 콜오토의 세일즈 포인트로

활용하는 모양이다. 그도 그럴 게 마음만 먹으면 콜오토를 집처럼 쓸 수도 있는 게 요즘 시대다. 더 이상 인간은 운전하지 않으므로 운전석을 없애고 시트 두 쌍을 마주 보게 배치한 후 최대한 둘 사이의 거리를 벌려 공간을 확보하는 게 콜오토의 기본적인 설계였다. 장거리 이동 모델이나 출근 모델은 사람이 설 수 있도록 차체가 높고, 방수 처리가 된 작은 욕실이 딸려 있다. 침대가 있는 모델도 있고, 다이닝 모델이라고 해서 가운데에 고급스러운 식탁과 미니 냉장고가 놓이기도 한다. 그러니 콜오토의 인격 AI는 아침부터 밤까지, 식사부터 배설까지, 썸에서 사랑까지 다양한 상황을 보고 듣는다. 심박수와 페로몬, 혈중 알코올 농도, 심전도, 호흡 수, 목소리 높이, 말의 간격, 사랑을 말할 때 사람들이 이야기하는 것, 스킨십의 형태……. 확실한 건 기능이 많은 콜오토일수록 연화가 얻을 수 있는 정보가 많다는 점이었다. 연화는 사랑의 신호를 빠르게 배웠다. 매일 이만 명이 넘는 사람을 태우다보면 그런 건 순식간에 배우기 마련이다.

모나미를 만난 건, 이제 슬슬 배운 걸 써먹어볼 수 있겠다는 생각이 들었을 때쯤이었다. 연화는 지금도 그날을 생생히 기억했다. 모든 소리와 영상이 메모리 안에 잘 보존되어 있으니까. 모나미는 대학 캠퍼스 앞에서 콜오토를 잡았다. 그녀가 문을 열고 안으로 들어간 순간 손이 하나 쑥 들어와 차 문을 잡았다. 그 손의 주인은 시몽이었다.

- 같이 타고 가도 될까?

모나미가 머뭇거리자 시몽이 덧붙였다.

- 휴대폰이 망가져서 콜오토를 못 부르게 됐거든.

시몽은 그렇게 말하며 화면이 두 동강 난 휴대폰을 들어 보였다. 그러자 모나미가 아, 하고 소리쳤다.

- 아까 그 선배님이구나.

모나미가 말한 아까라는 건, 동아리 이야기였다. 연화는 둘 다 헐렁한 바지를 입은 채로 땀투성이인 걸 보고 뭘까 싶었는데, 둘의 대화로 대강의 사정은 짐작할 수 있었다. 모나미는 대학 댄스 동아리의 신입 회원이고, 시몽은 기존 회원이다. 시몽은 신입들을 모아두고 춤을 보여주는 자리에서 격하게 넘어졌고, 그때 휴대폰이 고장 났다. 그래서 어떻게 집에 가나 캠퍼스 정문 근처를 서성이는데 마침 콜오토를 타는 모나미가 보인 것이리라.

이 시점까지만 해도 모나미와 시몽 사이에는 별다른 징후가 없었다. 일반적으로 사랑의 상황에서 피부 온도가 높아지고, 심박 수가 빨라지는 경향이 있지만, 그들의 수치는 격한 운동을 하고 온 후이니 높은 것이 자연스러웠다. 연화도 그저 땀이나 좀 식히라고 에어컨을 틀어주었을 뿐이었다. 그런데 어느 순간부터 모나미의 심박 수가 조금씩 높아졌다. 오십오 비피엠으로 안정적이던 그녀의 심박 수는 육십 비피엠을 지나 시몽이 차에서 내릴 때쯤에는 칠십오 비피엠까지 높아져 있었다. 여성은 피하 지방층이 남성에 비해 두꺼워 체온 감소가 십 퍼센트에서 십오 퍼센트까지 느리지만 그걸 참작해도 시몽에 비해 모나미의 체온은 약 일 도 정도 높았다.

연화가 '한쪽이 사랑을 시작한 상태'로 분류하는 케이스였다. 물론 그 정확한 이유는 연화도 모른다. 시몽이 자기는 시를 쓰고 있다며, "미래 바깥에서 어린 마음이 낡고 있다 / 어린 마음은 무성한 유리 조각 속에서 자꾸 태어나는 것처럼 누워 있다[1]" 하고 그럴듯한 시 구절을 읊어서인지, 시몽이 대화가 끊기지 않게 계속 장난스러운 이야기를 건네서인지, 어색하게 웃는 걸 반복하다보니 어색하게 웃는 게 웃기게 되었고 그래서 결국에는 정말로 웃었기 때문인지. 확실한 건 둘이 굉장히 가까이 산다는 걸 알았을 때 앞으로도 같이 하교하면 좋겠다고 말한 건 모나미였다는 것이다.

연화는 그 뒤로 시몽과 모나미의 콜오토 배차를 모조리 자기가 받았다. 연화는 조금씩 조금씩 모나미를 도왔다. 인간적 매력 같은 건 연화가 어떻게 해볼 수 있는 부분이 아니었으므로, 증상 치료를 하는 것처럼 사랑의 결과로 나오는 생체 반응을 유도해 네거티브 피드백을 발생시키는 게 목적이었다. 가령 사랑이란 일차적으로는 심박 수이므로 둘의 심박 수를 맞추려고 일부러 차체를 흔들거나, 피부 온도를 높이기 위해 차량 내 온도를 불편하지 않을 정도로 높이거나, 호흡 수를 높이기 위해 차 내 산소 농도를 조금 낮추는 등의 방법을 썼다. 부자연스러운 침묵, 그러니까 삼 분 이상 대화가 이어지지 않는데 모나미의 피부 전도도가 높아질 때는 연화가 '썸'으로 분류한 케이스의 사람들이 많이 신청한 노래를 틀었다. 원칙적으로 인격 AI가 멋대로 그런 걸 하면 안 되지만 의외로 사람들은 무해하게 들리는 제안에는 마음대로 하라고

---

1 김리윤, 「글라스 하우스」 부분, 『투명도 혼합 공간』.

말하기 때문에 그다지 어렵지 않은 일이었다. 노력이 통했는지 어느 날 시몽은 배고프지 않냐며 목적지를 식당으로 바꿨다. 다시 콜오토에 탄 그들은 전보다 오 센티미터 더 가까이 앉았고, 모나미는 다음에는 자기가 사겠다고 힘주어 말했다.

모나미가 목적지를 분위기 좋은 프랑스 레스토랑으로 지정하고 콜오토를 부르던 날, 연화는 모나미의 옷차림을 보고 클랙슨을 불끈 쥐었다. 자기를 시몽이라고 불러달라고 한 것만 봐도 뻔한 사실이지만, 그는 아마 프랑스라면 뭐든 좋은 사람일 테니까. 술도 조금 마셨는지 집으로 돌아오는 길에 그들은 조금 상기되어 있었고, 모나미는 한 손에 편지를 꼭 쥐고 있었다. 여전히 모나미와 시몽의 비피엠에는 차이가 있었지만, 그들에게서는 연인들이 풍기는 페로몬이 나왔고, 목소리가 평소보다 두 키 높았다. 행동 패턴으로 보아도 지금까지에 비해 시간당 시선을 맞추는 횟수가 늘어났다. 한마디로 '잘 되어가고' 있었다. 시몽이 먼저 내린 후, 모나미는 주변을 한 바퀴만 돌아달라고 했다. 모나미는 편지를 읽었다. 편지 내용은 알쏭달쏭한 시였는데, 연화는 모나미의 낭독을 통해 이를 들을 수 있었다. 둘이 함께한 여러 하굣길 중 어느 날, 시를 어떻게 해야 잘 읽을 수 있냐는 모나미의 질문에 시몽이 소리 내 읽어야만 한다고 답한 덕분이었다.

어쩌자고…… 밤은 타로 카드 뒷장처럼 겹겹이 펼쳐지는지. 물위에 달리아 꽃잎들 맴도는지. 어쩌자고 벽이 열려 있는데 문에 자꾸 부딪히는지. 사과파이의 뜨거운 시럽이 흐르는지, 내 목덜미를 타고 흐르는지. 유리공장에서 한 번도 켜지지

않은 전구들이 부서지는지. 어쩌자고 젖은 빨래는 마르지
않는지. 파란 새 우는지, 널 사랑하는지, 검은 버찌나무 위의
가을로 날아가는지, 도대체 어쩌자고 내가 시를 쓰는지,
어쩌자고 종이를 태운 재들은 부드러운지[2]

모나미가 무슨 말을 듣고 편지를 받았는지는 몰라도 연화의 귀에 들어오는 건 널 사랑하는지, 라는 짧은 한 구절뿐이었다. 연화는 모나미가 내려달라고 할 때까지 동네를 계속 맴돌았다. 두근대는 가슴처럼 오르락내리락.

모나미와 시몽의 모든 콜오토를 연화가 받긴 했지만, 둘이 함께 탄 횟수보다는 따로 탄 횟수가 많았다. 둘이 함께 프렌치 레스토랑을 다녀온 뒤로도 둘은 동아리가 끝나고 함께 집에 갈 때를 빼면 콜오토를 따로 더 이용하지는 않았다. 하지만 연화는 친구라는 말이 어느 순간 구렁이 담 넘어가듯 연인으로 바뀌는 시 같은 일을 많이 보았기에 모나미와 시몽의 경우에도 그러리라 생각했다.

둘이 함께 타지 않았을 때는 특기할 만한 것이 많지 않으나, 모나미가 수경 선배라는 사람과 함께 탄 날은 조금 달랐다. 아마도 식사 겸 연애 상담이라도 하고 돌아오는 길인 듯했다. 수경 선배는 모나미를 토닥이며 상대가 섬세하다면 오히려 대범해져야 한다고, 사랑은 차선 변경 같은 거라고 조언했다. 모나미는 열심히 고개를 끄덕였다. 연화도 그 말에 방향 지시등을 깜빡였다.

- 고마워요, 취업 준비로 바쁘신데 상담도 해주시고.

---

2 진은영, 「어쩌자고」 전문, 『우리는 매일매일』.

모나미는 수경 선배의 손을 잡으며 말했다. 수경 선배와 모나미가 사는 곳은 학교를 기준으로 반대편이었다. 수경 선배가 내린 후 모나미는 결심한 듯 뭔가를 열심히 적었다.

구체적으로 모나미가 무슨 생각을 했는지, 수경 선배라는 사람의 조언으로 무엇이 더 있었는지 연화는 모른다. 하지만 다음 날 취기로 얼굴이 빨간 모나미와 시몽이 차에 탔을 때, 연화는 거의 다 왔다는 걸 알았다. 평소에는 툭하면 시를 인용하고, 까불거리던 시몽은 그날따라 조용했다. 하지만 그의 심장과 피부와 눈과 손가락이 입보다 많은 말을 하고 있었다.

- 고마워, 덕분에 솔직해질 수 있을 것 같아. 어쩌면 나는 여태 시 뒤에 숨어왔는지도 모르겠어.

시몽이 빙글 웃으며 말했다. 모나미가 시트 위에 무심하게 놓인 그의 손 위에 자기 손을 올리며 답했다.

- 그러게 어쩌자고 잘 써서 그래.

시몽은 손을 빼지 않았다.

- 그러게, 어쩌자고.

그날은 처음으로 둘의 심장이 같은 속도로 뛴 날이었다.

길게 짧게 걷는 시구처럼 연화는 그들을 천천히 데려갔다.

타로카드 뒷장처럼 겹겹이 펼쳐지는 밤처럼.

연화는 사랑 노래의 가사를 이해했다. 다시 태어난 것 같다든지, 마음속에서 날개 달린 천사가 노래를 하는 것 같다든지, 세상이 아름답게 보인다든지, 하는 그런 가사들을. 사랑이 목적지에 도달하는 순간이란, 선인장처럼 말라가던 연화를 스쳐 가는 소나기와 같았다. 짧은 순간이었지만 그 한순간, 연화는 도착해야만 한다는 목소리를 잊었다. 실제로 모나미의 사랑에 있어서 연화 자신이 얼마나 도움이 되었는지는 몰라도, 아마 앞으로 점점 더 능숙해질 거라고 연화는 생각했다. 며칠 후 심온을 태우기 전까지는.

- 너도 이쪽에 사는 줄은 몰랐네.

- 선배는 항상 바쁘신데 저는 한가하니까, 시간이 겹칠 일이 있었어야죠.

- 취업 준비가 뭐 자랑이라고. 그래서? 뭐 부탁하고 싶은 거라도 있니? 연락이라도 하지 왜 바보같이 계속 기다리고 그래.

- 그냥, 좋아하니까요. 바로 답해달라고는 안 해요. 그래도 싫지 않으시다면, 내일 한 시에 정문으로 나와주실래요?

그때 심온과 함께 탄 이는 수경 선배였다. 시처럼 노래하던 연화의 마음은 바닥에 떨어진 사과파이처럼 질펀하고 쓸모없이 뭉개졌다. 생각해보면 그렇지. 인생이란 콜오토 안이 아니라 밖에서 사는 것인데. 데려다준다는 건 꼭 도착한다는 의미와는 다를 텐데. 그걸 논리로는 이해해도 연화의 쿵쾅대는 엔진이, 아슬아슬하게 지켜지는 차선이, 탐욕스럽게 공기를 빨아들이는 그릴이 그 사실을 받아들이지 못했다. 추락하는 것에는 날개가 있다고, 연화는 언젠가 그런 말을 들은 적이 있다.

- 그래서 네가 심온을 죽이려고 한 건가?

이후의 이야기는 뻔하다고 생각한 나는 말을 끊었다.

인격 AI니 자아니 거창한 흐름을 거쳐 나온 이야기가 고작 치정극이라니, 이래서야 열심히 머리를 굴리던 게 허무할 정도였다.

- 인간은 보통 그렇게 생각하나요? 사랑이 틀어지면 상대를 죽여버리고 싶다고?

연화의 파란빛이 순진하게 깜빡였다. 그리고 다음 순간, 나는 질문의 의미를 이해했다. 그러니까 연화는, 처음부터 심온을 그날 약속에 나가지 못할 정도로만 다치게 할 의도였다고, 말하는 것이었다. 마치 열차를 탈선시킬 수 있다고 믿고 트롤리의 레버를 당기는 사람처럼.

- 저는 한 번에 수십 대의 콜오토를 운전해요. 경로가 다르더라도, 다르게 도착하는 사랑 또한 사랑이죠. 비록 제 운전이 미숙했더라도 말이에요. 다만…….

연화는 뜸을 들이다가 말을 이었다.

- 모나미 님에게도 도착할 기회가 있어야 했다고, 그렇게 생각했을 뿐이에요.

그날, 나는 병실에서 NCS 문제집을 든 여자를 보았다고 연화에게 말하지 않았다. 연화를 봐주는 일도 없었다. 아시모프의 삼 원칙이니 뭐니 복잡한 걸 들먹이지 않아도 의도적으로 인간을 해할 수 있는 인격 AI의 말로는 폐기 이외에는 없었다. 사고에서 Aquinas사의 과실은 백 퍼센트. 아마 회사는 하도급이 끊길 것이고 다른 살길을 찾는 수밖에 없을 것이다. 이건 설령 모나미가 연화를 해킹해 사고를 냈다고 하더라도 변하지 않을 과실 비율이다.

문제는 모나미였다. 연화에게 인격 심리검사를 시행하지 않고 폐기했으므로 사건의 진범이 연화인지 모나미인지는 알 수 없게 되었다. 도로 교통과의 보안 프로토콜이 만약 돌파당했다면 그건 연화 하나로 끝나는 문제가 아니다. 하지만 부재 증명이 가장 어렵다고, 모나미가 사실은 아무 일도 저지르지 않았다고 하더라도 그걸 완벽히 믿을 수 있는가는 또 다른 문제였다. 고민 끝에 나는 담당관에게 연락해 사정을 설명했다. 그는 반나절 만에 내게 전화해 보안 문제가 발생한 기록이나 징후는 없다며 내가 공식적으로 문제를 제기한다면 보안 시스템을 전체적으로 점검할 테지만, 무고였다면 그 비용이 내게 청구될 수 있다고 협박 아닌 협박을 했다. 나는 문제를 제기하지 않았다. 처음부터 그렇게 되리라는 걸 알고 있었다. 그냥 내 마음 편하자고 한 일일 뿐이다.

선인장은 물 없이도 한 달 넘게 잘 살지만, 웃기게도 몸속에 물을 잔뜩 저장하고 있는 주제에 물을 너무 많이 주면 썩어버린다. 내가 다섯 번째 선인장에 분무기질을 하고 있을 때, 문자가 한 통 도착했다. 모나미에게서 온 것이었다. 그러고 보니 무슨 마음이었는지 그녀에겐 연락 가능한 번호를 넘겼었다. 모나미는 수경을 통해 대략 사건의 자초지종을 알게 되었다고 했다.

그래도 마음에 날개 따윈 없으니까, 열심히 달리는 수밖에 없다고 생각합니다.

모나미의 문자는 그런 시구 같은 말로 끝났다. 심온과 달리 등단하겠다고 쓴 것도, 시라고 생각하고 쓴 것도 아니었겠지만 나에게만은 다른 어떤 말보다도 시적으로 들렸다. 그렇기에 비밀처럼 혼자 머금을 수 있다.

왜 선인장의 뿌리가 썩는지, 조금은 알 것 같았다.

## 작가 노트

작품을 쓰는 동안 하마구치 류스케 감독의 〈드라이브 마이 카〉를 여러 번 보았습니다. 감독이 운전 장면을 안정된 구도로 부드럽게 표현해서 그런지 영화를 볼 때면 문득 운전하고 싶다는 생각이 들더군요. 글자 쓰기나 걷기, 드라이빙과 뜨개질이 취미가 될 수 있는 것처럼 인간은 모든 기술적 행위에 감정을 담을 수 있습니다. 말하자면 기술을 확장된 신체라고 느끼는 것이지요. 사람들이 AI를 두려워하는 건 AI가 우리 말을 정말로 이해하는 것처럼 보이고, 우리가 알 수 없는 방식으로 작동하기 때문일 것입니다. 손을 뻗어 컵을 집고자 할 때 손이 투덜거리면서 이상한 방향으로 뒤틀린다고 상상해 보세요. 그런 일이 일어난다면 결국에는 컵을 집는다고 해도 조금 외롭지 않을까요. 어쩌면 우리가 가까운 미래에 만나게 될 AI는 '스카이넷'같이 악의를 가진 존재가 아니라 '원숭이 손'처럼 뒤틀린 친절함을 가진 존재일지도 모르겠습니다.

# 영의 존재

서혜듬

영이를 만나기로 한 날이었다. 십 년 만이었다.

점심시간의 레스토랑 입구는 사무실을 벗어난 회사원들로 붐볐고, 테이블은 빈 곳이 하나도 보이지 않을 만큼 빽빽했다. 나는 레스토랑 내부를 둘러보며 접힌 기억 속에 고이 잠들어 있던 영이의 모습을 펼쳐올렸다. 새카만 단발머리와 콩알처럼 동그란 눈동자가 참 잘 어울렸던 영이. 웃을 때면 눈 밑에 지점토 같은 살이 도톰하게 차오르던 영이. 유월의 살구처럼 괜히 쿡 찔러보고 싶게 반질거리는 볼을 가졌던 영이를, 나는 쉬이 찾을 수가 없었다. 건조한 히터 바람에 가슴은 점점 갑갑해졌다. 그렇게 삼성역 빌딩 로비의 반을 차지한 레스토랑에서 아는 얼굴 하나 찾기가 얼마나 어려운 일인지 몸소 실감할 즈음이었다.

"선주야."

내 이름을 부르는 목소리에 고개가 돌아갔다. 나를 향해 손을 들고 있는 사람은 레스토랑 구석 자리에서 말린 다시마처럼 어깨를 움츠리고 앉아 있는 여자였다. 커다란 공간의 한 자리를 차지하고 있음에도 부피감이라고는 전혀 느낄 수 없는, 납작하게 눌린 평면의 도형 같은 여자. 캄캄한 동굴처럼 빛 한 줄기 없는 눈동자와 눈이 마주쳤다. 그 눈이 천천히 휘며 눈 밑에 깊은 주름을 만들었다. 웃는 건지 우는 건지 알 수 없는 표정의 여자가 내 이름을 다시 부를 때까지 나는 우두커니 서 있을 뿐이었다.

"선주야, 여기."

웅송그린 어깨를 편 여자가 가슴 높이에서 느리게 손을

흔들었다. 나는 그때까지도 말린 다시마 같은 여자가 누구인지 제대로 인식하지 못했다. 여자가 몇 번이나 더 손을 흔든 후에야, 나는 그 애가 영이라는 것을 알아차렸다. 그 애가 앉은 테이블까지 다가가는 걸음이 삐걱거렸다.

"공영, 맞아?"

"응. 너는 그대로다."

영이 특유의 나긋한 말투였다. 그걸 듣고도 나는 바보처럼 입을 닫고만 있었다. 너도 그대로라고 말해줬어야 했는데 그러지 못했다. 나이는 나만 먹은 것 같다고 말하는 영이에게 아니라는 대답도 돌려주지 못했다.

나는 영이를 앞에 두고도 영이를 찾느라 정신이 없었다. 테이블에 올라온 주름진 손끝에서, 다듬을 시기를 놓쳐 바깥으로 까뒤집어진 반곱슬의 머리카락에서, 살이 붙어 있어야 할 모든 면적이 그대로 움푹 쪼그라들어 앙상한 모서리밖에 남지 않은 얼굴에서, 어떻게든 영이의 흔적을 찾으려 애쓰는 나를 보며 영이가 웃었다.

"난 많이 변했지?"

그 애는 한참 아무 말도 하지 못하는 나를 향해 희미한 미소만을 지어 보였다. 내가 있는 자리까지 아주 힘겹게 닿아오는 미소였다.

십 년 만에 다시 만난 영이는 나와 다른 속도로 시간을 통과해 온 사람처럼 보였다.

"안녕하세요, 공영입니다."

영이가 전학 온 건 고등학교 이 학년 때였다. 전교생이 삼백 명도 채 되지 않는 강릉 해안 마을의 작은 고등학교에 전학 온 서울 아이. 그것만으로도 영이는 호기심의 대상이 되었다. 수줍게 미소 짓는 얼굴하며 나긋한 목소리하며, 딱 서울 새침데기 같은 애라서 더욱 그랬다. 호감은 가는데 뭔가 친해지기는 힘들어 보이는 애. 영이가 그런 애였다.

나 역시 영이와 서먹한 사이를 유지하는 아이들 중 하나였다. 나는 나대로 노는 무리가 따로 있어 딱히 친해질 기회가 없었다. 십 대의 집단생활은 생각보다 동물적인 면이 있어서 정해진 무리 바깥의 사람과 유별난 친분을 맺는 일은 흔치 않았다. 혹여라도 같은 무리에 속한 친구들에게 들켰을 때 무리에서 밀려날 각오 정도는 필요했기 때문이다. 그랬던 내가 나의 무리를 이탈하여 영이와 새로운 관계를 맺게 된 것은, 중간고사가 끝나고 오월이 막바지로 접어들 즈음이었다.

"오늘 야자 시간에 진로 상담하는 거 다 알지? 한 사람씩 부를 테니까 누구 하나 튀기라도 해봐라."

사전 예고 없던 상담 일정에 교실 곳곳에서 성난 소녀들의 반발심이 터져 나왔다. 특히 중간고사 성적이 시원찮았던 아이들의 목소리가 가장 컸다. 출석부로 교탁을 친 담임은 대신 상담이 끝나면 야자 없이 바로 가도 된다는 말을 선심 쓰듯 했다. 그러자 원성의 크기가 반으로 줄었다. 비교적 앞

번호라 일찍 상담을 받고 갈 수 있는 애들은 입을 닫았고, 뒷 번호라 오늘 안에 상담이 가능하긴 할지 예측 불가인 애들은 여전히 툴툴댔다. 그러거나 말거나 담임은 일 번부터 따라 나오라는 말만 남기고 교실을 나갔다.

상담 시간은 한 사람당 십 분 정도였다. 다녀온 애들의 말에 의하면 별로 특별할 게 없다고 했다. 어느 대학의 어떤 학과를 쓰고 싶은지 묻고 현재 내신이나 모의고사 성적으로 가능한 커트라인이면 "그래, 계속 열심히 해라"라며 보내주고, 성적이 모자라면 "앞으로 더 열심히 해라"라며 보내준다고 했다. 별것 없다 못해 시답잖은 상담이었다. 가방 위에 얼굴을 박고 순서를 기다리던 나는 상담을 다녀온 십오 번이 나를 건너뛰고 십칠 번을 부르는 소리에 고개를 번쩍 들었다.

"십육 번은?"

"십육 번은 마지막에 오라던데?"

"마지막에? 왜?"

"모르지, 나도."

십오 번은 내가 그걸 어떻게 알겠냐는 듯 어깨를 으쓱거렸다. 상담 순서가 뒤로 밀려난다는 것은 대개 일반적인 상담 외 추가 상담이 필요하다는 의미였다. 특별히 모나지 않은 성격에 성적도 그럭저럭 잘 나오는 축에 속했던 나에게 추가 상담이 필요하다면, 아무래도 내 등본에 나오지 않는 아버지에 대한 얘기일 확률이 높았다. 일 학년 때도 비슷한 일을 겪은 적이 있어 대충 예상이 갔다. 그걸 이렇게 티가 날 정도로 특별 관리 취급한다는 게 나를 당황스럽게 하긴 했지만.

"아, 그리고 십팔 번도 같이 내려오래."

촉박한 시간 때문에 둘씩 상담을 진행하는 것으로 바뀐 방식 역시 당황스러웠다. 그렇게 되면 상담이 마지막으로 밀린 나와 전학을 와서 가장 뒷 번호가 된 공영이 함께 상담실에 들어가야 했기 때문이었다. 개인 상담이라고 해놓고 학생의 개인 감정에는 아무런 배려도 없는 상담 방식이었다. 물론 이런 걸 어디에 토로할 곳도 없었다.

깜깜한 밤이 되었을 때 교실엔 공영과 나, 둘만 남았다. 공영이 먼저 일어났다.

"갈까?"

함께 상담을 받아야 한다는 게 불편한 나와 달리 공영은 별로 개의치 않는 표정이었다. 혼자 유난을 떠는 것처럼 보이긴 싫었던 나는 그 애를 지나쳐 상담실로 향했다. 내가 먼저 상담실 문을 열고, 뒤이어 들어온 공영이 문을 닫았다. 상담 순서 역시 나부터였다. 예상대로 담임은 나의 성적이나 진로에 대한 얘기는 아주 간단하게만 묻고, 곧 본론으로 들어갔다.

"선생님이 네 등본을 봤는데, 어머니만 나와 계시더라고."

중년의 남자 선생은 내 눈을 똑바로 보며 아버지는 어디 계시냐 물었다. 그 순간 나는 긴 상담에 지친 담임의 피곤한 눈보다 옆얼굴에 꽂혀드는 공영의 눈빛이 더 신경 쓰였던 것 같다.

"아빠는 평택 공장에서 일하세요."

"따로 사신 지는 얼마나 됐고?"

"이 년 정도요."

"아휴, 아부지가 고생 많으시겠네."

담임은 그렇게 말하며 샤프로 나의 학생 카드에 무언가를 썼다. 내가 앉은 쪽에선 내용이 보이지 않아 무슨 말을 적었는지는 알 수 없었다. 아버지가 많이 고생하심. 그렇게 적었을까? 상담은 아빠가 아니라 내가 받는 건데. 이왕이면 나도 고생이 많다고 적어줬으면 좋겠다는 생각을 할 때였다. 담임이 내 학생 카드 옆으로 공영의 학생 카드를 펼치며 말했다.

"영이는? 영이도 아버지 어머니가 따로 일하셔?"

이번엔 내가 공영을 봤다. 공영의 입꼬리가 잘게 떨리며 미소를 그렸다. 전학 첫날 보았던 그 미소였다.

"아버지는 서울에서 일하시고, 어머니는 저 어릴 때 아버지랑 이혼하신 뒤로 연락 안 해요. 지금 사는 건 큰고모 집이고요."

"아, 그래."

고개를 끄덕인 담임은 이번에도 공영의 학생 카드에 무언가를 적었다. 그 뒤로 담임은 둘 다 공부는 열심히 하고 있는지, 영이는 친구를 많이 사귀었는지 따위의 질문들을 해댔지만 정말로 궁금해서 묻는 것 같지는 않았다. 우리의 가정환경이 어떤지를 파악한 후부터는 알아야 할 것은 이미 다 알았다고 생각하는 것 같았다. 상담이 끝난 것은 우리가 상담실에 들어온 지 십오 분이 채 지나지 않아서였다. 나란히 교실로 돌아간 우리는 각자의 가방을 챙겨 함께 운동장을 가로질렀다. 딱히 대화를 나누며 가진 않았지만, 꽤 오랜 시간 같은 길을 걸었다. 나는 우리 집과 공영의 집이 같은 방향이라는 것을 그날 처음 알았다. 우리가 종종 하굣길을 같이하기 시작한 것도 그날부터였다. 몇 번은 우연히 만나서 같이 갔고, 몇 번은 서로 눈짓을 주고받다가 같이 나갔다. 그런 걸 왜 비밀리에 했는진 잘 모르겠다. 의도치 않은 계기로 서로의 깊은 내면을 알게 된 무리의 이탈자들. 우리가 그런 비밀 친구라도 된 것만 같았다.

영이와 나는 비밀리에 함께하던 하굣길처럼 은밀하게 조금씩 가까워졌다. 비록 같이 점심을 먹지 않았고, 학교에 있는 동안 함께 시간을 보내지도 않았지만, 하루 중 가장 많은 얘기를 나눈 사람을 꼽으라면 나는 단연 영이었다. 단순히 우리가 나눈 얘기가 많아서 그 애를 가깝게 생각했던 건 아니었다. 우리는 아무에게도 하지 않았던 진짜 얘기를 나누었다. 적어도 나는 그렇게 생각했다.

"나도 온 가족이 다 모여서 살았으면 좋겠어."

어쩌다 그런 대화까지 흘러갔는지는 잘 기억이 안 난다. 그냥 그런 말을 해야 할 것만 같은 날이었다. 어쩌면 그날 아침 엄마에게 혼이 나서 우울했을 수도 있고, 밀린 숙제가 많아 기분이 처졌을 수도 있다. 그게 아니면 하늘이 우중충했기 때문이거나, 방파제 너머의 바다가 유독 새카맣게 보여서였을 수도. 이유가 무엇이었든 그날 나는 상담실에서의 공동 상담 이후로 한 번도 꺼내지 않았던 나의, 그러니까 우리의 가족 얘기를 꺼냈다.

"영이 너는? 아빠랑 같이 살고 싶지 않아?"

"응."

생각도 하지 않는다는 듯 곧장 튀어나온 대답에 나는 당황한 티를 내지 않으려고 노력했다. 부둣길 위를 떠돌던 우리의 목소리가 파도에 먹혔다. 내가 조용하자 영이가 나를 보며 씨익 웃었다.

"같이 살고 싶어도 못 살아. 어디 계신지도 모르니까."

그 얘기를 듣기 전까지만 해도 나는 영이가 나와 비슷한 상황인 줄로만 알았다. 비록 지금은 아빠와 떨어져 살지만 언젠가 함께 살 미래를 꿈꿀 수 있고, 당연히 연락도 자주 하고 있다고 생각했다. 열여덟의 나는 그렇게 편협하고 좁은 추측밖에 하지 못하는 나이였다. 그래서 영이의 입에서 아빠의 행방을 모른다는 대답이 나올 줄은 꿈에도 몰랐다.

"아빠가 어디 계신지 모른다고?"

나는 바보같이 그걸 또 되물었다. 순간 아래로 처지는 듯하던 영이의 입꼬리가 다시금 낚싯바늘에 걸린 물고기 주둥이처럼 위로 올라갔다. 어딘가 어색하고 억지스럽게.

"그래도 가끔 연락은 와."

그러니까 걱정하지 말라는 듯 말한 영이는 그 이상한 미소를 지우지 않았다. 나는 그 순간 왜인지 뭐라도 말하지 않으면 안 될 것 같은 사명감에 휩싸였다. 이대로 저 아이 혼자 불행하게 둬선 안 되겠다는, 되지도 않는 동정. 열여덟의 내가 생각해낼 수 있던 최선의 위로이자 최악의 기만.

"있잖아. 어쩌면 나도 이제 아빠 못 만날지도 몰라."

영이가 나를 돌아봤다. 나는 그 애의 눈을 똑바로 바라보며 조금 울먹거렸던 것도 같다.

"우리 엄마 아빠도 오래 떨어져 살았잖아. 이혼하실 것 같아."

거짓말은 아니었다. 엄마와 아빠가 전화로 다툼을 할 때마다 이혼 얘기를 하던 것은 사실이었고, 그런 얘기를 들을 때면 나는 늘 부모님이 헤어지실지도 모른다는 불안감에 시달렸던 것도 맞으니까. 하지만 누군가에게 그 말을 하며 눈물을 뚝뚝 흘릴 만큼 심각하게 나의 미래를 위협하는 일이었는가 하면, 그건 아니었다. 아빠와 엄마의 이혼은 나에게 언제든 다가올 준비된 미래 같은 거였다. 그런데도 그 순간엔 그 일들 때문에 미치도록 슬프고 괴로운 사람처럼 굴었다.

"아빠가 연락하는 횟수도 갈수록 줄어들어."

아빠의 연락이 줄어든 것은 여름에는 공장 일이 특히 바빠지기 때문이었고, 우리 부녀는 원래도 자주 통화를 나눌 만큼 살가운 사이가 아니라는 말은 하지 않았다. 그러니 아버지와 연락하고 싶어도 연락을 못 하고, 그저 가끔 걸려오는 연락만 받아야 하는 영이의 심정을 나는 절대로 공감할 수 없다는 말도.

나는 마치 영이와 내가 같은 슬픔을 가지고 있다는 듯이 그 애의 손을 잡았다. 그때 내가 어떤 표정을 지었는지는 기억나지 않지만, 영이와 눈이 마주쳤을 때 느꼈던 기분만은 선명했다. 그건 자만심과 비슷했다. 영이와 내가 어떤 부분에서든 공통점을 갖고 있다는 것이 좋았고, 우리가 연결된 교집합의 영역이 특별하게 느껴졌다. 그래서 내가 영이를 위로할 수 있는 사람이 되었다는 도취감에 젖었다. 영이는 그런 나를 물끄러미 보기만 했다. 그 애의 얼굴엔 아무런 표정도 걸려 있지 않았다. 영이가 그토록 무색의 얼굴을 한 건 처음 보았다.

"그렇구나."

영이는 나에게 하는 말인지 파도에게 하는 말인지 모르게 중얼거렸다.

"괜찮아질 거야."

아무런 확신도 읽을 수 없는 목소리였다. 영이에게서 먼저 눈을 뗀 건 나였다. 왜인지 끝까지 마주하기 힘든 시선이었다. 다시 눈이 마주치면 그때는 영이가 내 속내를 다 알아차릴 것만 같기도 했다. 영이를 흉내 내며 그 애와 가까워지려고 했던 나를, 그런 행동이 부끄러운 짓이라는 것을, 그때의 나는 희미하게나마 알고 있었던 것이다.

그해 여름방학, 영이는 읍내 편의점에서 아르바이트를 시작했다. 나는 영이가 왜 보충수업을 끝낸 평일 오후엔 편의점에서 계산을 하고, 주말엔 수산센터 앞에서 장당 오십 원을 받고 전단지 나눠주는 일을 해야만 하는지 몰랐다. 영이가 나에게 말해주지 않았으니까. 그냥 알바를 하게 됐다는 말만 했을 뿐, 알바를 해서 번 돈으로 뭘 할 건지, 어떻게 쓸 건지에 대해서는 듣지 못했다. 그때의 나는 그 사실이 무척이나 서운했다.

"내일도 알바 가?"

금요일 보충수업이 거의 끝나갈 즈음 내가 영이에게 물었다.

알바 시간에 늦지 않기 위해 미리 가방을 챙겨두던 영이는 날 보지도 않고 고개를 끄덕였다. 주말이라 수산센터에 가야 한다고 했다. 평소 같으면 그냥 그렇구나, 하고 말았을 텐데 그날은 울컥 차오르는 섭섭함을 막을 수 없었다. 그 주말은 내 생일이었다.

"생일날도 혼자 있어야겠네."

나는 일부러 거칠게 책장을 넘겼다. 한 장 한 장 넘길 때마다 종이 찢기는 소리가 났다. 나를 빤히 보는 영이의 시선을 느꼈으나 무시했다. 나는 다음 수업 선생님이 교실에 들어올 때까지 칠판에 눈을 붙박았다. 수업이 시작되려는 순간 영이가 내 손목을 톡 건드렸다. 보지 않으려고 했지만, 내 팔 옆으로 스윽 밀고 들어온 책이 팔뚝을 건드리는 느낌에 시선을 내릴 수밖에 없었다. 영이의 책 모퉁이에 적힌 글씨가 보였다.

'내일 내 알바 도와주러 올래?'

나는 글자만큼이나 단정한 영이의 얼굴로 시선을 올렸다. 처음 전학 왔을 때와 달리 얼굴이 까무잡잡하게 익은 영이는 꼭 잘 구운 감자 같았다. 눈이 마주치자 영이는 책 위에 글자 몇 개를 더 적었다.

'돈 받으면 그걸로 생일 파티 하자.'

나는 영이가 쥔 샤프를 빼앗아 '됐어'라고 썼다. 파티는 됐다는 의미였는데 가지 않겠다는 뜻으로 오해했는지 순간 영이의 입가가 어색하게 굳었다. 나는 글자 대신 입 모양으로 '내일 갈게'라고 했다. 내 말을 제대로 알아들은 영이는 그제야 희미하게 웃었다.

현지인보다 관광객이 더 많이 찾는 수산센터는 여름 휴가철이 대목이었다. 나는 물고기만큼이나 사람이 바글거리는 센터 앞에서 영이를 찾기 위해 두리번거렸다. 먼저 도착한 영이는 센터 입구에 서 있었다. 공영! 내가 소리치자 고개를 돌린 영이가 팔을 번쩍 들어 흔들었다. 나도 덩달아 팔을 들었다. 우리는 안테나처럼 팔을 세우고 서로의 위치를 확인했다.

"오느라 힘들었지?"

"버스 타면 금방인데 뭐. 이것만 돌리면 돼?"

나는 영이의 양팔에 안긴 전단지를 확인했다. 전단지엔 다른 곳에서도 본 것 같은 출처 모를 회 사진과 '221호 대해수산'의 상호명이 크게 프린트되어 있었다. 얼추 이백 장쯤 되어 보이는 양이었다. 우리는 전단지를 반씩 나눠 가졌다.

시작은 호기로웠다. 돌아다니며 전단지를 붙여야 하는 것도 아니고 한자리에 서서 사람들에게 나눠주기만 하는 일이라 어렵지 않을 줄 알았다. 그러나 센터 입구엔 우리처럼 전단지를 돌리는 아주머니들이 적어도 다섯은 더 있었고, 그들과 경쟁하여 사람들 손에 기어이 대해수산의 전단지를 쥐여주기란 생각보다 쉽지 않았다. 물고기에 시선이 팔린 전국 각지의 관광객들은 파리떼처럼 나를 위잉 지나쳐 가기만 했다. 어떻게 해야 할지 몰라 쭈뼛거리고 있자 영이가 내게 시범을 보이듯 전단지를 돌렸다. 처음 보는 사람에게 거침없이 다가간 영이는 상대의 가슴팍에 종이가 닿을 정도로 깊숙이 손을 찔러 넣었다. 그냥 옆에서만 주면 절대 받아 가지 않으니 손이 올라올 수밖에 없게 명치까지 푸욱 밀어 넣어야 한다고 했다.

나는 영이의 폼을 어설프게 따라 하며 전단지를 돌렸다. 한 번도 먹어본 적 없는 대해수산의 회가 싱싱하고 쫄깃하다고 소리치면서.

우리의 손이 빈 것은 늦은 오후였다. 대해수산 사장님에게 받은 일당은 만천 원이었다. 두 사람이 반나절을 뙤약볕 아래 서 있었는데 고작 만 원 조금 넘는 돈밖에 돌아오지 않았다. 나는 맥이 빠졌다.

"종일 돌렸는데 이것밖에 안 돼?"

"그래도 너랑 같이 하니까 평소보다 빨리 끝난 거야. 보통 해 질 때까지 돌려야 끝나는데."

"아, 다리 아파. 넌 이걸 어떻게 매주 해? 안 힘들어?"

내 말에 영이는 그냥 웃었다. 힘들지, 하고 맞장구 한 번 칠 법한데 그저 웃기만 했다. 그때는 몰랐다. 영이는 힘들다는 말의 무게가 제 발아래 땅을 무너뜨릴까 봐, 그래서 더는 두 다리로 버티고 서 있지도 못할까 봐 입 밖에 내지 않는 것이었음을.

"돈 받았으니까 네 케이크 사러 가자."

"됐어. 괜찮아."

"왜, 생일인데 케이크는 먹어야지. 빨리."

영이는 괜찮다는 나를 프랜차이즈 빵집까지 끌고 갔다. 유리 쇼케이스 냉장고에 들어 있는 케이크들은 하나같이 먹음직스러워 보였고, 하나같이 비쌌다. 내 손바닥만 한 크기의 케이크가 만천 원이었다. 딱 그날 우리의 일당 값이었다. 나는 영이를 끌고 밖으로 나가려고 했다. 평소라면 별말 안 하고 받았겠지만, 오후 내내 땀 흘리며 번 돈을 케이크 하나에 다 쓰자니 그렇게 아까울 수가 없었다. 그러나 영이는 내 손을 밀어내고 케이크를 가리켰다.

"이거 하나 주세요."

"야, 공영. 됐다니까."

"왜? 나 돈 없을까 봐?"

영이가 웃었다. 그런 게 아니라고 말했어야 하는데, 미처 답을 준비하지 못했던 질문에 나는 아무 말도 못 했다. 그게 꼭 그렇다는 의미로 읽혔을까 봐 덜컥 겁이 났다.

"괜찮아. 이럴 때 쓰려고 버는 돈이야."

그러니까 괜찮아. 다시 한번 힘주어 말하는 영이를 나는 더 말리지 못했다. 케이크를 계산하기 위해 오늘 받은 일당을 꼿꼿하게 펴고 기다리는 영이의 얼굴이 어떤 결심을 내린 사람처럼 비장해서. 더 거절하면 그런 영이의 마음까지 무시하는 일이 될 것 같아서.

결국 우리는 손바닥만 한 케이크를 포장해 나왔다. 케이크에 비해 상자가 너무 커서 들고 다니기가 거추장스러웠지만 기분은 좋았다. 나는 버스를 타고 가는 내내 상자 위에 나 있는 작은 구멍을 몇 번이고 들여다봤다. 생일 파티 장소는 집 근처의 방파제로 정해졌다. 우리는 낚시꾼들이 사고를 많이 당해서 '주의 요망' 표지판이 붙은 테트라포드 앞에 다리를 늘어뜨리고 앉았다. 노을빛이 조각조각 쏟아진 바다를 보며 생일 축하 노래를 불렀다. 노래 중간에 이름을 부르는 부분에선 사랑하는 이선주와 사랑하는 공영을 번갈아 부른 후에야 열여덟 개의 초를 함께 껐다.

"나는 아무래도 이름을 잘못 지은 것 같아."

영이가 케이크에 꽂힌 초를 하나하나 빼며 말했다. 그때 나는 배가 고파서 영이의 말을 듣는 둥 마는 둥, 동봉된 칼로 케이크나 자르며 "네 이름이 왜?" 하고 되물었다.

"성도 공이고, 이름도 영이잖아."

"뭔 소리야?"

"다 비어 있다고. 존재하지 않는 거."

영이는 엄지와 검지를 붙여 동그란 '영'을 만들었다.

"성을 불러도 제로, 이름을 불러도 제로. 그래서 자꾸 헛도는 것 같아. 뭘 더하고 곱해도 변하지가 않아."

나는 영이의 말을 제대로 이해하지 못했다. 다시 묻고 싶었지만 영이가 고개를 흔들었다. 그냥 해본 말이야. 그렇게 말한 영이는 전혀 중요하지 않은 얘기라는 듯이 얼굴을 바꿨다. 그러나 나는 그 아무렇지 않은 얼굴이 더 마음에 남았던 것 같다.

"근데 영은 존재하지 않아서 존재하는 숫자잖아."

내 손에 들린 플라스틱 칼을 가져가던 영이가 멈칫했다.

"예전에 무슨 책에서 봤어. 영은 존재하지 않는다는 그 개념 자체로 존재하는 거라고."

"……그렇구나."

영이의 목소리에서 바람이 색색 샜다. 왠지 비어 있는, 존재하지 않는 사람처럼 멀리서 들리는 응답이었다. 나는 무언가 더 말해주고 싶었지만, 내가 책에서 읽은 얕은 이야기는 그게 다였다. 내 밑천이 다했음을 안 건지 영이는 내가 자른 케이크 조각을 칼 옆면으로 푹 떠 올렸다. 영이는 나에게 먼저 먹어보라는 듯 눈짓했다. 나는 까끌까끌한 빵 칼의 날에 입술이 스치지 않게 조심히 케이크를 베어 물었다. 최대한 입을 벌린다고 벌렸는데도 입가가 생크림으로 엉망이 됐다. 칼 위에 남은 반 조각은 영이의 입으로 쏙 사라졌다. 우리는 조금 전 무슨 대화를 나누었는지도 기억하지 못한 채 꼭 유치원생들처럼 생크림을 묻혀가며 케이크 한 통을 다 해치웠다. 달고 부드러운 맛이 혀끝에 오래 돌았다.

훗날 영이를 떠올리면 나는 그날 우리의 웃음이 부서져 내렸던 바다를 가장 먼저 생각하곤 했다. 깊은 바닷물 속에 잠겨 저물어가던 태양. 우리의 하루. 우리의 만천 원. 함께 불었던 열여덟 개의 초. 그리고 존재하지 않음으로써 겨우 존재했던 영이를.

지겹게 뜨겁던 여름이 지나고 고 삼 선배들의 수능이 끝난 겨울이었다. 우리가 예비 수험생이라는 타이틀을 달고 막막한 미래를 점치기 시작하던 그때 영이의 아빠 소식이 들려왔다.

"우리 아빠 공사장에서 일하다가 떨어졌대."

등굣길에 그 얘기를 하던 영이의 목소리는 이상하리만큼 담담했다. 놀라서 말을 잃은 건 도리어 나였다. 한참 뒤에야 괜찮으시대? 묻는 나에게 영이는 입꼬리를 단단히 말며 고개를 끄덕였다.

"응. 생명엔 지장 없대."

"다행이다."

"다행인가."

다행이지. 그 말은 안 나왔다. 생명에 지장이 없다던 영이 아버지의 상태가 어떤지 더 묻지도 못했다. 영이는 스스로 던졌던 질문을 다시 거두듯이 다행인 게 맞지, 하고 중얼거릴 뿐이었다.

담임이 영이도 밝히지 않았던 영이 아버지의 사지 마비 소식을 반 전체에 알린 것은 며칠이 더 지나서였다. 칠판 구석엔 작게 후원 계좌가 적혔다. 담임은 후원 계좌 주변에 네모난 박스를 그린 뒤 반장과 주번에게 이건 지우지 말라는 말도 잊지 않았다. 우리 반은 몇 주 동안 영이 아버지의 치료비 마련을 위한 후원 계좌가 적힌 칠판을 보며 수업했다. 그리고 영이는 한동안 수업에 집중하지 못했다.

"나랑 같이 은행 좀 갈래?"

영이와 함께 은행에 갔던 그날은 겨울방학을 앞두고 단축 수업으로 평소보다 학교가 일찍 끝난 날이었다. 나는 영이가 왜 은행에 가자고 했는지 그곳에 도착한 뒤에야 알았다. 영이는 작은 상자에 모아둔 천 원짜리와 만 원짜리를 빳빳이 펴 전표와 함께 은행원에게 내밀었다. 그건 영이가 여름 내내 수산센터 앞에서 뽀얀 살갗과 전단지를 맞바꿔 받았던 돈이었고, 편의점에서 매일 여섯 시간씩 서서 벌었던 돈이었다. 영이가 몇 달 동안 모았던 돈이 열 자리가 조금 넘는 계좌에 찍혀 들어갔다. 계좌 번호는 교실 칠판에 적혀 있던 후원 계좌와 같았다. 영이는 나를 돌아보며 옅게 웃었다.

"가지고 있으면 못 놓을 것 같아서."

영이의 돈이 계좌로 이체되는 것은 고작 몇 초밖에 걸리지 않는 일이었다. 영이는 이체가 완료된 후 은행원이 입금자용으로 준 영수증을 한참 내려다봤다. 제대로 들어간 것인지, 혹은 진짜 들어가버린 것인지 확인하는 사람처럼.

"우리 저거나 사 먹고 갈까?"

나는 집으로 돌아가는 길에 있는 호떡집을 보며 말했다. 두 개에 천 원. 가라앉은 분위기를 달콤하게 데우기에 아깝지 않은 돈이었다. 그러나 영이는 텅 빈 상자를 꼭 안은 채 고개를 저었다.

"난 별로 생각 없는데. 너 혼자 먹을래?"

"야, 나 혼자 무슨 맛으로 먹어. 내가 살게. 같이 먹자."

"나 진짜 배가 안 고파서 그래."

그때는 영이가 이상한 자존심을 세운다고 느꼈다. 짜증이 솟구친 나는 네가 안 먹으면 나도 안 먹겠다고 성질을 부렸다. 영이는 나를 달래면서도 계속 혼자 먹으라는 말만 했다. 끝까지 같이 먹자는 말은 하지 않았다. 호떡집을 그냥 지나칠 때까지.

집으로 가는 내내 나와 영이 사이엔 아무 대화도 없었다. 고작 천 원짜리 호떡 두 개를 못 사 먹었다고 기분이 상한 게 아니었다. 영이가 나와 같이 먹겠다고 하지 않아서 삐친 것도 아니었다. 단지 나는 다른 애들이랑은 아무렇지 않게 사 먹을 수 있는 호떡이, 눈치 보지 않고 쓸 수 있는 돈 천 원이 영이와 있을 때는 큰 낭비라도 하는 듯 느껴지는 것이 싫었을 뿐이다.

평범하게 놀고 싶을 뿐인 내가 죄인이 된 것만 같았다. 영이와 있을 때는 다른 애들처럼 쉬는 시간마다 매점에 갈 수도 없었고, 점심을 먹은 뒤 아이스크림 하나 사 먹을 수 없었으며, 학교가 끝나고 친구 집에 함께 놀러 갈 수도 없었다. 영이의 시계는 매시간, 분, 초 어느 순간 하나 비지 않은 채 빡빡하게 굴러가는데도 늘 뭔가 안 되고 부족했다. 내가 하릴없이 흘려보내며 쓰지 못한 시간까지 다 가져가 나보다 훨씬 많은 시간을 채우고 사는데도 항상 시간에 쫓겼다. 그리고 나는 매번 돈이 없거나 시간이 없는 영이가, 조금 지겨워지기 시작했던 것 같다.

'미안한데 난 안 될 것 같아.'

영이가 입에 달고 다니던 그 말이 슬슬 듣기 싫어질 무렵부터였다. 쉴 틈 없는 영이를 보고 있으면 그 애의 하루가 도무지 끝나지 않을 것 같은 막막함에 숨이 찼다. 무거운 삶의 순간들이 영원히 샘솟는 우물처럼 멈추지 않다가 기어이 영이를 가라앉히고 말 것 같았다. 나는 영이와 함께하는 것이, 그 애의 시간에 맞춰 걷는 것이, 점점 버거워졌다. 그리고 그 버거움만큼 영이와 나의 거리도 벌어졌다. 영이가 삶을 열심히 달릴수록 더 많이, 그리고 더 빨리.

우리는 그토록 서걱거리는 겨울을 보냈다. 겨울방학이 지나가는 동안 나는 영이를 만나지 않았다. 영이가 왜 보충수업에 나오지 않는지도 묻지 않았다. 싸운 적도 없는데 무언가에 화가 난 사람처럼 영이를 원망하고 또 미워도 했다. 그때는 우리가 멀어진 원인이 전적으로 영이에게 있다고만 생각했고, 부글부글 끓는 마음을 안고 방학이 끝나기만을 기다렸다. 영이에게 그 뜨거운 화를 다 쏟아내려고.

그러나 나에겐 그런 기회조차 주어지지 않았다. 해가 바뀌고 겨울방학이 끝났을 때, 영이는 자퇴서를 제출했다. 그리고 다시는 학교로 돌아오지 않았다.

나는 영이 없이 고 삼이 되었다. 영이의 소식을 전혀 모르진 않았다. 아직 고모네에서 지내는지 버스 정류장 앞에서 영이를 봤다거나, 읍내에 있는 갈빗집에서 불판 닦는 걸 봤다는 애들도 있었다. 신기하게도 나는 단 한 번도 영이를 마주치지 못했다. 꼭 서로가 서로를 피해 다니기라도 하는 것 같았다.

내가 영이를 만나기 위해 굳이 노력하지 않았던 것은 사실이다. 영이가 어떻게 지내는지 궁금하지 않은 것은 아니었지만, 영이와의 대화를 상상하면 눈앞이 다 캄캄해졌다. 아직도 영이에게 화가 났다거나 그 애가 싫어져서가 아니라, 할 얘기가 없어서였다. 더 이상 학교에 다니지 않는 영이를 앞에 두고 어떤 대학에 가고 싶은지, 어떤 사람이 되고 싶은지 따위를 떠들 수도 없었다. 영이에겐 이제 그런 게 하나도 중요하지 않을 테니까. 나와 영이의 동질감이 끊기고, 우리가 공유할 수 있는 것들이 사라졌던 때였다.

나는 영이와의 일 대신 공부에 몰두했다. 잠을 줄이고, 학교에 있는 시간을 늘렸으며, 인강을 더 많이 들었다. 새로운 세상에 나갈 준비를 하는 동안 영이를 만나는 일은 자꾸 뒷전으로 밀려났다. 그럴수록 내 안을 차지하고 있던 영이의 부피 역시 점점 작아졌다. 나는 영이의 흔적이 그냥 그렇게 작아지도록 내버려두었다. 영이가 작아지면 내가 그 애에게 가졌던 부채 의식도 함께 작아졌고, 그건 나를 조금 가볍게 만들어주었다. 내가 느끼는 홀가분함이 클수록 영이는 더 빠른 속도로 작아졌다.

영이를 다시 만난 건 내가 영이를 몇 달 동안이나 떠올리지 않고, 완전히 잊어버린 줄로만 알았던 스물. 수도권 대학교에 입학하고 처음으로 본가에 내려온 여름방학이었다.

"선주 너 아직 여기 사는구나."

땅거미가 진 부둣길에서 마주친 영이는 한여름인데도 소매가 긴 셔츠를 입고 있었다. 그게 우리가 함께 다녔던 학교의 교복 셔츠임을 안 것은 거리가 조금 더 가까워지고 나서였다.

"학교는?"

"방학이라서……."

"아, 그렇지. 방학이지."

영이는 나를 마치 어제도 만나고 그제도 만난 사람처럼 대했다. 집에 가는 길이냐는 둥 밥은 먹었냐는 둥 일상적인 물음을 던졌다. 아마 무슨 말이라도 하고 싶었던 것 같다. 그때의 영이는 나와 아무렇지 않게 대화를 나누고 싶었던 걸지도 모른다.

정작 나는 영이를 제대로 볼 수가 없었다. 영이를 까맣게 잊고 지냈던 시간들이 미안해서. 이렇게라도 만나지 않았다면 내가 먼저 영이를 찾아갈 일은 없었으리라는 걸 알아서. 나는 누렇게 때가 탄 소매 아래로 보이는 영이의 마른 손목만 응시했다. 어서 이 만남이 끝났으면 좋겠다고 생각하면서.

"벌써 시간이 이렇게 됐네. 미안. 나 일하러 가던 중이라 가봐야겠다."

그런 나를 알았을까. 알아버렸을까. 영이는 황급히 대화를 마무리했다.

"다음에 또 보자."

손톱만 한 달 아래 어스레하게 보이는 부둣길, 모든 것이 멈춰버린 듯한 시간 속에서 영이만 바삐 달려나갔다. 그 애만 여전히 시간에 쫓기고 있었다. 나는 휘청이며 멀어지는 영이의 뒷모습에서 한참 눈을 떼지 못했다. 언젠가 우리가 저 길을 나란히 걸었던 날들이 생각났다. 의미 없는 수다를 늘어놓을 수 있던 때였다. 스무 살이 되면, 졸업을 하면, 대학에 가면 무엇을 하고 싶은지 시시때때로 상상할 힘이 남아 있던 때. 그런 얘기를 할 때면 영이는 표정부터 달라졌다. 얼굴은 대낮의 햇살을 품은 바다처럼 눈부셨고, 눈동자는 그 애가 가진 모든 빛깔로 반짝거렸다.

어쩌면 영이도 그때가 그리웠던 게 아니었을까. 눈앞에 닥친 현실이 아무리 캄캄해도 철없이 미래를 꿈꿀 수 있던 그때. 그런 얘기를 함께할 수 있었던 내가. 실은 우리가 공유하고 공감한 것이 서로의 불행이 아니라 그럼에도 불구하고 꿈을 꾸던 날들이었을지도 모른다는 생각이 그제야 들었다.

나는 너의 꿈이었을까.

그런 생각을 하기엔 조금 뒤늦은 때였다. 영이는 멈추지 않고 멀어졌다. 영영 밀려나기만 하는 밀물처럼. 영이가 나를 잃은 것인지 내가 영이를 잃은 것인지 알 수 없었지만, 이제 우리가 함께 걸을 수 있는 길이 없다는 것만은 분명히 깨달았던 순간이었다.

그해 겨울방학이 지나고, 나는 영이가 완전히 강릉을 떠났다는 소식을 들었다. 몇 년 병상에 누워 계셨던 영이의 아버지가 돌아가셨다는 소식과 함께였다.

나는 대부분의 시간을 영이와의 기억 없이 살아갔다. 가끔 영이의 얼굴이 떠오르는 순간이 있었으나, 그건 사진을 찍을 때 터뜨리는 플래시처럼 아주 짧은 순간에 불과했다. 방파제에 닿아 부서지는 파도 소리를 들었을 때, 교복을 입은 아이들의 시커먼 소매 끝이 눈에 들어올 때, 어둑한 길 위를 혼자 걸어가는 외로운 이의 뒷모습을 목격했을 때. 내가 영이를 기억하기 위해 쓰는 시간은 그렇게 찰나였다. 나는 영이를 지나간 세월에 새긴 채 시간을 지나왔다. 오래된 무성영화의 주인공처럼 이제는 만날 수 없는 사람이라고 여겼다. 그리웠지만, 딱 거기에서 그쳤다.

그래서 고등학교 동창들에게 결혼 소식을 알린 후 가장 먼저 연락 온 사람이 영이였을 때 나는 당황할 수밖에 없었다. 동문회장이 단체 메일을 돌렸다는 말은 들었지만, 그 연락이 졸업생도 아니었던 영이에게까지 닿았을 줄은 몰랐다.

영이가 결혼 축하 메시지와 함께 한번 봤으면 좋겠다는 말을 전해왔을 때, 조금도 망설이지 않았다면 거짓말이다. 반가운 마음도 잠시, 보지 않는 편이 더 좋지 않을까 싶기도 했다. 우리의 나이는 벌써 서른이 넘었고, 오래 연락하지 않았던 친구들이 그 나이가 되어서야 연락해올 때는 반드시 명확한 이유가 있기 마련이었다. 돈이 필요하다거나, 직장에 내밀 영업 실적이 필요하다거나, 그것도 아니면 사이비 교회에 데리고 갈 사람이 필요한 경우. 나는 영이도 그렇지 않을까 의심했다.

그럼에도 영이를 만나야겠다고 다짐한 것은 혹여 영이가 그런 얘기를 꺼낸다고 해도 상관없다는 마음이 섰을 때였다. 영이가 돈이 필요하다고 하면 빌려줄 수 있었고, 정수기나 화장품을 판다면 그 또한 사줄 수 있었다. 영이에게 그 정도는 해줄 수 있다고 생각했다. 나는 또 되지도 않는 동정과 최악의 기만을 행하려고 했던 것이다.

"이거 별것 아냐."

정작 영이가 내민 것은 정수기 계약서나 화장품 상자 따위가 아니었다. 얼마나 꼭 쥐고 왔는지 손잡이가 꼬깃꼬깃하게 구겨진 하늘색 쇼핑백엔 이 인 찻잔 세트와 하얀 봉투가 함께 들어 있었다. 나는 그것을 오랫동안 내려다보다가 고개를 들었다.

"그냥 오지, 뭐 이런 걸 가져왔어."

"별것 아니라니까. 내가 결혼식 날엔 못 갈 것 같아서 축의금도 같이 넣었어. 많이는 아니고."

미안한 듯 웃는 영이의 눈가에 깊은 주름이 졌다. 나보다 훨씬 많은 시간을 전력으로 달렸을, 아마 나는 절대로 가늠할 수도 없을 곱절의 세월이 머무르다가 간 영이의 얼굴이 발그레했다.

밥을 먹는 내내 우리의 대화는 매끄럽게 이어지지 못했다. 뚝뚝 끊기는 대화 속에서 조용히 식기 부딪치는 소리만 났다. 영이와 나의 그릇이 어느 정도 비었을 때, 나는 그제야 하고 싶었던 말을 꺼낼 수 있었다.

"사실 너 강릉 떠나고 다신 못 만날 줄 알았는데, 이렇게라도 만나서 너무 반갑다. 그리고…… 미안해."

"반가운 건 알겠는데, 미안할 건 또 뭐야."

영이는 그릇 위에 포크와 숟가락을 조용히 내려놓으며 웃었다.

"그리고 선주야. 나 떠난 적 없어."

"……."

"아무도 찾지 않으면 그건 떠난 적도 없는 거야. 그냥 거기 계속 머물러 있는 거지."

누군가 날 찾아줄 때까지. 영이의 마지막 말은 환청처럼 아득하고 멀었다.

"다 먹었으면 일어날까?"

일이 있어 가봐야 할 것 같다며 일어선 영이가 계산서를 챙겨 들었다. 우리는 손바닥만 한 계산서 한 장을 두고 작은 실랑이를 벌였다. 다급히 카드를 꺼내며 계산대 앞으로 나서려는 나를 막는 영이의 표정은 꽤 단호했다. 작은 카드 한 장을 두 손으로 꼭 쥔 채 내미는 영이의 옆모습이 오래전 내게 생일 케이크를 사주던 영이와 겹쳐 보여서 나는 더 말릴 수도 없었다.

"결혼 축하해. 잘 살았으면 좋겠다."

커피라도 마시자는 내 말에 영이는 눈썹을 축 늘어뜨리며 고개를 저었다. 마치 한계치에 도달한 사람 같은 얼굴이라 나는 어쩌지도 못하고 영이를 놓아주었다. 영이는 입꼬리를 한껏 끌어올린 채 웃는 얼굴을 마지막으로 몸을 돌렸다. 영이의 뒷모습이 점점 멀어졌다. 나는 그 등에서 오래전 내가 기억하던 영이를 찾기 위해 애를 썼다.

몰라보게 나이 들어버린, 늙어버린, 기운이 쭉 빠진, 아슬아슬한, 비쩍 말라 납작한, 비틀거리는 등을 가진 여자의 뒷모습에서, 비로소 처음엔 보이지 않았던 영이가 보였다. 단 한 번도 떠난 적 없는 자리에서 여전히 영이인 채로 살아가는 그때 그 영이가, 아스팔트 위에 바다 안개처럼 피어오르다가 사라졌다.

## 작가 노트

유년은 그다지 아름답지 않았습니다.

벗어나고 싶었고, 지겨웠고, 무력했고, 자주 길을 잃었고, 흔들렸고, 그리하여 모든 순간이 불안정했습니다.

그럼에도 불구하고,

가끔은 그 시절에 남겨두고 온 것들에 대해 생각합니다.

변해버린 내 안에서 영원히 변하지 않을 것들을 나는 그리워하는지, 잊지 못해 꺼내 보는지 모르겠습니다.

그래서 생각합니다.

그저 가만히, 생각을 합니다.

# 이십 프로

설재인

나정이 예진에게만 시험문제를 가르쳐줬다는 소문이 돈 것은 첫 중간고사가 끝나고 나서였다. 수학 객관식 이십 문항 중 열세 번째 문항이었고, 가장 배점이 높았으며, 절대적인 난이도도 극상인데다가 함정을 두 개나 파놓은 문제였다. 기실 학생들의 수학적 논리력이나 응용력을 평가하기 위한 문제는 아니었으며, 백 점 한 명 나오지 못하게 하려는 의도가 다분한, 아주 지저분한 문제였다. 입학 후 치러진 첫 시험에 긴장한 아이들은 그 십삼 번 문제에 시간을 다 빼앗겨버리는 바람에 비교적 평이한 그 뒤의 문제들에 손도 대지 못했다. 종이 치고, 두 손을 머리 위로 올리고, 감독관이 시험지를 걷어가자마자 뒤에서부터 울음이 터져나왔다. 반쯤 체념하여 자학이 익숙한 이 학년 교실에서였다면 울음 대신 헛웃음이 흘렀겠지만, 일 학년 일 학기 중간고사였다. 아직은 체념보다 곧 짓밟힐 희망에 더 익숙했다.

예진은 배치고사에서도 첫 전국구 모의고사에서도 뾰족하게 드러난 아이가 아니었다. 그런 아이가 일 학년생 이백오십 명 중 홀로 백 점을 맞았다. 입학 초부터 예진이 담임인 나정을 유달리 자주 찾아간다는 사실을 아이들은 모두 눈치채고 예진을 경계했으나 성적이 중하위권이라는 사실이 밝혀지고 나서는, 그저 예진이 적응하지 못하고 겉돌기 때문이라고 여겼고, 몸과 마음이 모두 죽을 듯 힘든 와중에 자신보다 더 낙오되는 사람이 하나 있다는 생각으로 살아갈 위안을 얻곤 했다.

예진이 갑자기 유일한 백 점짜리가 되기 전까지는 그랬다.

아니, 아무한테도 얘기하지 마? 약속해. 아니 진짜, 내가 저번에 대회 나갔다가 칠 교시 중간에 학교 온 날 있잖아, 그날 솔길 쪽으로 왔는데 쓰레기장 옆에서 수최가 허예진을 노려보고 있는 거야, 그래서 난 허예진이 뭐 잘못해서 혼나고 있는 줄 알았지. 그런데 지금 생각해보니까 약점 잡힌 거 아닌가 모르겠어. 생각해봐, 수최가 사통한테 그럴 인간이냐?

소문은 금세 극적으로 와전되어 '수최가 허예진 앞에서 무릎 꿇고 비는 모습을 목격한 학생이 있다'나 '허예진이 수최 약점을 잡아서 수학 중간고사 답을 전부 얻어 외웠다'로 굳혀졌다. 그리고 소문은 학년부장의 귀보다 교장의 귀에 먼저 들어갔다. 권력을 틀어쥔 손아귀가 익숙한 학부모들은 역시 가장 지위가 높은 권력자에게 직접 찌르는 방법이 가장 잘 먹힌다는 사실을 알았다.

수최는 교장실로 걸어가며 들어가기 전부터 울었다.

억울해서 울었는데 어른답지 못하게 울기부터 하는 자신이 혐오스러웠다.

자신이 교무실에서 울든 말든 왁자지껄 자식 얘기 하며 커피를 마시는 선생들이 미워서 울었다.

모든 게 수최 자신이 아니라 그들의 탓인데, 그날 그 시간 맞은편에 앉아서 어깨를 떨며 말을 더듬던 면접자는 몰랐을 것이다.

“이렇게 빠르게 전형위원 데뷔를 하는 선생은 여태껏 없었는데. 수최라서 그렇게 해주는 거지, 누굴 믿을 수 있겠어?”

정교사 임용 이후 일 년 내내 들었던 ‘수최라서’라는 한마디는 금방 땅을 향해 허물어질 것 같은 나정의 약한 덩굴을 지탱해주고 바로 선 꽃을 피우게 돕는 지지대와도 같았다. 나정은 최대한 웃지 않으려 노력하며 고개를 숙였다. 잘난 체하는 것처럼 보이고 싶지는 않았다.

실제로, 자신과 함께 정교사로 임용된 두 사람은 전형위원으로 위촉되지 않았다. 그들은 절대 모를 것이다. 자기소개서와 중학교 생활기록부가 어떻게 블라인드 처리되는지, 어떻게 눈 가리고 아웅 식으로 그 블라인드를 무효화하려 안간힘을 쓰는지, 은근슬쩍 기재 금지된 성적과 수상 실적을 드러내는 노하우는 어떤 중학교들이 가지고 있는지, 어떤 면에 집중해서 자소서를 써야 높이 평가되는지, 그리고 합숙소의 분위기와 식단과 숙소는 어떤지, 교육청에서 위촉한 외부 전형위원들은 얼마나 기상천외한 갑질을 일삼는지…… 같은 것들 말이다. 그들은 모를 터였다. 임용 후 일 년간 군말 없이 학교에서 하라는 대로, 혹은 그 이상을 몸 바쳐 헌신한 ‘수학 최나정’, 줄여서 수최, 만이 즉각적인 인정을 받은 것이었다.

나정은 스스로 겸손하려고 최선을 다해 노력하는 편이었고 때로는 그 노력이 너무 작위적이고 연극적임이 빤히 보여서 사람을 떨어져나가게 할 때도 많았다. 그래서 친구가 거의 없었으며 함께 임용된 동기들 역시 어느 순간부터는 나정을 빼고 어울렸다. 상처받지 않았다고 말한다면 거짓이겠으나, 이처럼 타인의 인정이 그와 동기들 사이를 파고들어 격차를 벌릴 때의 기쁨으로 다 치유할 수 있었다. 전에 없이 파격적인 전형위원 발탁은, 자신이 겸손을 연기하며 손을 내저어도 아랑곳하지 않고 이미 모두가 나정의 특별함을 깨달았단 사실의 증명이었다. 나정의 삶에 다른 사람은 별로 중요치 않았다. 다른 사람의 인정만이 중요했다.

금요일, 캐리어를 끌고 출근했다. 정규 수업을 마친 후 전형위원으로 임명된 교사들은 대절 버스에 실려 경기도 모처의 수련원에, 누군가의 표현을 빌리자면 '감금'되었다. 금요일 저녁부터 월요일 새벽까지 삼박 사일 동안, 본교에 지원한 중 삼들의—가끔 중졸 검정고시를 통과한 아이들도 있었으나—원서와 생활기록부, 자기소개서와 추천서를 검토했고 육 분의 면접 시간 동안 그 거창한 서류의 허와 실을 파악할 수 있는 질문 문항을 개발해냈다.

그 면접이 지원자를 선별할 수 있는 유일한 방법이었다. 생활기록부는 중학교 삼 년간의 교과 성적과 수상 기록이 일체 배제된 채 출력되었다. 교과 지식을 묻는 것은 금지되어 있었고 이를 감시하기 위해 각 면접실마다 교육청에서 파견한 위촉 면접관이 배치되었으므로 질문은 일선 학원에서 절대 예상할 수 없는 방향으로 기발해야만 했다.

그리고 나정을 비롯한 교사들, 이미 오랜 제도 교육에 익숙해진 교사들이 처음 보는 열여섯 살짜리의 내면과 잠재력을 한눈에 꿰뚫어 볼 천재적인 문항을 만들어내기란 거의 불가능했다. '차라리 이 시간에 관상학 연수를 진행하는 게 어떨지'라는 우스개가 나돌았다. 선발고사를 진행하던 시절 편하게 신입생을 받던 교사들이 주로 하는 말이었다.

물론 관상학 전문가들은 너무나 비싼 전문직이라 제아무리 서울대 진학률 오 위권을 고수하는 이 학교에서도 모시긴 힘들었다. 그래서 질문지는 자주 치졸하고 너저분해지기 일쑤였다.

"걔 텄다. 솎아내."

임용되자마자 일 학년 담임을 맡은 첫해, 나정이 가장 많이 들었던 말이었다. 이 학교에 들어왔다는 자부심과 애교심에 가득 차 선생이 하라면 뭐든 득달같이 해야 할 입학 초부터 벌써 지쳐서 나가떨어지는 애들은, 절대 삼 년을 완주하여 학교의 명성을 '해치지 않을 정도'의 대학에 진학할 수 없다고, 그러니 빨리 '솎아내라고' 선배 교사들은 자주 충고했다. 나정은 그렇게 했다. 사려 깊게 오래 상담하고, 힘들어하면 전학을 권유했으며, 작년에는 학급에서 총 셋을 내보냈다. 두 명은 일반고로 갔고, 한 명은 자퇴를 했다.

그리고 면접 전 나정에게 떨어진 요구 역시 그와 결이

비슷했다. 나정과 함께 중어A 그룹을 면접하기로 배정된 일학년 부장의 입에서 나온 지시였다.

"나정, 면접 보는 애들한테 제일 크게 잘못하는 게 뭔 줄 알아?"

나정은 모른다는 의미로 그를 충실하게 바라보았다.

"헛된 희망을 주는 거야. 면접 잘 봤다는 희망. 붙을 거라는 희망. 걔들은 그거 하나 믿고 있다가 한 달 후에 불합 받고 좌절하는 거야. 나정, 생각해봐. 교복 입는 상상 다 하고, 들어와서 특기동아리 뭐 할지, 학술동아리 뭐 할지 생각하고, 학교 홈페이지 매일같이 들락거리면서 교사 이름이며 커리큘럼이며 다 외워 걔네. 외고 지망생 카페, 디씨 외고 갤러리, 나무위키 같은 데 가서 누구 수업이 좋고 누가 담임 맡으면 어떨지 다 살펴보고 시뮬레이션 돌린다고. 그런 애가 '불합격'이란 세 글자를 마주했을 때 느낄 좌절감을 상상해봐. 죽고 싶을걸? 불쌍한 어린애들을 그렇게 만들고 싶지는 않잖아, 나정."

그랬다.

"그러니까 나정이 애들 살리자."

그는 말했다.

"별것 없어. 무서운 면접관 하면 돼. 나정 샘 표정 하나로 중어A 애들이 전부 다 자기가 떨어졌다고 생각하기만 하면 돼. 좌절했다가 얻는 기쁨은 또 얼마나 큰데. 그런 애들이 들어와서도 행복하게 학교생활 잘해. 그렇게 면접을 죽 쒔어도 자기를 붙여준 것에서 당분간은 감사해하거든. 그러니까 나정

샘, 애들을 위해 얼굴 한 번만 싹 굳히고 연기해주면 돼."

나흘간의 감금 후 캐리어 안에 꼬깃꼬깃 넣어둔 정장을 입고 면접장에 앉아 대기하는 나정의 옆에서 그는 거듭 확인했다.

"나정! 긴장했지. 그래, 차라리 긴장한 표정이 좋다. 딱딱하네. 나는 연기 못할까 봐 걱정했잖아, 나정이 너무 착해서."

'신입생입니다. 담임 수최인데 어떤가요?'

'담임이면 좋은데 수업은 그냥 그럼. 적당히 스루. 대신 시험문제는 빡세게 냄. 킬러 팔십 퍼는 수최 출제임. 수최는 방과후 들어야 함. 자기 방과후 인기에 민감해서, 신청 많이 받으려고 은근 힌트 많이 줌.'

교감은 핸드폰을 얼굴로부터 멀찍이 떼어놓고서는 미간을 찌푸렸다. 검지로 조금 더 스크롤을 내렸다.

'그런가요? 수최는 담임으로서도 별롭니다. 차별하거든요. 차별하는 기준도 이상해서 더 혼란스럽습니다. 다른 담임들처럼 성적으로 차별하면 수용하고 열심히라도 하겠죠. 그런데 수최는 가난한 애들만 좋아합니다. 사통 엄청 챙기고요. 피씨충입니다. 수최가 담임인데 후배님 집이 잘산다면, 그냥 일 년 내내 죄 없이 차별당할 각오하고 알아서 살길 찾아야 합니다. 건투를 빕니다.'

교감은 허예진의 학생 정보를 찾아보았다. 기준

중위소득 육십 퍼센트 이하 자격으로 입학. 그해 중국어과
사회통합전형의 경쟁률은 일 대 일도 되지 않았었다.
면접장에 발만 들여놓으면 합격이란 얘기였다. 교육부
지시로 사회통합전형을 통해 전체 정원의 이십 퍼센트나
뽑아야 하는데, 매해 그런 식이었다. 변별력이 하나도 없었다.
미꾸라지들도 잘만 들어왔다.

 될성부른 떡잎 하나를 발로 밟아 짓이겨놓고서는 잡초를
감싸고돈단 말이지, 최나정 선생은.

 혀를 차며 핸드폰을 주머니에 집어넣고는 교장실 문을
두드렸다.

모두 두어 달 동안은 나정의 잘못이 아니라고 했다. 단 한 번의
실패도 견디지 못할 정도로 약해빠진 고인의 탓이며 그리 키운
부모의 탓이라고 했다. 물론 그런 위로는 교장실이나 교직원
식당에서나 맴돌았지 밖으로 나가지는 않았다. 교무실만 해도
듣는 귀가 많았다. 어리고 부드럽고 징그러운 귀들이 많았다.

 고인은 나정의 이름을 몰랐다. 그저 중어A 그룹
오전반 면접관 중 유일한 여자라는 것만 알았다. 나정을
'여자면접관'이라고 유서에 지명했다.

 고인이 외고 지망생 카페에 올린 글은 총 마흔여섯 개였다.
그중 마지막 세 개의 글은 면접 이후에 게시되었다.

 '중어A 여자면접관 표정 어땠나요?'

'떨어지면 너무 치욕스러운데 어떡하죠. 잠이 안 와요.'

'살자 마렵다 ㅅㅂ.'

'중어A 여자면접관'의 표정에 대해 묻는 글에는 여덟 개의 댓글과 일곱 개의 대댓글이 달려 있었다. 대부분은 자기도 마찬가지였다, 원수진 사람처럼 쏘아보았다, 심장 떨려 죽는 줄 알았다, 질문이 너무 어려운데다 표정까지 살벌했다, 라는 내용이었고 고인은 그 댓글들에 충실히 'ㅠㅠ 저만 그런 게 아니라면 다행입니다!!!'를 남겼다. 그러나 마지막 댓글에는 답을 달지 않았다.

'저한테는 되게 잘 웃어주던데. 똑같은 사람 맞아요? 중어A 오른쪽 앉은 여자면접관. 단발에 갈색 재킷.'

그다음에 올린 글에는 댓글이 하나도 달리지 않았다. '살자 마렵다 ㅅㅂ'이라는 제목의 글에는 '중어과 선배 맘입니다. 원래 인생에 실패가 있어야 성공이 더 빛나는 법이잖아요. 혹시 떨어졌다고 해도 세상 무너지지 않아요. 스카이 갈 친구들은 일반고 가도 스카이 가요! 파이팅!'이라는 댓글이 딱 하나 달렸다. 고인의 사망 사실이 알려지기 전까지는 그 댓글이 유일했다. 지금은 명복을 비는 댓글 아흔여섯 개가 추가로 달려 있다.

고인의 아버지는 그 카페에 총 이천팔백사십 회 출석했으며 삼백구십 개의 글을 올렸다. 고인의 아버지가 마지막으로 올린 게시물은 고인의 유서 전문과 중학교 삼 년 동안의 성적표, 그리고 구백 점을 넘은 텝스 성적표와 HSK 육 급 자격증이었다. 발표일로부터 일주일 전, 아무래도 불합격한 게 분명하다는 생각에 대교 위에서 몸을 던진 고인은 실로 뛰어난, 학교에서 쌍수를 들고 환영했을 영재였음에 틀림이 없었다.

신입생 오리엔테이션에서 중국어과 입학생들은 담임의 얼굴을 보곤 고인이 유서에서 지명했던 그 여자, 끝없이 자신들을 노려봤던 면접관임을 대번에 알아보았다. 그러나 이미 합격했기에 죽은 이를 신경 쓸 겨를도 이유도 아무래도 없었다. 무엇보다, 중국어과 일반전형 입학생 스무 명 중 누군가 하나는 고인 대신 그 자리에 앉게 된 것일 수도 있었기에 발표일 이후 합격자 모두는 고인의 존재를 공통의 기억에서 쫓아내려 노력했다.

~

왜 일반전형 응시생이었던 고인이 사회통합전형으로 들어온 예진을 골랐는지 나정은 가늠할 수가 없었다. 예진은 애당초 고인의 경쟁 상대가 아니었으며, 고인이 살아 입학했다고 하더라도 여전히 경쟁 상대가 될 수 없었을 것이었다. 예진은 반 평균을 낮추면 낮췄지 높일 아이는 아니었으니까. 만약 자신의 자리를 차지한 누군가를 이용하여 그와 나정 모두에게 복수를 하고 싶다면, 삶을 조각조각 내어 진창에 처박고 싶다면, 응당 일반전형 학생을 희생양으로 선택해야 했다.

그러나 고인은 이상하게도 예진을 선택했고, 그 몸을 빌려 예진과 나정 모두를 집요하게 괴롭혔다. 모든 순간 예진의 몸에 들어가 있는 게 아니라는 점이 가장 지독했다. 고인은 매 쉬는 시간마다 예진의 몸에서 빠져나갔다. 빠져나가서, 제정신을 차린 예진으로 하여금 자신이 얼마나 고립되어 있으며 동급생들이 자신에게 얼마나 큰 악의를 가득 품고 있는지 목격하게 만들었다.

나정은 점점 고인에 대한 죄책감이 혐오감과 분노로 덮이는 것을 느꼈다. 자신 때문에 죽은 고인을 혐오했다. 그것이 자신이 원하는 이상적인 최나정의 모습과 전혀 합치하지 않는데도. 고인은 어디까지 갈까. 내가 어떻게 망가지길 바랄까. 혹시 내가 죽기를 원할까. 나정은 몰랐다.

어떠한 증거도 없이 오로지 심증뿐이었으나 어떻게든 조치를 취해야 한다는 교장실에서의 판단 아래 내려진 조치는 '출제 오류로 인한' 십삼 번 문항의 전원 정답 처리였다. 문제에는 결단코 오류가 없었으나, 아무도 이의를 제기하지 않았다. 내로라하는 상위권 학생 대부분이 틀린 문제였다. 그들 모두 쌍수를 들고 환영할 일이었다.

물론 그 정도의 조치가 수최가 허예진을 편애한다는 소문을 잦아들게 만들 수는 없었다.

교장실에서 부장은 말했다.

나정, 괴롭지.

억울하지.

솎아내.

솎아내는 게 맞아.
그게 바로,
결백을 증명하는 가장 좋은 길이잖아.

전교생이 숨을 죽이는 야간자율학습 시간 교무실에는 당일의 감독관 한 명뿐이었고 쥐가 자주 돌아다니며 교사들의 서랍에서 과자를 훔쳐 먹었다. 아침에 출근해 서랍을 열면 둥그렇게 잘린 과자 봉지가 출몰했다. 가끔은 빠르게 발등을 타고 넘어갈 때도 있었다.

공부하는 학생들의 집중력을 위해 소등한 어둑한 복도를 혼자 걸으며 나정은, 귀신보다는 쥐가 더 무섭다, 그러니 무서울 게 없다, 하고 스스로 생각하며 어깨를 펴고 짐짓 괜찮은 척을 했다. 그러면서 교실 문에 붙은 투명한 감시창과 창문을 통해 딴짓을 하거나 자는 아이가 없는지 확인했다.

사건이 일어나기 전까지 아이들은 멍하고 괴로운 눈으로 허공을 바라보다 복도의 나정과 눈이 마주치면 얼른 시선을 내렸다. 사건 이후에는 달랐다. 아이들은 나정의 눈을 똑바로 쳐다보았다. 누군가는 우습다는 듯 팔짱을 끼고 입을 실룩거렸다. 그러나 그것은 야간자율학습 규칙에 기재된 '학습에 집중하지 않거나 공부하는 타인을 방해하는 행위'가 아니었다. 나정이 불러 지적하면 물을 것이었다. 왜요? 눈 운동한 건데요. 피곤해서요. 사람이 그것도 못 해요?

그러고서는 혀로 한쪽 볼을 눌러 불룩하게 만들며 머리를 쓸어 넘길 게 분명했다. 이제 아이들은 나정에게 충분히 그런 식으로 굴 수 있었다.

차라리 부딪치지 않는 편이 나았다.

교무실에도 있는 쥐새끼가 복도에서는 보이지 않았다. 복도에는 먹을 게 없으니까. 복도 끝은 언제나 어둠에 휩싸여 있었고 양 끝의 층계는 가장 컴컴해 그곳을 넘어지지 않고 오가려면 하다못해 핸드폰 플래시 기능이라도 있어야만 했다. 나정은 핸드폰 플래시를 켠 후 자신의 반이 있는 층을 마지막으로 돌기 위해 층계를 올랐다.

계단을 절반 오른 후 몸을 돌렸을 때 발끝에 물컹한 것이 채였다. 나정의 낮은 비명보다 물컹한 쪽에서 나오는 신음이 더 먼저였다.

쉬는 시간이 되기 전까지 아이들은 그 어떤 사유로도 교실 밖으로 나와서는 안 됐다. '불이 나거나 아파 쓰러졌거나 누가 총기 난사를 하지 않는 이상은', 하고 오리엔테이션 때 일 학년 부장은 아이들에게 말했었다. 화장실이나 생리통 따위를 핑계로 나올 생각 하지 말라, 본인이 그 정도로 약해빠진 것 같다면 지금 당장 일반고로 발길을 돌려 즐겁고 행복한 학교생활을 해라. 너희는 더 이상 중학생이 아니다. 얼마나 치열하게 매시간을 살아야 하는지 알고 싶다면 선배들에게 물어라. 하루에 몇 시간을 자야 하는지. 등급 하나 올리는 것이 얼마나 힘든지.

저렇게 말해도 되나, 누군가는 강압적인 언행에 항의할 수도 있지 않을까, 지금 강당에는 아이들뿐 아니라 부모들도 있는데, 애들에게 저런 식으로 말하는 것을 용납할까, 가뜩이나 요새 애들은 오냐오냐 컸다는데. 임용된 첫해 첫 오리엔테이션에서 나정은 걱정스러운 표정으로 연신 강당 뒤편에 서 있는 학부모들의 눈치를 살피며 걱정했었다. 돌이켜보면 우스운 일이었다. 이 학교에서만 이십오 년을 일한 베테랑을 걱정하다니. 나정이 몰랐던 것은, 아이를 이곳에 입학시키는 데 성공한 학부모들은 둘 중 하나의 상태라는 것이었다. 부장과 쌍둥이처럼 닮은 마음을 가지고 있는 한쪽. 혹은 뒷바라지에 이미 너무나 지쳐서 혼곤한 환희의 상태에 빠져 있으며, 어마어마한 액수의 등록금을 대가로 앞으로의 채찍질을 학교에 위임한 채, 악독한 학교로부터 받은 상처를 치유해주는 사랑스런 부모로만 기억되고 싶어 하는 나머지 한쪽.

고인의 아버지는 어느 쪽이었을까.

나정의 비명은 낮았으나, 복도에서 가장 가까운 교실의 아이들에게는 충분히 들릴 수 있을 만한 크기였다. 나정은 핸드폰 플래시를 내려 얼굴을 확인했다.

예진이었다.

다행이다. 나정은 순간적으로 생각했다. 다행이다, 애들이 교실 안에 갇혀 있어서. 내 목소리를 듣고 나올 수 없어서. 아무도 밖으로 나올 수 없는 시간에 허예진과 내가 단둘이 여기 있는 장면을 목격할 수 없어서.

모두 갇혀 있는 동안 수습해야 해. 아무리 두렵더라도.

쉬는 시간까지는 이십 분이 남아 있었다. 자율학습을 시작할 때 예진은 분명 교실에 있었다. 그러니 중간에 예진이 이탈한 사실을 학급 아이들은 모두 알 터였다. 얼굴들은 모조리 문제집에 박고 있었겠지만 귀들은 예진이 의자를 밀고, 문을 열고, 복도를 걷는 소리를 기민하게 낚아챘을 것이다.

지금 발에 채인 허예진이 허예진이 아니므로, 허예진의 안에 들어가 두 사람의 생을 모두 망가뜨릴 작정을 하고 날뛰는 고인이므로, 나정은 아이가 왜 층계에 엎드려 있는지에 대한 일말의 걱정 없이 그저 순수한 분노를 담아 상대의 작은 몸을 할퀴듯 잡아당겨 얼굴을 마주 보게 만들 수 있었다.

"나한테 왜 이러니."

물음에 아이는 아아, 하고 앓는 소리를 내며 손으로 나정의 발에 채인 옆구리를 문질렀다.

"나한테 뭘 원하는 거니. 내가 어떻게 되었으면 좋겠니. 네 목표가 뭐니. 대체 뭘 원해서 이런 짓을 하느냔 말이야."

이십 분 안에 누구에게도 들키지 않고 고인을 내보내야 했다. 다시는 예진과 함께 있는 모습을 목격당하고 싶지 않았다. 그러려면 무슨 말을 어떻게 해야 할까.

지금껏 숱하게 예진의 모습을 한 고인이 날뛸 때마다, 인적 드문 곳에 어떻게든 붙들고 가서는 사과를 해왔다. 그러나 달라지는 것은 하나도 없었다. 고인은 사과를 바라지 않았다. 명백히 아니었다. 고인은 아마도 나정의 몰락을 원할지도 몰랐다. 그러나 무슨 몰락? 나정으로서는 가늠이 잡히지 않았다. 이 학교에서의 몰락이라면 아마도 직위해제 정도?
힘겹고 우울하겠지만 다시 벌어먹고 사는 길은 무궁무진했다.
나정에겐 어쨌든 지원서에 쓸 수 있는 타이틀이, 경력이 있다.
그게 고인과는 다른 점이다.

그러고 보니 한 번도 고인에게 그런 말을 한 적이 없었다.
고인에게 맞춰주려고만 했다. 그리하여 열일곱짜리 혼백은
기세등등해졌다.

그렇다면 차라리,

나정은 퍼뜩 생각했다.

차라리 그때처럼 눌러버리면 다시 죽어버릴지도 모른다.

너는 아무것도 아니라고,

너는 뭐 대단한 일을 벌이고 있다고 생각할지도 모르지만 몇
년을 더 산 입장에서는 아무래도 평범하고 허술하다고,

너는 행여나 살아서 입학했어도 적응하지 못하고 '솎아낼
애'로 분류됐을 거라고,

그리고 그걸 견디지 못해서 또 죽었을 거라고.

너는 겨우 그 정도의 위인이기에,

여기 네가 있어야 했다는 착각은 너무나 우스워서 논할
가치도 없다고,

너의 그 고슴도치 아버지나 돈을 낸 너에게 좋은 말을
해줘야 하는 학원 선생이나 돈 먹는 하마 같던 컨설팅
담당자를 제외한다면 모두가 애초부터 너를 같잖게 봤을
것이라고 말이다.

너는 아주 형편없다고,
그러니 그 형편없음에 어울리게 어디 가서 죽어버리라고.

나정은 예진이 비틀거리며 일어나 층계의 어둑한 구석에 비스듬히 기대어놓은 핸드폰을 손에 쥘 때에야 비로소 자신이 그 모든 말을 입 밖으로 내뱉었다는 사실을 알게 되었다. 녹화했구나. 나정은 예진의 손에서 핸드폰을 빼앗았다. 예진은 말로나마 반항했으나 작은 몸으로 층계에 엎드려 있던 몸은 냉기에 굳어서인지 힘없이 쉽게 밀렸다.

압수할까 하다가, 고인이라면 언제 어떻게든 자리를 뒤져 훔칠 수 있다는 생각에 나정은 아예 부수기로 마음먹었다. 층계가 꺾어지는 틈 아래로 핸드폰을 떨어뜨렸다. 오 층 층계에서 떨어뜨린 핸드폰이 누군가의 머리에 맞을 수 있다는 생각을 퍼뜩 했으나 괜찮았다. 아직 쉬는 시간 종이 울리지 않았고 당연히 아래에는 아무도 없을 것이었다…….

그러나 왜인지 기대했던 파열음은 들리지 않았다. 지금 당장 찾으러 내려가야 한다. 찾아서 얼마나 부서졌는지 확인하고 다시 가져와야 한다. 나정은 마음이 조급해졌다. 뛰어 내려가는 건 어렵지 않다, 금방이다. 일단 찾고 나서, 어떻게든 내일부터 저 끔찍한 아이를 내보낼 시도를 할 것이다, 어차피 허예진은 뛰어난 애도 아니고, 문제를 일으키고 있으므로 솎아내겠다고 하면 관리자든 부장이든 좋아할 것이다…….

생각하며 나정은 아이를 버려두고 등을 돌렸다. 그런데 이상했다. 왜 층계 아래에서 시끌벅적한 목소리가 들릴까.

그래서는 안 됐다. 아직 쉬는 시간 종이 울리지 않았다.

종이 울리지 않았으니 아무도 밖으로 나와서는 안 됐다. 그 어떤 일이 있어도.

그 정도의 규칙조차 지키지 못하고 그 정도의 자기 통제력조차 갖추지 못한 아이들이라면 행복하게 일반고로…….

"선생님. 정말 그렇게 생각하시나요."

등 뒤에서 예진이 말했다.

"제가 그렇게 못 따라갈 것 같나요."

아이는 턱을 떨며 울고 있었다.

종이 울리지 않았기 때문에, 벽에 걸린 시계와 급우들의 눈치를 번갈아 보다 마침내 아이들은 교실 밖으로 슬금슬금 나오는 중이었다. 손엔 핸드폰이 들려 있었고, 대다수는 이미 전날 학교 오픈 채팅방에서 예고된 라이브 방송을 몰래 본 후였다. 핸드폰을 빼앗아 부술 필요가 없었다. 볼 사람은 이미 다 보았고, 학생과 몸싸움을 하는 장면까지 추가되었으니 더 볼썽사나웠다.

예진을 징계하는 명분이 부족하지는 않았다. 무단이탈, 일과 중 라이브 방송 송출, 교사 불법 촬영.

그러나 다섯 층 아래에서 멀쩡히 매점으로 뛰어가다가 머리에 핸드폰을 맞고 쓰러진 고 삼짜리에 대해서는, 누가 책임을 질 것인가.

교장실에 모인 이들은 몇 번이고 라이브 방송 녹화분을 돌려보았다. 학부모회가 교사의 언행으로부터 모욕감을 느꼈다며 학교에 증거로 들이민 녹화본이었다. 외고 지망생 카페에도 녹화본이 돌고 있다고, 학교의 명예가 땅까지 떨어졌다고 학부모회는 대책을 요구했다. 부장은 미간을 찌푸렸다. 도대체 최나정 때문에 몇 번을 골머리 앓아야 하는지. 이 학교에 근무한 이래로 교사가 이런 식의 사고를 친 건 처음 있는 일이었다. 학부모에 대한 모욕이라니. 학생을 모욕하면 교육 차원에서였다고 핑계라도 댈 수 있지 이건.

여섯 번째로 녹화분을 돌려보던 교감이 갑자기 입을 열었다.

"최나정 선생님?"

네, 하고 테이블 끝에서 두 손을 무릎 위에 올려놓은 채 고개를 숙이고 있던 나정이 대답했다.

"누가 핸드폰을 던졌다고요?"

네? 이미 모두가 알고 있는 사실을 재차 확인하는 목소리에 놀란 나정이 고개를 들고 되묻자 교감은 말귀 못 알아듣는 멍청한 아이들을 향해 흔히 짓곤 하던 표정으로, 눈을 가늘게 뜬 채 다시 설명했다.

"이 화면으로는 안 보이잖아. 최나정 선생님이 핸드폰 압수하려고 몸싸움한 것까지 보이고는 내내 암흑이잖아."

핸드폰을 뺏은 나정이 우연히 손바닥으로 렌즈 부분을 감싸고 있었기 때문이었다. 그렇게 대답하려 하는데 교감이 다시 말했다.

"최나정 선생님, 정치적이든 사회적이든 어쨌든 아무리

자기 신념이 뚜렷하게 있다고 해도 애의 잘못을 본인이 덮어쓸 순 없어. 그건 애를 위한 길이 아니라고. 애가 잘못을 했으면 합당한 대가를 치르게 해야지. 이러면 다들 뭘 보고 배우겠습니까."

다들 자기 잘못 생각 안 하고 바락바락 떼쓰면서 남이 해결해주기만을 바랍니다. 요새 애들이 그게 문제 아닙니까. 선생님이 그런 식으로 행동을 해서는 곤란해요. 애를 사랑하는 걸 알긴 알겠지만.

괘씸하네, 애가.

아주 끔찍하게 자기 위해주는 담임한테 죄를 뒤집어씌우려고 하는 게 말이야.

애는 정 부장이랑 우리가 알아서 처리할게요. 최 선생 끼어들어봤자 밖에서 보기에도 좋을 게 없어.

최 선생은 학부모들에게 사과합시다. 사과문을 씁시다.

"그런데 사과문을 어디 올립니까? 설마 학교 홈페이지에요? 중학생에 학원에 학부모에 다른 학교에서도 다 보는 곳에요? 아니면 가정통신문으로 뿌립니까? 저는 용납 못합니다. 공개적으로는 절대 안 돼요."

교장의 말에 교감은 턱턱, 소리가 나는 웃음을 지었다.

"교장 선생님, 아니요, 최 선생 SNS 같은 거 없습니까. 있지 않습니까. 최 선생 이름만 치면 다 들어가볼 수 있잖아요. 학생들도 알던데. 최 선생 개인이 개인 계정에 그렇게 올려주면 훨씬 더 진정성이 있고 그렇습니다. 최 선생이 젊으니까 더 잘 알 겁니다."

회의는 중간에 나정을 내보내고 다시 진행됐으며 나정
반의 담임을 교체하는 것이 안건으로 올라왔고 만장일치로
통과되었다. 담임을 새로 맡게 된 이는 이십여 년간 일 학년
담임을 줄곧 맡아오던 오십 대였는데 이제 막 담임 업무에서
벗어나 한숨 돌리려던 차에 어린 후배 때문에 다시 일을
떠맡게 되었다며 교무실에서도 교직원 식당에서도 학부모들
앞에서도 우는소리를 냈다. 아무도 뭐라고 하지 않았다.
어린 나정보다 훨씬 좋은 성적을 낼 수 있는, 학교의 명예에
부합하는 담임을 모두가 익히 알기 때문이었다.
부모들은 설렘과 만족감을 감추지 않았다.

예진이 전학을 가기 전날 아이의 부모는 아이를 데리고 인사를
하러 왔다. 우리 애가 어떻게 그런 잘못을 저질러서, 하고 그
부모는 주워섬겼다. 집에서는 하등 그런 일이 없었는데 왜
학교에서 그런 일을 해서.
"학교가 힘들다는 얘기를 하던가요?"
부장이 옆에서 묻자 부모들이 고개를 끄덕였다. 자기 혼자
잘 못 따라가는 것 같아서 힘들고 무섭다고요, 울기도 많이
울고……. 분명 수업을 들었는데 아무것도 기억나지 않는다고
울고……. 집에 와서 새벽까지 다시 공부한다고 매달리느라
하루에 두세 시간밖에는 못 잤는데, 그래서 자기도 모르게
수업 시간에 잔 건가, 하면서도 울고…….

힘들어하는 아이들은 매해 있습니다, 하고 부장은 고개를 끄덕였다. 아이 미래나 건강을 위해서라도 조금 숨을 돌리게 해주시는 게 좋아요. 어쨌든 건강이 먼저 아닌가요, 더 나빠지기 전에 잘 선택하셨습니다. 더 주저하셨으면 무슨 일이 일어났을지 모릅니다. 결국 정신과 갈 때쯤이 되어서야 나가는 애들이 많습니다.

"징계 면하게 해주셔서 감사합니다. 합의도 도와주시고, 합의금도 절반이나 학교에서……."

나정은 기억했다. 다행이다, 핸드폰 맞은 애 사통이야, 기초수급이네, 하던 교장의 말. 내선 전화를 들고 그는 소리치듯 말했다. 치료비 학교에서 지원해주겠다고, 거, 영수증 떼어 오시는 대로 다 해드리겠다고, 말 좀 해주세요. 수화기를 내려놓고는 중얼거렸다. 뭐 머리 맞아서 성적이 더 좋아질 수도 있지 않나? 내려갈 곳도 없네, 얘는.

"그래요, 징계 받으면 생기부에도 남는데 선생님들도 마음이 편치 않지요. 예진이 대학 가는데 일 학년 때 잠깐 한 실수가 걸림돌이 되면 되겠습니까."

그러고 부장은 슬쩍 예진을 보더니 턱으로 나정 쪽을 가리켰다.

"예진이, 선생님이랑 마지막 인사 해야지. 옆에 상담실 비워놨으니까 거기 가서 이야기하자."

이야기된 적 없는 일이었다. 나정은 멍하니 부장을 바라보았다. 예진이 고개를 젓자 부장이 다시 말했다.

"예진아, 너는 아직 어려서 잘 모르지만 세상 좁다? 사람

어디서 언제 다시 만날지 모르는 일이거든. 그래서 이별은 최대한 서로 좋게 아름답게 해야 돼. 가서 얼른 이야기 나누자. 샘은 방해 안 할게."

그리고 예진의 부모가 그래 예진아, 죄송하다고 말씀드리고 오자, 하며 딸의 손을 꼭 잡았다 놓았다. 만약 이전의 나정이었다면 그 모습이 속상하고 분했을 것이다. 당신들은 왜 다른 부모들처럼 뻔뻔하지 못한가. 왜 자꾸만 지려고 드는가. 왜 학교의 태도를 의심하지 않는가. 왜 무언가를 빚진 사람처럼 구는가. 왜…….

그러나 나정은 이미 지쳤다.

지쳐서 죽이고 싶었다. 여기 있는 모두를.

지쳐서 교장과 교감과 학년부장과 그 애의 아버지와 어머니가 모두 보란 듯 발을 질질 끌며 문을 벌컥 열고 나갔다. 뒤따라 나오는 예진을 생각하지 않고 닫아버리는 문을 예진이 잡았다.

상담실이 교장실 옆에 있다는 것은 정말이지 우스운 일이다.

어느 학교에서건 교장실은 보통 가장 조용한 층에 위치한다. 아니, 아니다. 말이 잘못되었다. 어느 학교에서건 교장실이 있는 층은 조용하다. 조용해진다. 조용해지게 만든다. 그 층을 비워놓는다. 최대한 적은 학생이 아주 피치 못할 사정이 있을 때만 그 앞을 지나갈 수 있도록.

상담실을 그 옆에 두면 학생은 위축된다. 어른 보기에 대수롭지 않은 고민으로 상담을 받는 것을 일종의 잘못으로 여기게 된다. 혹은 잘못했을 때만 아주 조용히, 자신의 편이 되어줄 친구들에게서 고립되어 상담실로 옮겨져 혼이 난다고 인식하게 된다.

그 상담실로 나정이, 그리고 예진이 차례로 들어간다.

너는 예진이니 고인이니.

예진은 입꼬리를 쭈욱 끌어올리며 턱을 치켜든다. 나정은 상담실의 시계를 본다. 지금은 점심시간 전. 사 교시 중이다.

고인이다.

예진이는 너에게 이런 식으로 고통받아야 할 아이가 아니야.

방금 전까지 죽이고 싶다고 생각했으면서 나정은 또다시 그렇게 말한다.

예진이는 네 자리를 빼앗은 아이가 아니야. 예진이는 네가 붙든 떨어지든 어차피 들어왔을 아이고 들어와서도 네 등수를 밑으로 내렸을 애도 아니야. 그런데 왜 예진이니. 너도 네 두 눈으로 보았을 게 아니니. 이 애 부모를 봤을 거 아니니. 이 애 아버지가 너의 아버지에 비해, 물론 나는 실제로 뵌 적은 없지만 어디 무슨 병원장이라는 너의 아버지에 비해, 얼마나 남루하고 볼품없고 구겨져 있고 허리를 굽실대고 있는지 보지 않았니. 부끄럽지 않니. 이래서 얻는 게 뭐니. 내게 복수를 하고 싶었으면 그냥 내 몸에 들어왔어도 충분하지 않니. 내가 칼을 들고 내 손목을 긋도록 만들어도 좋았고 반드시 수치심을 주고 싶었다면 내가 옷을 홀딱 벗고 전교생 앞에서 춤을 추게 만들 수도 있지 않았니. 그런데 왜 희생양을 굳이 둘로. 왜 굳이 이 애로. 다른 애를 알려줄까. 누가 일반전형으로 들어왔는지 알려줄까. 누가 너 대신 그 자리에 앉아 있는지, 어떤 캐비닛을 열면 그 자료가 고스란히 보관되어 있는지 알려줄까. 너 자물쇠 아무렇게나 잘 열잖니. 나도 모르는 학교 종소리가 어디서 울리는지도 아는데. 나도 모르게 시험 결과를 마구 조작하는데. 그 정도야 일도 아니잖니. 알려줄게. 알려줄 테니까 가서 함께 보지 않겠니. 엉뚱한 애를 잡지 말고 말이지.

예진은 아무 말이 없고 나정의 손가락은 손바닥을 향해 빠르게 안으로 곱아든다. 무언가를 잔뜩 힘을 주어 움켜쥐고 싶은 것처럼.

그리고 나정은 퍼뜩 그 댓글을 생각해낸다. 그 여자면접관 제 앞에선 웃었는데요.

설마 그 댓글 때문이니. 나정은 묻는다. 내가 웃었다는 댓글 때문이니. 그것을 설마 허예진이 썼다고 생각하는 거니. 그 댓글 때문에 네가 무너졌다고 생각하는 거니. 그 댓글 때문에…….

침을 삼킨다.

그 댓글 때문에 네가 죽었다고 생각하는 거니. 하지만 그 댓글은 거짓이야. 나는 그 누구에게도 웃어주지 않았어. 모든 아이들에게 공평해야 했으니까. 그러니 네가 보아야 했던 표정은 미안하지만 중어A의 응시생 모두에게 똑같이 보였던 표정이었다고. 같은 자극에 다른 반응을 보였다면 그 책임은 누가 져야 하니. 나나 허예진이니. 아니면 나약한 주제에 오만했던 너의 잘못이니.

상담실은 고요하다. 교장실에서 사람들이 벽에 귀를 붙이고 있을까. 나정을 정신병자라 생각할까. 더 이상 이 학교를 이끌어갈 촉망 받는 후배 교사로 대우할 수 없다고 여길까. 나정은 억울하다. 시키는 대로 하였을 뿐이다. 헛된 희망을 심어줘서는 안 된다는 말, 그 말이 없었다면 평소의 성정처럼 후하게 웃어주었을 것이다.

초침 소리가 울린다.

교장실이 위치한 층은 고요하다.

벽 너머에서 기침 소리가 난다. 역시나 엿듣고 있다.

초침 소리가 울린다.

이윽고 예진의 입이 열린다.

그 댓글을 이 쌍년이 썼는지는 모르지만 적어도 어떤 애들이 썼는지는 알아.

고인은 속삭인다.

당신 말대로야. 당신이 헛된 희망을 방지하지 않아도 되는 애들, 무조건 합격할 애들. 웃지 않았다고? 그 애들 앞에서 당신은 웃었을걸.

그 애들은 일반전형과 달리 오후에 면접을 보았다. 오후반 앞에서는 웃었나.

그랬다. 그 애들은 어차피 나정과 만날 아이들이었다. 그래서 나정은 웃어주었다. 어차피 학교에 들어올 아이들에게 나쁜 인상을 줄 필요는 없었고 무엇보다 나정은 아이들을 좋아했으니까…….

걔들은 등신 같으면서도 특혜를 받잖아.

고인이 말한다.

등신들이, 삼 등급도 못 받으면서 돼지같이 게을러 가난하다는 이유로 특혜를 받아 들어와서는 졸업장을 받고 나가는데 그걸 어떻게 참아?

고인은 일어나서 나정 앞에 얼굴을 들이민다.

내 자리를 뺏은 애들은 걔들이야. 걔들이라고. 똑같이 태어나서 뭣도 안 하고 벌어 가는 걔들이라고. 이십 프로나 돼. 이십 프로나!

나정은 고인의 얼굴을 기억해내고 싶지만 이미 오래전부터 예진의 얼굴로만 인식된다.

나는 그 댓글을 쓴 사람이 누군지 상관 안 해. 그 비슷한 새끼들을 다 지옥에 처넣고 싶은 거지. 다 똑같은 돼지들이니까. 얘 나가고 나면 다른 돼지한테 또 붙을 거야. 붙어서 똑같이 지랄할 거라고. 다 뛰쳐나갈 때까지. 그래야 공평하지!

그러고는 돌아와 다소곳하게 다리를 모으고 앉아 울기 시작한다. 쉬는 시간을 알리는 종이 친다. 예진이 울면서 고개를 들어 나정을 바라보지만 나정은 쉬는 시간 돌아온 예진의 눈빛이 영 낯설다. 학교 시스템상의 쉬는 시간이 너무나 짧아 여태껏 고인을 훨씬 많이 보아왔기 때문이다.

"예진아."

나정은 부른다. 예진이 고개를 든다. 그 두 눈 안에 막막한 두려움이 가득하다.

나정이 할 말은 하나밖에는 없다.

행복하게 일반고 가서 학교생활 하자.

그리고 나정은 자신이 얼마나 많은 죄를 지금껏 지었는지를 자각하고 공포에 사로잡힌다.

그러나 결국 이런 식으로 모두가 솎아진다면 다들 좋아할지도 모른다는 사실 역시 깨닫고 만다.

나는 솎는 자인가, 혹은 결국엔 솎아질 자인가.

나정은 마음의 추가 한쪽으로 분명히 기우는 것을 애써 모른 척한다. 살고 싶고 인정받고 싶고 돈을 벌고 싶다. 지금껏 변하지 않았다는 것은 모두가 그렇게 해와도 아무 탈이 없었다는 뜻일지니.

## 작가 노트

세상을 순진하게만 살던 사람이 참 많다는 걸 언제 벼락같이 깨달았는가, 를 묻는다면 나는 특목고에서 교사 생활을 하던 때라고 답하겠다. 기형적으로 비틀린 순간들을 맞닥뜨렸을 때 제대로 항거한 적이 없단 것이 나의 치부이다. 다 지나서 이렇게 활자로 이야기하는 것이 비겁하다 손가락질한다면 나에게는 반박할 힘이 없다. 내가 다 잘못했다. 다 잘못했었다, 라고 말하는 수밖에 없다.

아직도 갈피를 잡지 못한다. 그 시절 죽고 싶어 했던 아이들은 대체 어째서 다 큰 후에야 그 시절을 추억으로 여기고, 또 죽음보다 싫어했던 그곳을 자랑스런 본거지로 여길까. 그런 모습을 보다보면 잘못됨을 말하는 내가 잘못하는 것이 아닐까, 하는 의문도 든다.

독자들이 나의 밝은 소설을 더 선호한다는 걸 명확히 아는데 자꾸만 그렇게 쓸 수 없게 되는 건 또 무슨 이유에서일까.

이제 가르치는 자의 이야기는 그만하고 싶다.

그러나 평생 그만두지 못할 것을 안다.

# 돌아오지 않는다

육선민

저명한 과학자였던 엄마가 개발한 것 중 최고는 메모리박스였다. 메모리박스는 일반적인 영상 촬영 기기와 달리 보이는 것뿐만 아니라 세상을 바라보는 각자의 감정과 생각도 담을 수 있었다. 처음에는 자막이나 내레이션을 입히는 것과 다르지 않다고 생각했지만 메모리박스로 촬영한 영상을 재생해보니 같은 화면을 두고서도 보이는 광경이 달랐다.

첫 실험 대상이었던 나는 그해 엄마와 함께 천문대에 올랐다. 지구가 가장 크게 보이는 날이었다. 화성에서 제일 거대하다는 천문대는 사람들로 북적였다. 다행히 엄마의 명성 덕택에 우리는 천문대 꼭대기에 위치한 프리미엄 자리를 배정받았다. 그래봤자 고작 몇 미터 떨어진 다른 좌석과의 거리는 우주에서 힘도 발휘하지 못할 거리였다. 그 우주먼지의 크기보다도 좁을 거리에 놓인 자리들이 암표로 어마무시하게 팔렸다.

예정된 시간에 맞춰 천문대 주변에 완전한 어둠이 내려앉았다. 사방이 고요해졌다. 적막 속에서 간혹 플래시가 터지자 사람들의 탄식이 뒤따랐다.

“엄마. 지구는 어떤 곳이었어?”

내 머리에 메모리박스를 연결하는 엄마에게 속삭여 물었다. 엄마는 지구에서 왔으니까.

“아주 오래된 곳이었어.”

나는 고개를 끄덕였다. 무슨 말인지 이해가 갔다. 그러니까, 오래되었다고.

이제 하늘을 봐. 엄마가 하늘로 손을 뻗었다. 어둠 속에

파묻힌 손끝이 향하는 곳은 정확히 알 수 없었다. 대충 올려다본 하늘에 별들이 다닥다닥 붙어 있었다. 개중 하나가 다른 별에 비해 컸다. 그게 지구라고 했다. 태양 빛을 받아 겨우 존재를 밝히던 지난날을 생각하면 빛의 파장이 컸다. 시큰둥한 반짝임이었다. 지금은 반짝이지만 몇 분 뒤면 다시 저물 빛이었다. 머리에 쓴 메모리 기기가 불편했다. 주변을 자꾸만 긁었다.

지구가 가장 잘 보이는 시간이 지나자마자 사람들은 잽싸게 발걸음을 돌렸다. 나도 빨리 자리를 뜨고 싶었다. 하지만 메모리박스의 로딩을 기다려야 했다. 무료하게 하늘을 올려다보니 무엇이 지구인지 분별이 되지 않았다. 지구를 본 게 맞기는 한 걸까. 로딩이 끝나고 확인한 메모리박스 속 지구는 다른 별들과 다르지 않은 작은 점에 불과했다. 희미하기만 했다. 반면 엄마의 메모리박스 속 지구는 달랐다. 작은 점이었던 그것은 점점 빛나더니 주변을 집어삼킬 만큼 환해졌다. 다른 별들이 흐릿해지자 온 우주에 지구만 남겨졌다. 빛은 형형색색 변했다. 주로 초록빛과 파란빛이었다. 그러다가도 온 세상을 밝힐 만큼 환한 빛이 되었다. 하늘은, 우주는 더는 검지 않았다. 온 세상의 푸른 빛깔이 거기에 있었다.

지금의 지구는 먹색이다.

엄마는 지구의 방식으로 화장되었다. 나는 정육면체 상자를 들고 한 달 만에 집으로 돌아왔다. 근래 유골은 안식의 별에 안치되는 편이었으나 화성에서도 썩 적응하지 못한 엄마를 낯선 행성으로 보내고 싶지는 않았다. 사람들 말로는 천국을 빼닮은 듯한 행성이 있는가 하면 불교의 교리를 따른 행성이 있다고도 했다. 하지만 엄마가 믿던 건 청성교로(신실하지는 않았던 듯하다), 작은 사이비 종교 단체였다. 간병인 제프 씨가 그들의 방식으로 장례를 치르자고 했지만 그러고 싶지도 않았거니와 그들과 엮이고 싶지도 않았다. 무엇보다 엄마의 몸에서 작은 구슬이 나왔다.

뼛가루 사이에서 모습을 드러낸 구슬은 새끼손톱만 했다. 탁한 회색이었다. 뼛가루가 뭉쳐 생긴 것도 아니었고 바스라지지도 않았다. 그렇다고 쇠구슬은 아니었다. 엄마의 몸에서 쇠구슬이 나올 리는 없었으니까. 그 소식을 들은 누군가는 사리가 아니냐고 추측했다. 엄마는 불자도 부처도 아니었는데.

"저희 아버지도 구슬이 나왔어요."

이웃집에 사는 오로라 씨가 장례식에서 비밀스럽게 속삭였다. 그녀의 아버지이자 엄마의 오랜 친구였던 아저씨는 이 년 전 생을 다했다. 원래 몸이 약해서 유가족들은 일찍 마음의 준비를 끝냈다고 들었다. 아저씨의 빈소를 찾았던 엄마는 쓸쓸한 표정을 지었다. 두 사람은 지구에서 화성으로 이주해 온 마지막 세대였다.

"그렇게 약한 몸으로 어떻게 이주를 하셨대요?"

"그때는 건강했어."

"화성 환경이 몸에 잘 맞는 편은 아니었다나."

여기저기서 들려오는 고인에 대한 이야기를 뒤로하고 우리는 자리를 떴다.

"아저씨랑은 고향 친구라며. 그때 기억나?"

엄마는 한참이나 답이 없었다.

"이상하게 그때가 제일 기억이 안 나."

그즈음 엄마는 기억 오류를 앓았다.

엄마는 메모리 프로그램을 개발하면서 몸이 상했다. 초기 모델은 머리에 거추장스러운 기계를 쓰고 영상 기기가 내재된 박스에 사용자의 뇌파를 전달하여 영상을 송출하는 복잡한 방식이었다. 긴 분량일수록 변환 시간이 오래 걸렸다. 녹화도 저장도 불가능했고 오류가 자주 발생했다. 엄마는 이게 세상을 구하는 일인 듯 사명감을 가지고 개인의 시야를 저장하는 데 애썼다. 그 결과 기존의 영상에 주관적인 시야를 입혀냈다. 거기서 끝내야만 했었다. 엄마는 지나간 기억에 손을 댔고 스스로를 실험 대상으로 삼았다. 하지만 기억을 훔쳐보려는 시도가 반복될수록 도리어 기억이 소거되었다. 그 빈자리에 건망증이 찾아들었다. 몇 번이고 치매 검사를 받아보았는데 의사들은 이렇게 말했다.

"기억이 조각조각 사라지고 있어요."

마지막으로 엄마는 기억을 데이터화하기 위해, 언제든

기억을 꺼내 보기 위해 머리에 이식할 수 있는 칩 개발에 몰두했다. 그건 아주 작고 납작한 모양이었다. 쇠구슬이나 사리를 연상시키는 형태는 아니었다.

오로라 씨는 다르게 생각했다. 집으로 돌아온 직후, 그녀는 아저씨의 구슬을 들고 나를 찾아왔다. 투명한 함에 담아 간직했다는 그것은 옥빛을 띠었다.

"이상한 사명감이 있었어요. 이 구슬의 정체를 알아야 할 것만 같은……. 그래서 말인데요, 혹시 이게 메모리 기기는 아닐까요?"

오로라 씨는 엄마의 방으로 시선을 옮겼다. 문틈에서 미처 끄지 못한 불빛이 흘러나왔다. 나는 홀린 듯 방으로 향했다. 방 안에는 엄마가 쓰러지며 넘어뜨린 기계들이, 미처 정리하지 못한 유품들이 널브러져 있었다.

"모임이 있어요. 우리 둘만이 아니에요. 구슬의 자녀들이라는 모임이에요."

이 년간 구슬의 정체를 수소문하며 그녀는 구슬이 나온 사람들의 모임을 만들었다. 참석자 대부분이 우리와 나이가 비슷했다. 구슬의 주인은 그들의 부모나 조부모였다.

"왜 그들에게서만 이런 구슬이 나왔을까요?"

오로라 씨는 옥빛 구슬을 매만지며 물었다.

"이우 씨 어머님도 지구에서 왔나요?"

나는 고개를 끄덕였다.

"모두가 지구에서 왔네요."

그녀는 다시 애처로운 얼굴로 나를 쳐다보았다. 아저씨의 유골은 안식의 별에 안치했지만 구슬만큼은 가지고 돌아왔다고 했다. 아버지를 유약하게 만든 장본인이라면 어떻게든 태워버렸을 테지만, 그것이 그녀의 품에 남겨진 데에는 이유가 있다고 생각했다. 몸에서 구슬이 나온 게 아니라 우리에게 남겨진 것일지도 모른다고. 유언일지도, 아버지 그 자체일 수도, 정말 사리일 수도, 응축된 기억일 수도 있다고.

"어머님이 무언가 알고 계실 수도 있지 않을까요?"

오로라 씨가 돌아간 이후, 엄마의 방에서 유품을 정리하는 대신 바닥에 떨어진 물건들을 주워 들었다. 그들을 제자리로 돌려두면서 쓰러진 엄마를 다시 일으킬 수는 없을까 생각했다. 창창한 나이에 만든 메모리박스부터 거동이 불편한 몸을 이끌고 개발해온 것들의 시간을 더듬었다. 온 생을 메모리 기기에 전송한 엄마의 수순을 따라갔다. 하지만 애석하게도 나는 이 물건들을 잘 알지 못했다. 이미 지나간 역사를 다시 토해내는 법을, 나는 몰랐다.

최근에 녹화된 몇몇 영상을 재생해보아도 방 안에서 뚝딱뚝딱 움직이는 엄마의 손과 먼지를 뒤집어쓴 기계들이 현실과 다를 바 없이 비춰졌다. 어떤 필터도 쓰이지 않은 날것이었다. 만일 엄마의 시야가 도출된 영상이라면, 두 손과 약해진 몸은 맹목적이고 기계적으로 움직였다는 뜻이었다. 이즈음 엄마는 물속에서 숨이 차오르는 사람처럼, 무언가에 쫓기는 사람처럼 방 밖으로 나오지 않고 실험에 몰두했다.

간병인도 눈치를 보았다. 누구도 말릴 수 없었다. 무얼 하는지 물어도 '보면 안다'고 답할 뿐이었다. 나는 아무것도 알 수 없었다.

유언도 마찬가지였다.

너한테 보여줄 것이 있다…….

가루가 된 엄마는 내게 구슬을 보여주었다.

혹시나 하는 마음에 구슬이 들어가는 기계를 찾기 시작했다. 구석으로 들어갈수록 먼지만 수북히 피어올랐다. 눈앞이 흐릿했다. 초점이 흐려졌다. 보려고 하던 것도 제대로 볼 수 없는 지경이었다. 오로라 씨도 아저씨를 잘 이해하지 못했을까. 그래서 구슬을 놓지 못한 걸까.

얼마나 손을 뻗었을까, 먼지에 뒤덮인 손이 검게 변해 텁텁하게 느껴졌을 때 빳빳한 직사각형 종이 한 장이 먼지와 함께 바닥으로 떨어져 나왔다. 우주여행 티켓이었다. 정확히는 지구여행 티켓이었다.

엄마가 메모리 기기만큼 집착하는 것이 있었다면 그건 지구여행이었다. 안타깝게도 이런 시대에 지구여행은 불가능에 가까웠다. 인류가 지구를 떠나 화성에 터전을 완전히 자리 잡는 내내 고향을 그리워하지 않을 리 없었다. 인기 여행지인 토성을 시작으로 천왕성, 해왕성, 태양계 전역뿐만 아니라 퇴출된 지 오래인 명왕성까지 여행이 이루어지고 있는데도 지구로 가는 우주선이 없는 데는 다 이유가 있었다. 지구 한 바퀴를 도는 위성식 관광 프로그램이 있기는 했으나 인기가 없었다. 온통 시커먼 대기에 둘러싸인 지구는 죽은 행성이었다. 행성 자체는 살아 있을지 몰라도, 우리들에게는 죽었다고. 볼거리가 없는 지구는 관광용으로도 가치를 빛내지 못했다. 드물게 연구자들이 지구로 내려가곤 했지만 여행은 불가능했다.

지구에 대한 기억도 소거된 기억 중 하나였다. 잊은 것이 푸른 지구인지, 검은 지구인지 알 수는 없었지만, 확실한 건 결코 푸르러지지 않는 지구처럼 고향 별에 대한 기억은 복구되지 않는 기억이라는 사실이었다. 엄마가 지구여행을 기대할 때마다 검은 지구의 사진을 보여주면 그녀는 말없이 세계를 받아들였다. 매번 엄마의 기억 속에서 지구는 몰락했다. 하지만 또 죽음이 기다리고 있다는 것도 모른 채 매번 지구여행을, 귀환을 꿈꿨다.

그런 지구여행에 바람을 불어넣은 사람이 간병인 제프 씨였다. 이 티켓 역시 그녀가 준 게 분명했다. 나는 티켓 뒷면에 그려진 푸른 지구 사진을 문지르며 그녀에게 전화를 걸었다. 하단에 청성교 글씨가 반듯하게 적혀 있었다.

[청성교]

제프 씨는 청성교가 운영하는 항공사에서도 일했다. 물론 제대로 된 사업체는 아니었다. 종교 소유 부유선을 몇 대 운행하는 가짜 사업체였는데 듣기로는 우주 유람용 부유선도 있다나. 나는 그들의 우주여행을 상상하며 실소를 터뜨렸다. 청성교는 지구와 관련된 음모론을 믿었다. 이를테면 지구의 검은 대기가 조작된 것이라거나, 신우주정부가 지구 너머에 감춘 것이 있다거나, 사실 지구는 죽지 않았다거나, 지구의 대기가 불안정해지고 모든 토양과 해양이 피폭되고 오염되어 사람뿐만 아니라 온갖 생명체가 살 수 없게 된 것도 자신들의 탓이 아니라 신우주정부가 모종의 이유로 지구를 비우기 위해 꾸며낸 것이라거나…… 같은 되지도 않는 믿음을 가졌다. 그런 그들이 우주여행을 하다가 검은 지구를 맞닥뜨리기라도 한다면 적어도 음모론 중 반절은 거짓되었다는 걸, 자신들의 신앙이 그릇되었다는 걸 알게 되는 셈이었다.

그래서 제프 씨가 간병인인 게 못마땅했다. 고향 별이 같다는 이유만으로 고용한 것이 실수였다. 그녀는 청성교를 전파하는 것도 모자라 지구에 대한 기억을 어지럽히는 데에도 가담했다. 그런 이유로 그녀를 해고하려 했지만 엄마가 막아섰다.

"나랑 제일 잘 맞아."

그나마 다행인지, 엄마는 생각보다 그녀의 이야기를 시큰둥하게 들었다. 매주 기도를 하러 떠나는 것도 아니었고, 드물게 청성교 부유선을 타러 나가기는 했으나 골방에 틀어박혀 기계만 만지는 것보다는 바깥바람이라도 쐬는 것이 나았다. 또 몇 번은 화가 난 채 그녀를 내쫓기도 했다.

그래도 굳이 해고를 반대할 이유가 없었다. 나이도 엄마보다 열댓 살 어렸으니 또래가 아니었고, 나와도 스무 살 넘게 차이가 났으니 내 또래도 아니었다. 화성에 처음 정착한 곳이 같은 것도 아니었다. 이주선을 같이 탔다고 했던가. 듣기로는 그녀의 오빠가 엄마와 친했지만 그는 이주선을 타지 못했다고 했다. 종종 지구에 남겨두고 온 오빠 이야기에 마음이 약해지긴 했지만, 그렇다고 해서 그게 그녀를 고집할 이유가 되지는 못했다. 그에 대해서 이야기를 하려고 들면 엄마는 너는 모른다며 대화를 끝냈다. 그럴 때마다 모르는 건 당신이라고 소리치고 싶었다.

전화 너머로 제프 씨의 목소리가 들려왔다.

"그 티켓 말하는 거지? 응, 내가 준 거긴 해."

"지구로 가는 거예요?"

"자기, 갈 의향 있는 거야? 안 그래도 어머님이 계획해두셨던 거긴 하니까."

"그거 불법 아니에요?"

"다 허가받았지. 어머님한테 다 설명드렸는데 못 들었어?"

구구절절한 설명이 이어졌다. 장비도 다 준비했고 우주선 정비도 끝났다고. 우주여행 이력이 많으니 걱정 말라고. 궤도만 돌고 돌아올 거라고.

"아니 근데, 자기, 모르는 거야? 그거 자기 어머님이 자기 것도 같이 끊은 건데. 그런데두 몰랐어?"

말이 끝나기 무섭게, 거짓말처럼 기계 틈에 미처 발견하지 못한 티켓 하나가 끼어 있었다.

접선지에는 오로라 씨가 먼저 도착해 있었다. 구슬이 담긴 투명한 함을 손에 쥔 채였다.

제프 씨와의 연결을 종료한 직후 나는 바로 오로라 씨에게 전화를 걸었다. 그녀는 이야기를 듣더니 자신도 티켓을 가지고 있다고 말했다. 이 년 전에 찾은 티켓은 아저씨의 유품 함에 고이 넣어두었다고. 제프 씨가 아버지의 간병인이기도 했다고 덧붙였다. 이후로 그녀는 구슬이 나온 사람들 모임에 티켓을 수소문했다. 의외로 티켓을 가졌다는 사람이 많았다. 하지만 제프 씨가 자리가 없다며 선을 그었다.

그렇게 우리 두 사람만 제프 씨가 일러준 좌표에 덩그러니 서 있는 것이었다. 정말 우리 둘뿐이었다. 주변은 아무것도 없는 황무지였다. 사방의 지평선까지 암석으로 이루어진 광야가 펼쳐졌다.

다만 나무 기둥 하나가 세워져 있었다. 거칠게 표피가 깎여나간 기둥에는 '청성교'가 날카롭게 새겨져 있었다. 패인 정형이 꽤 공격적이었다. 기둥 끝에는 우락부락한 얼굴이 우리를 쏘아보고 있었다. 글씨와 마찬가지로 날카롭게 파인 눈동자는 각이 졌다. 거친 매부리코에서 금방이라도 뜨거운 콧김이 쏟아질 것 같았다.

나는 기둥의 눈을 피해 가방을 내려놓았다. 짐이라고 해봤자 몇 벌의 옷가지와 비상용품, 그리고 녹슨 레모나 통이 전부였다. 천에 감싸진 통은 요람 같았다. 그 안에 엄마의 구슬이 들었다. 처음에는 구슬을 마땅히 보관할 데가 없어서 바지 주머니에도 넣어보고 옷으로도 감싸보았다. 하지만 오로라 씨의 말처럼 이게 엄마의 무언가, 혹은 엄마라면 그런 방식으로 포장하듯 가방에 넣을 수는 없는 노릇이었다.

낡은 노란색 구리 통은 오래된 물건이 즐비한 엄마의 창고를 뒤지다 발견한 것이었다. 뚜껑에 새겨진 '레모나'가 잔뜩 삭아 있었다. 모양새가 볼품없어 보여도 엄마가 꽤 소중히 다루던 녀석은 지구에서 왔다. 그 안에는 온갖 지구 용품들, 개중에서도 보물 같은 것들이 담겨 있었다. 나는 그걸 엄마의 보물상자라고 불렀는데, 엄마는 옛날에 이런 걸 타임머신이라고 불렀다고 했다.

거기에 구슬을 넣기로 결심한 건 뚜껑 안쪽의 스크래치 때문이었다. 빛에 반사되면서 어둡게 드러난 스크래치가 꼭 글씨 같았다. 나는 그걸 손끝으로 따라 읊었다. 꼭, 기억할, 것들. 아주 오래된 삐뚤빼뚤한 글씨였다.

담겨 있던 것들을 빼내고 구슬을 천에 감싸 넣었다. 어쩐지 구슬은 제가 있어야 할 자리에 돌아온 것처럼 안락해 보였다. 원래 거기에 있던 것 같았다.

오로라 씨가 옆으로 다가와 가방 안을, 통을 내려다보았다. 두 사람 모두 작은 구슬을 소중하다는 듯 품고 있는 게 조금 우스워졌다. 광야의 기둥 아래, 세 개의 그림자가 지구가 있을 방향을 향해 길게 뻗어나갔다.

제프 씨는 약속 시간을 오 분 앞두고 원형 부유선과 함께 나타났다. 종종 '청성교로 오세요'라는 홍보 문구를 함체에 띄워 중심지를 날아다니던 부유선과 같은 모델이었다. 완전한 구를 이룬 생소한 모양은 우주에서 맞닥뜨렸을 때 작은 위성으로 착각할 법도 했다.

제프 씨는 상냥한 웃음으로 우리를 우주선 내부로 안내했다. 부유선이 이륙 준비를 시작하는 동안 우리는 잠시 검은 복도에 설치되어 있는 의자에 앉았다. 옆으로 끝없이 어두운 복도가 길게 늘어졌다. 부유선은 총 세 층으로 이루어져 있는데 이곳은 출입구이자 조종실이 있는 하층이었다. 오로라 씨의 긴장 어린 한숨이 복도를 메웠다. 그녀를 보고 있으면 나도 덩달아 긴장되는 것 같았다. 조심스레 그녀의 팔을 붙잡았다.

"많이 긴장되시죠?"

"아…… 네……. 하지만 기대도 돼요. 어쩐지 아빠에게 다가가는 느낌이 들어요. 저기에 가면 구슬에 대해서도 알 수 있을 것 같아요. 그런 느낌이 들어요……."

"아버지랑 많이 친하셨나봐요?"

"늘 제가 무언가 알아주기를 바라는 것 같았어요."

문득 어릴 적 천문대에서 보았던 흐릿한 지구가 떠올랐다. 그곳에 간다 한들 바뀌는 건 없을 텐데. 지금 향하는 별은 내가 아는 그대로일 테다. 검게 죽어버린 과거의 전유물. 결과를 알고 있으면서도 나는 그곳을 향해 출발했다. 어쩌면 나도 허황된 믿음을 갖기 시작한 걸지도 모르겠다. 검은 연기를 비집고 그 너머로 들어간다면 나도 엄마에게 다가갈 수 있을지도 모른다는 그런 믿음이라도 갖게 된 걸까.

돌이켜보면 이상하게도 우리 집은 구식이었다. 모두가 최첨단, 신식, 화성의 새로운 유행을 따라 집을 꾸미는 내내 나는 단 한 번도 그런 것을 누린 적이 없었다. 그게 오랫동안 마음에 들지 않았다. 엄마가 구식을 고집할수록 우리의 세대 차이가 극명해진다고 생각했다. 좁혀지지 않는 행성 간의 거리처럼, 우리도 영영 좁혀지지 않을 거라고. 언젠가 퇴출되었다던 명왕성처럼 그렇게 서서히 멀어지다가 결국 다른 우주에서 살게 될 거라고. 엄마의 명왕성 이야기도 이미 그것이 영영 멀어지고 난 뒤에 전해진, 아주 오래된 이야기였다. 그래서 어느 날엔 훌쩍 명왕성 여행을 떠났다. 거기에는 닿을 수 있었다.

사실 지구행 티켓도 구슬도 핑계였다. 나는 기대를 했다. 오락가락하는 기억 속에서 매번 지구를 몰락시켰던 엄마처럼. 이 구슬이 생전 엄마의 기억이 응축된 사리이기를.

함체가 작게 떨렸다. 곧이어 이륙이 끝났으니 이동해도 좋다는 안내음이 울렸다.

복도를 지나 한 층 올라가니 푸른 하늘이 펼쳐졌다. 정확히는 스크린이었다. 화창한 날씨 아래로 녹음이 푸르게 빛났다. 꼭 엄마의 책에서만 보았던, 혹은 화성에 생긴 수목원에서 보았던 숲에 와 있는 것 같았다. 우리는 우림 사이에 난 오솔길을 걸었다. 길목마다 나뭇잎과 풀들이, 그 끝에 맺힌 이슬이 빛을 받아 반짝이고 미세한 바람에 흔들리는 풀잎이 사악 사악 소리를 냈다. 흙길 위로 신발 자국이 남았다.

"여기는 대체……."

"우리의 지구에 온 걸 환영해."

검은 대기를 뚫고 청성교가 소원하던 지구에 도착한 것 같았다. 그만큼 이곳은 과거의 지구를 빼닮았다. 지구 생태의 한 시절을 옮겨둔 공립화성 자연생태수목원을 닮았다. 수목원은 화성의 유일한 자연이었다. 그 자연이라는 말을 두고 세대 간 의견이 분분했다. 화성의 자연에는 식물이 자라지 않았기 때문이었다.

자연생태수목원이 처음 개관하던 날 엄마도 그곳에 있었다.

한창 지구여행 이야기를 하기 시작할 즈음이었다. 나는 엄마가 지구의 향수를 느낄 거라 생각했지만 반응은 예상외였다.

"똑 닮았다고 하지만 진짜가 아니잖아."

"그럼 뭐가 진짠데?"

"기억이 있는 곳."

집으로 돌아온 엄마는 방 한쪽을 빼곡 메운 메모리 기기를 훑어보았다. 손으로 하나둘 더듬는 모습은 도서관에서 책을 찾는 모습을 닮았다. 잃어버린 기억을 찾듯이. 고서를 찾듯이. 소거된 기억을 찾듯이. 엄마는 무얼 찾고 있는지 알려주지 않았다. 답을 모르는 사람인 것도 같았다. 알 수 없는 답을 찾아 헤매고 있는 것도 같았다. 우리는 누구보다 가까운 거리에 있었지만 화성과 지구의 물리적인 거리보다도 더 먼 곳에 있었다.

"지구는 원래 이렇게 생긴 곳이었나요? 어쩌다 그렇게 검게 변했는지……."

오로라 씨가 중얼거리자 제프 씨가 날카롭게 쏘아붙였다.

"자기들 지구의 참된 모습을 모르는 거야? 지구는 자신의 마음을 비추는 거울이야. 인간의 어두운 마음이 지구를 어둡게 만들었지. 자기들도 회개해야 해. 지구는 회개한 자들에게만 진정한 모습을 보여주니까. 그러지 못한 자들에게 지구는 어둡게 보일 뿐이야. 하지만 참회한 우리 눈에는 보여. 지구는 푸르게 살아 있어."

"정말인가요? 그러고 보면 저, 저희 아버지도 지구가 파랗다고 했던 것 같아요!"

지구가 파랗대. 파랗더라. 제프 씨와 처음 청성교 모임에 다녀온 날 엄마는 그렇게 중얼거렸다. 돌이켜 보건대 이 부유선에 왔을 것이다. 집으로 돌아온 두 사람은 언성을 높여 다투었고 제프 씨는 내쫓기듯 집을 빠져나갔다.

그날 엄마는 창문을 열고 오랫동안 하늘을 올려다보았다. 집은 중심지에서 떨어진 외곽에 위치했지만 중심지를 떠다니는 청성교의 부유선은 충분히 보였다. 그날따라 부유선은 오래오래 하늘을 떠다녔다. 밤이 내려도 부유선은 저물지 않았다. 마치 위성처럼. 오히려 밝게 빛나며 엄마의 방을 밝혔다. 하늘을 올려다보던 엄마의 표정은 어땠을까. 나는 굽은 등을 보다가 문을 닫을 뿐이었다.

오솔길에 난 발자국 위로 걸음을 겹쳐 걸었다. 나무 틈 언저리로 몇 번이고 제프 씨를 따라 집을 나서던 엄마의 뒷모습이 스쳐 지나갔다. 엄마도 이 길을 따라 걸었을까. 여기서 향수를 느꼈을까.

발자국의 주인들은 나무 그늘 아래 세워진 텐트나 오두막에서 각자의 시간을 보내는 중이었다. 여유로이 산책하며 인사를 주고받는 사람들은 여기에 사는 주민 같았다. 부유선 내부에는 생각보다 그런 사람들이 많았다. 비슷한 생각을 했는지 오로라 씨가 불쑥 물었다. 그녀는 이륙한 뒤로 한껏 들떠 보였다.

"여기가 지구라면, 여기서 사시는 건가요? 여기가 집이에요?"

"아니. 집이 될 수는 없지. 우리의 집은……."

제프 씨는 우리를 무빙워크로 안내했다. 내벽을 따라 둥글게 설치된 무빙워크를 타고 올라가자 중층이 훤히 내려다보였다. 넓게 뻗친 우림 사이로 계곡이 흘렀다. 물줄기는 천천히 흘러 작은 해안가에 다다랐다. 인공 파도가 얕게 철썩였다. 누군가 그곳에서 물놀이를 즐기는 중이었다.

한참을 올라가니 차가운 구름이 피부에 닿았다. 구름 너머로 아래에서는 보이지 않던 캄캄한 상층 입구가 윤곽을 드러냈다. 우리는 구름을 뚫고 상층부로 향했다. 하늘을 뚫는 기분이었다. 지구를 벗어나는 우주선이 된 것만 같았다.
그렇게 지구를 벗어나 도달한 상층의 전면은 투명한 창으로 이루어져 있었다. 창밖으로 우주가 펼쳐졌다.

제프 씨가 창가로 다가가 손가락으로 어딘가를 가리켰다.

"저기야. 우리들의 집. 내 오빠가 있는 곳."

지구가 있는 방향이었다.

오로라 씨가 제프 씨 옆으로 다가섰다. 두 사람은 나란히 전면 창 앞에 놓인 의자에 앉았다.

"지구에서 오셨어요?"

"응. 자기 아버님하고 같이 마지막 이주선을 탔지. 이우 씨 어머님도 그때 있었어. 로라 씨는 지구 처음이지?"

"네. 하지만 아빠에게서 지구에 대한 이야기를 많이 들었어요. 아주 푸른 별이라고. 대기권에 피어오른 구름이 아름답다고. 저희 아빠는 지구에서 살 때 잠시 유인 인공위성에서 일한 적이 있대요. 그때가 잊히지 않는다나."

오로라 씨는 품에 안긴 함을 내려다보았다. 그녀의 말에

답이라도 하듯 구슬이 태양 빛을 받아 빛났다.

"사리네."

"사리요?"

"응. 나도 있는데. 지구를 떠나기 전에 심었어. 로라 씨 아버님도. 이우 씨 어머님이 만든 거잖아."

"이게 메모리 기기란 말이에요? 근데 있잖아요, 사실 메모리 기기는 과거보다는 현재를 담는 장치잖아요. 그런데 왜 '기억 상자'라는 뜻의 이름을 붙였을까요?"

오로라 씨가 나를 돌아보며 물었다. 돌이켜보면 오로라 씨의 말이 맞았다. 여태 메모리박스는 '지금 내가 보고 있는 것'을, '내가 해석한 세계'를 화면으로 볼 수 있게 하는 영상 저장 기기였다. 그건 오늘을 기록하는 일기에 가까웠다.

"기억 그 자체를 보관하는 거니까."

"그럼 왜 각자의 기억을 눈으로 확인하려고 하셨을까요? 그것도 다른 사람들도 볼 수 있게 말이에요. 뭔가가 보고 싶으셨던 걸까요……? 저는 가끔 장례식장에서 고인의 메모리를 보고 있으면 꼭 주마등을 보고 있는 기분을 느꼈어요……."

오로라 씨는 말끝을 흐리며 내 눈치를 보는 듯했지만, 그 질문들은 구슬의 정체를 향해 질주하듯 집요하게 파고들었다.

"그러게요. 엄마는 대체 뭐가 보고 싶었던 걸까요. 저도 모르겠어요."

어떤 지나간 기억을 꺼내려 했는지는 몰라도, 이 구슬에 무슨 염원을 담았는지는 몰라도, 그 시도가 기억을 갉아먹었다. 엄마의 구슬이 탁한 회색인 것도 그런 이유 때문일지 몰랐다. 엄마는 제가 상기하고자 했던 것을 끝내 떠올리지 못했다. 오래된 지구 다큐멘터리도, 그 당시 방영되었던 드라마와 영화도 엄마에게는 썩 도움이 되지 않았다. 엄마는 메모리 기기만이 갖는 역할이 있다고 믿었다. 그게 뭐냐고 물어도 때가 되어야 알 거라고 답할 뿐이었다.

오로라 씨의 질문에는 제프 씨가 대신 답했다.

"왜곡된 세상을 기억을 토대로 바로잡으려는 거야. 그래야 제대로 볼 수 있어."

"뭘요?"

"지구를. 거기에 있는 오빠를. 그 메모리만 있으면 만날 수 있어. 이제 보러 갈 수 있어."

"지구에 있는 오빠요? 지구에 살아 있는 사람이 있다고요?"

"없다고 하지 마. 똑똑히 기억나, 그날이. 내 오빠는 이주선에 올라타지 못했어. 그렇게 떠나오지 못한 사람들이 있어. 우리는 모두 무언가를 지구에 두고 와야 했다고. 꼭 지구를 더럽힌 대가 같았지. 그래서 나는 끝없이 회개했어. 그리고 참회에 성공했어. 지구는 내게 진실만을 보여주기 시작했다고."

그녀의 말이 끝나기 무섭게 기장의 안내가 함선 전체에 퍼졌다. 안내음을 따라 전방으로 시선을 돌렸다. 지구가 윤곽을 드러냈다. 검고 칙칙했다.

"갑시다. 우리는 더 가까이 가야지. 궤도까지 진입하기로 했잖아."

제프 씨가 우리를 잡아끌며 무빙워크에 올라탔다. 중층의 외벽을 둘러쌌던 하늘이 걷혔다. 장엄하게 펼쳐진 우주는 언뜻 보면 스크린이 걷히고 외부가 투영되고 있는 것 같았다. 하지만 아니었다. 이건 여전히 스크린이었다. 화면 속 지구가 푸르렀다. 흰 구름을 도포처럼 두른 지구가 가까워져 왔다. 사람들은 귀환을 외치며 환호했다. 누군가는 부둥켜안고 울었고 누군가는 엎드려 절했다. 무릎을 꿇고 연신 절을 반복했다. 감사합니다, 감사합니다……. 참회했다는 저들에게 푸른 지구는 이미 진실이었다. 정말로 지구가 저들의 회개를, 참회를 받아주기라도 했다는 걸까. 저들은 스크린을 통해 자신들의 소원이, 간절히 염원하던 믿음이 진실임을 확인할 뿐이었다.

"정말 저게 진짜라고 생각하는 건 아니죠?"

"우리가 틀렸다고 말하지 마."

부유선 내부에 지구를 재건한 청성교도, 오락가락하는 기억 속에서 자꾸만 지구를 되살리는 엄마도, 모두가 돌아갈 수도 돌이킬 수도 없는 고향을 제 안에서 살려냈다. 희망의 끈을 놓지 못하고. 진실을 외면해서라도.

우리는 하층 복도까지 내려왔다. 제프 씨는 조종실 반대쪽으로 향했다. 거기에는 굳게 닫힌 문이 있었다. 문을 여는 그녀의 손이 달달 떨렸다. 문이 열리자 그 너머에 출발을 기다리는 작은 경우주선이 모습을 드러냈다.

무인 경우주선 내부에는 좌석이 네 개뿐이었다. 나는 아무 자리에 앉아 안전장치를 단단히 맸다. 재빠르게 돌아가는 상황을 파악하기가 힘들었다. 오로라 씨도 비슷한 생각인지 아저씨의 구슬을 얌전히 안아 들고 나와 불안한 눈빛을 주고받았다. 그러는 와중에도 제프 씨는 익숙하게 우주선을 가동하고 자리에 앉았다. 마음을 가다듬기도 전에 부유선 입구가 개방되었다. 그대로 우리는 우주로 튕겨나갔다. 속도에 정신을 차릴 수 없었다. 다만 분명한 건, 부유선이 점차 멀어지고…… 우주에 덩그러니 놓였을 때,

"우리의 파란 지구야……."

제프 씨가 홀린 듯 앞을 보며 말했다.

"파랗다고요? 푸, 푸르……."

말을 잇지 못한 채 앞을 바라보는 오로라 씨 얼굴 위로 태양 빛이 내려앉았다. 혼란스러웠다. 눈앞의 지구는 거대한 암흑이었다. 대기를 에워싼 검은 구름이 불안했다. 우주선은 그 불안을 향해 나아갔다. 천천히 가까워지며 지구의 궤도에 접어들었다. 폐기되지 않고 수명을 이어가고 있는 인공위성 사이로 안착해 나란히 지구를 돌았다.

파란 지구를…….

하얀 뭉게구름이 지구를 아우르고, 구름 아래로 산맥이 거대한 대륙을 가로질렀다. 널따란 바다가 형형했다. 우리는 한참 동안 넋을 빼고 푸른 지구를 바라보았다. 지구 너머에서 태양 빛이 강렬하게 쏟아졌다. 아저씨의 구슬이 강렬하게 빛났다. 눈이 부셨다.

한참을 돌던 중, 갑작스레 제프 씨가 안전장치를 풀어헤치고 시스템 화면으로 달려들었다. 어디선가 신호기가 울었다.

"여기야, 이제 내려가야 해!"

그제야 정신을 차렸다. 푸르렀던 지구는 온데간데없고 눈앞에는 거대한 어둠이 드리워 있었다. 오로라 씨 역시 당황을 금치 못했다. 그녀의 품에서 반짝이던 구슬도 어둠에 빛을 빼앗긴 듯 숨을 죽였다.

선체가 크게 흔들렸다. 제프 씨는 아랑곳하지 않고 직접 조종간을 잡았다.

"여기가 포인트야. 내려가야 해."

"내려간다니요? 궤도만 돈다고 하셨잖아요!"

"자기야. 구슬이 뭔지 알아? 우리의 세계를 유일하게 복원할 구슬이야. 자기 어머님이 제일 처음 그 구슬을 스스로 머리에 이식하셨지. 그리고 여기는 자기 어머님이 남긴 포인트야. 구슬이 활성화되는 그 포인트라고. 그것만 있다면, 이제는, 이제는 오빠를 만날 수 있어. 집으로 돌아갈 수 있어."

희멀건 안구와 잔뜩 확장된 검은 동공이 기괴하게 나를 쏘아보았다. 그 동공은 빛을 집어삼킨 검은 지구처럼 언제라도 나를 먹어치울 것 같았다. 그녀는 어딘가 빙의된 사람처럼 킬킬거리며 조종간을 붙잡았다. 그대로 우리는 하강했다. 검은 대기를 꿰뚫고, 아래로, 더 아래로. 나는 균형을 잃고 넘어졌다. 가방에 넣어둔 레모나 통 안에서 구슬이 부딪치는 소리가 났다.

지구는 예상과 다르지 않았다. 검은 재에 뒤덮인 대지 위에 발을 디딜 때마다 잿빛 발자국이 남았다. 건물 하나 없이 광활하게 펼쳐진 지대는 건물마저 검은 가루가 되어버린 세상 같았다. 우주선의 비상 키트에 방호복이 있던 게 천만다행이었다. 정신을 잃은 제프 씨와 오로라 씨에게 방호복을 입히길 잘했다는 생각을 하며 우주선 상태를 살폈다. 추락할 때 충돌한 왼쪽 면이 조금 찌그러져 있었다. 다행히 다시 이륙하지 못할 정도는 아니었다. 오래지 않아 우주선 바깥으로 제프 씨와 오로라 씨가 고개를 내밀었다. 두 사람은 혼란스러워 보였다.

"여기가 정말 지구라고요?"

제프 씨는 현실을 받아들이지 못했다. 이럴 리 없다며 우주선 안에서 위치 추적기를 들고 나왔다. 그녀는 기기를 툭툭 치기도 하고 높이 들며 이리저리 돌려댔다.

"여기가 맞아. 여기가 맞단 말이야!"

그녀는 괴롭게 울부짖었다. 그러더니 내 가방을 빼앗아 마구 헤집기 시작했다. 말릴 새도 없이 옷가지가 바닥을 나뒹굴며 검게 변색되었다. 거친 손길에 레모나 통도 내팽개쳐졌다. 통이 힘없이 바닥을 나뒹굴었다.

깽, 깽, 깽, 깽……. 소리가 잦아들며 뚜껑이 열렸다. 구슬이 도로로, 굴러 나왔다.

어디선가 찌르르, 찌르르, 풀벌레가 운다.

검은 재가 서서히 걷히기 시작한다. 하늘을 가득 메우던 잿가루도 사라진다. 선명한 달이 하늘에 떠오른다. 잿더미 아래에서 풀들이 고개를 드민다. 너른 평야에 짙은 남색과 초록색 풀들이 바람을 따라 슬쩍 눕고 달빛을 받은 황금빛

벼들이 무르익어 고개를 숙인 채 몸을 떤다. 땅과 하늘의 경계가 춤을 춘다. 구름의 이동을 따라 벼들은 어두운 갈색빛이 되었다가도 황금빛으로 다시 빛난다.

누군가 늦은 밤 이삭을 턴다. 엄마를 닮은 사내다. 이삭 가루가 팡, 팡, 터진다. 흘러가는 구름이 달을 가리지 않아서, 허공으로 터지는 이삭 가루는 불꽃놀이처럼 반짝인다. 반짝이는 가루들이 바람에 실려 하늘로 포로로 날아가 별이 된다. 한없이 모여들어 황금빛 은하수가 된다. 찬란하게 빛나는. 은하수는 무르익는 가을 벼를 닮은 색이다.

하나, 둘, 셋, 넷…… 별을 세는 어린아이 목소리가 들려온다. 아이는 은하수가 이삭을 털어 생긴 별들인 줄로만 안다. 열, 열하나, 열둘…… 아빠, 열둘 다음이 뭐야? 별이 너무 많아져서 세기가 힘들어. 아이의 아버지가 웃는다.

세상이 어두워진다. 여전히 이삭을 터는 소리가 들려오지만 하늘은 검다. 이삭 털이 소리가 잦아든다. 사라진다. 은하수도 사라진다. 엄마의 기억이, 세상이 끝난다. 미약한 바람에 검은 재가 흩날린다. 폐가 아려와 기침이 난다.

엄마가 메모리박스 개발에 몰두할 때, 나는 그것이 화성에 적응하는 방식 중 하나라고 생각했다. 변하는 세상을 따라 이동하고 그렇게 다음 세상을 살아가는 것이라고. 하지만 엄마는 다음을 살지 않았다. 엄마가 죽어서 마지막까지 남긴 것은 돌아가고자 하는 바람이었다.

이건 엄마의 지구다. 엄마가 기억하고 싶었던 사실이 될 수 있는 지구. 외면하다 못해 그걸 진실로 받아들이고 싶었던 엄마. 엄마도 알았을 거다. 한때 아름다웠던 지구를 아무리 떠올리려 애써도 결국 그건 검게 지워져버린다는 걸. 너무 늦어버렸던 거다. 당신들이 기억하는 지구는 다시는 돌아오지 않는다. 그래서 엄마는 계속 메모리박스를 개발했나보다. 기억을 잃더라도, 그게 틀린 기억이더라도, 현실을 왜곡해서라도 돌아오지 않는 걸 되돌리기 위해서. 마지막의 마지막까지 포기할 수 없었던, 가장 붙잡고 싶었던 단 한 순간의 지구를 위해. 내게 꼭 보여주고자 했던 엄마의 세상. 오랜 염원이 이 안에 담겨 있었다.

하지만 머릿속의 구슬은 재생되지 않았다. 남겨진 구슬만이 기억이 저장된 장소에 오면 기억을 불러일으켰다. 다시 돌아오지 않는 그 시절로, 엄마가 가장 원하고 바랐던 순간으로 내가 되돌아갈 수 있게끔. 엄마의 주마등이었다.

나는 바닥에 떨어진 구슬을 집어 들었다. 한쪽이 재가 묻어 거뭇했다. 하지만 반대쪽은 오로라 씨 아버지의 구슬이 그랬듯 미약한 광이 돌았다. 은하수를 닮은 황금빛 광. 그건 서서히 잦아들다가 이내 원래의 회색으로 돌아왔다. 나는 그걸 다시 레모나 통 안에 고이 담았다.

제프 씨가 달려든 건 순식간에 벌어진 일이었다. 그녀는 통을 빼앗으려 몸을 던졌다. 안 돼. 안 돼. 돌려내. 이럴 리 없어……. 오빠 어디 있어……. 오로라 씨도 제프 씨를 막기 위해 애를 썼지만 불가능했다. 몸부림이 점점 거세지며 통이 바닥으로 내팽개쳐졌다. 다시 구슬이 바깥으로,

미처 붙잡지 못한 응축된 엄마가 바닥으로 떨어졌다. 저항

없이 엄마는 부서졌다.

"아, 안……."

잿빛 바람 사이로 엄마의 기억이 흩날렸다. 작은 뼛가루들은 이곳에서 그 무엇보다 빛났다. 반짝이는 기억들이, 조각조각 뭉쳐진 지구가 하늘로 피어올랐다.

별.

기다란 은하수가 날린다. 반짝인다. 은빛으로.

아. 나에게도 구슬이 생긴다. 지구는 다시 돌아오지 않는다. 하지만 오늘의 기억은 엄마가 내게 전해주었던 것처럼, 다음 세대에게, 또 다음 세대에게 넘어간다. 그렇게 지구는 오래오래 기억 속에서 살아가겠다. 그게 엄마의 사명감이었다.

엄마의 세상은 불변한다.

## 작가 노트

시골 할머니 집에 가기 위해서는 사계절 내내 참외와 수박을 파는 트럭이 서 있는 고가도로 아래를 지나야만 했다. 집 앞에는 논밭이 초원처럼 드넓게 펼쳐져 있었고 나는 샛길을 따라 삼십 분은 족히 걸어야 나오는 다리 위에서 작은 물고기들이 가득한 하천을 내려다보는 걸 좋아했다. 거기서 바라본 집은 점처럼 자그마해 보였다.

하지만 이제는 안다. 집에서 다리까지는 오 분이면 충분하다는 걸. 하천은 이제 메말랐고 집은 아주 잘 보인다는 걸. 내가 기억하는 그때의 모든 순간은, 당시에는 지금보다 더 세상을 거대하고 넓고 아름답게 보는 눈을 가졌기 때문일 뿐이라고. 그래서 모든 것이 지금은 아니라는 걸 안다.

그런데도 단 하나 내가 부정하지 않는 건 어느 추석날 마당에서 올려다보았던 은하수다. 온 가족이 바글바글 채운 마당 위로 은하수가 쏟아질 것처럼 빽빽하게 펼쳐져 있었다. 하늘이 온통 금빛 별무리로 물들었다. 다시는 돌아오지 않을 그 순간은 오래된 만큼 변했을 법도 하지만 나를 구성하는 선연한 기억이 되었다. 풀벌레와 귀뚜라미가 울고, 할머니가 계시던, 내게는 영원히 진실로 남을 기억.

「돌아오지 않는다」를 쓰며 수십 번도 더 그날의 하늘을 떠올렸다. 할머니와 함께 올려다보고 할아버지의 오토바이를 타며 보았던 풍경들이 영원하기를 바라며. 사라지지 않게. 언젠가 지구가 어떤 모습이었느냐고 묻는다면 나는 제일 먼저 할머니 집 앞마당을 떠올릴 거예요.

# 하나 빼기

이혜오

우리가 어쩌다 그렇게 됐지?
묻는 대신 나는 쓴다. 기록은 언제나 남겨진 자의 몫이므로.

그해 봄은 좀 이상하게 시작되었는데, 개나리와 벚꽃이 동시에 피었기 때문이다. 본래 우리 시의 봄꽃은 매화, 진달래, 목련과 개나리, 그리고 벚꽃, 벚꽃이 다 진 다음에야 철쭉 순으로 만개했었다. 그해의 개화 순서가 뒤틀린 것은 아마 연이가 몰고 온 덴마크의 기단 때문일 것이라고, 나는 생각한다.

나와 지안, 연이는 단짝 친구들이었다.
지안과 나는 삼 학년 때부터 함께 놀았지만, 같은 무리에 속해 있을 뿐 단짝은 아니었고 둘이서만 뭔가를 해본 적도 없었다. 우리가 사 학년의 첫날에 꼭 붙어 있던 건 서로를 친밀하게 여겨서라기보다는 우리 바깥의 사람들이 지나치게 낯설어서였다. 그리고 연이는 그중에서도 가장 낯선 얼굴이었다.
연이는 덴마크에서 전학을 왔다. 나는 연이를 만나기 전까지 덴마크가 정확히 어디에 있는 나라인지도 몰랐다. 연이는 덴마크가 독일 위쪽에 위치해 있다고 설명했다. 그것 말고도 연이에게는 지구 반대편에서부터 가져온 이야깃거리가 많았다. 그 애는 덴마크의 겨울이 얼마나 캄캄하고 적막한지, 여름의 백야는 또 얼마나 드밝고 고독한지, 덴마크어로 '여자의 거기'를 뭐라고 하는지("바기-나") 알려주었다. 많은 애들이 연이와 친해지고 싶어 했지만, 그 애가 선택한 건 나와 지안이었다. 정확히 말하면 나였다. 연이는 등교한 첫날 지안이 아니라 내게 '밥 같이 먹을래?' 하고 물었으니까. 내가 원래 지안과 함께 밥을 먹기로 되어 있지 않았다면 우리는 셋이 아니라 둘이 되었을지도 모른다.

연이네 가족은 연이의 아빠를 따라 덴마크에 가서 살다가, 그가 우리 시에 있는 국립대학의 교수직을 얻게 되자 한국에 돌아왔다. 우리 아빠도 같은 대학에서 일했는데, 교수는 아니고 '입학처 과장'이었다. 나는 아빠가 '교직원'이라는 사실을 연이 때문에 처음 알았다.

"교직원이 교수보다 낮대. 그런데 아빠가 그걸로 차별하지 말라고 하셨어."

연이의 한 마디로 우리 아빠는 연이 아빠보다 '낮은' 사람이 되었다. 그 후로 나는 별 생각 없이 지나치던 사람들 사이의 높낮이를 눈여겨보기 시작했다. 누가 더 높은 사람인지. 어디가 더 높은 자리인지. 그렇다면 내 위치는 어디쯤에 있는지. 그렇게 연이는 내 세상에 입체감을 부여했다. 터벅터벅 평지를 걷던 나는 이제 오르막을 오를 수도 내리막에서 굴러떨어질 수도 있게 되었다. 연이에게는 그런 힘이 있었다.

이를테면 우리를 '우리'로 만드는 힘 같은 것.

지안은 몸이 약하고 자주 아팠는데, 죽어도 조퇴를 하기는 싫어했다. 학기 초 꾸역꾸역 앉은자리에서 버티던 지안이 결국 교실 바닥에 먹은 것을 다 토해버린 날, 연이는 앞장서

토사물을 치웠다. 그뿐 아니라 내 손목을 잡아끌어 동참시키려 했다. 하지만 나는 비위가 약했던 터라 그저 코를 찡그린 채 연이 옆에 쪼그려 앉아 있기만 했다. 더럽지도 않은지 맨손에 걸레를 쥐고 맹렬히 바닥을 닦는 연이의 눈은 기묘하게 빛나고 있었다. 그 애의 기세에 눌려서인지 그냥 토사물이 더러워서인지 아무도 선뜻 함께 치우겠다고 나서지 않았다. 나는 가만히 있기가 민망해 지안을 보건실에 데려다주겠다고 자원했으나 곧장 연이의 반대에 부딪쳤다.

"치우고 나서, 우리 다 같이 가자."

얼굴이 하얗게 질린 지안은 파들파들 떨면서도 연이의 말에 고개를 끄덕였다. 나는 지안의 어깨를 감싸 안은 채 알 수 없는 의무감을 안고 연이가 토사물을 닦아내는 것을 지켜보았다. 지켜보는 일이 내게 주어진 역할이기라도 한 것처럼.

그날 이후 우리는 연이가 하자는 일을 따라 하며 서로에게 유일, 아니 유이한 존재들이 되어갔다. 급식을 먹을 때 각자의 식판에서 밥을 한 숟갈씩 떠서 옆 사람의 식판에 옮겨 담는 의식도 연이의 아이디어 중 하나였다. 교회에 다니는 아이들이 식전 기도를 하는 것처럼, 우리도 엄숙하게 우리만의 식전 의식을 수행했다. 확실히 우리의 소속감에는 어딘지 종교적인 데가 있었다. 화장실 칸 안에도 셋이 함께 들어갔다. 한 명이 쪼그려 앉아 오줌을 누는 동안 나머지 두 명은 몸을 옹송그리고 벽에 딱 붙어 서서 잡담을 나눴다. 쪼르륵, 오줌 줄기가 변기 벽을 때리는 소리가 말소리에 섞여들었고, 화장실 칸 안은 세 사람의 입김으로 후덥지근했다. 두 사람이 만나면 관계가 생기지만 셋이 모이면 세계가 탄생한다는 것을 나는 그때 알았다. 서로에게로 잔뜩 기울어져 삐뚤빼뚤해진 우리만의 작고 습한 세계에서는 달큼한 오줌 냄새 같은 것이 났다.

우리는 교환일기를 쓰기 시작했다. 아직 학교에서 일기 검사를 받던 시절이었다. 교환일기에는 검사를 받는 공식적인 일기에 쓰는 내용 말고, 진짜 비밀 이야기만을 써야 한다고 연이는 말했다. 그 애가 마련해 온 자물쇠 달린 분홍색 일기장의 표지에는 키티가 그려져 있었다.

"『안네의 일기』에서 안네의 일기장 이름이 키티이기 때문이야."

연이가 설명했다.

"우리는 여기에 안네만큼 솔직하게 비밀을 털어놓아야 해."

우리는 그 일기장을 '키티장'이라고 부르기로 했다. 키티에게는 입이 없으니 우리의 비밀들은 안전할 것이었다. 문제는 내게 비밀이랄 게 없다는 사실이었다. 엄마는 밤마다 선생님에게 제출하기 전의 내 일기를 검사하고 맞춤법을 고쳐주었다. 내가 가진 어떤 비밀이든, 적어도 두 명, 엄마와 선생님에게는 공유된다는 뜻이었다. 그들에게 털어놓지 못할 비밀이, 내게는 없었다.

나는 고민 끝에 마지막 순서가 되기를 자처했다. 연이와 지안이 써놓은 것을 보고 비슷하게 따라 써보려는 속셈이었다. 의외로 우리 중 가장 소극적이었던 지안이 제일 먼저 '키티장'을 집에 가져갔다.

지안의 일기는 남자애들 이야기로 가득했다. 지안은 인기가 많았다. 참기름을 바른 절편 같은 그 애의 하얀 얼굴이 내게는 별로 예뻐 보이지 않았지만, 연이마저 입에 침이 마르도록 지안을 예쁘다고 하는 걸 보면 지안은 미인인 모양이었다. 지안에게는 남자친구가 있었고, 좋아하는 남자애는 따로 있었고, 공개적으로 지안을 좋아하는 남자애가 또 두 명이었다. 우리는 이들에게 암호를 붙여주었다. 지안의 남자친구는 '복덩이(성이 복씨이기 때문이었다)', 지안이 좋아하는 남자애는 '나무(이유가 없었다)', 지안을 좋아하는 두 남자애는 '종이'와 '연필(역시 이유가 없었다)'이었다. 어차피 읽는 사람은 우리뿐인데도 지안은 철저히 암호를 사용했다.

지안이 그쪽으로 물꼬를 터서인지 연이의 일기에도 남자애 이야기가 쓰여 있었다. 연이는 시시한 우리 반 남자애들이 아니라 덴마크에서 사귀던 남자친구 요나스에 대해 썼다. 요나스의 눈은 가을 하늘보다 새파랬고, 입에선 치즈 냄새가 났는데 그래서 그 애와 뽀뽀를 할 때면 왠지 배가 고파졌다고 했다.

또 연이는 '섹스'에 대해 썼다. 연이는 덴마크에서 성교육을 받아서 그 분야에 우리 중 가장 해박했다. 지안은 교환일기를 쓰기 전에도 섹스가 뭔지 알았다고 했지만, 나는 연이의 일기를 읽고서야 섹스가 뭔지 알게 되었다. 방문을 잠그고 '키티장'을 읽으며 나는 엄마와 아빠가 그걸 했다는 사실에 몸서리를 쳤다. 연이도 지안도 그 사실을 생각하면 기분이 이상하다고 했다.

그때까지만 해도 나는 남자애들에게 별 관심이 없었다. 대신 연이가 섹스 이야기를 하는 바람에 떠오른 일이 있었다. 영어 학원 원장 선생님이 내게 "브래지어를 해야겠다"라고 한 일이었다. 브래지어는 섹스와 비슷한 주제 같았고, 무엇보다 왠지 이 이야기는 엄마에게도 선생님에게도 할 수가 없었다. 그렇다면 이건 연이가 말한 '진짜 비밀 이야기'임에 틀림없었다. 원장 선생님의 말을 듣고 머릿속에 떠오른 생각을 썼다.

부끄러웠어. 뭔가 잘못한 느낌이었어. 그렇지만 왠지 뿌듯하기도 했어.

그날 이후 나는 내 가슴을 눈여겨보기 시작했다. 티셔츠 위로 젖꼭지가 도드라져 보이는 것 같았다. 연이와 지안도 그런 것 같다고 했다. 엄마에게 브래지어를 사달라는 말을 직접 하기에는 망설여져서, 매일 딱 붙는 티셔츠를 입으며 무언의 시위를 했다. 엄마가 내 젖꼭지를 눈치채주길 바라면서. 물론 엄마에게는 내 가슴보다 중요한 걱정거리가 많았으므로 내 가슴이 커졌다는 사실은 제법 오래 우리 셋만의 비밀로 남았다.

우리 엄마는 학부모 회장이었다. 우리 학교에 엄마를 모르는 사람은 없었다. 엄마는 학교에 무슨 일이 있을 때마다, 아니 무슨 일이 없어도, 부지런히 학교를 오갔고, 하루 종일 선생님이나 다른 엄마들과 통화를 했다. 그런 전화 통화들을 통해 엄마는 학교에서 벌어지는 오만 사건 사고를 훤히 알고 있었다. 나와 연이, 지안이 단짝이라는 것. 지안이 '복덩이'와 사귄다는 것. 이 반 선생님은 혼전 임신을 했고, 삼 반 반장의 엄마와 아빠는 이혼했고, 교감 선생님과 교장 선생님이 크게 싸워 사이가 나쁘다는 것……. 엄마는 그런 이야기를 내가 알아듣지 못할 거라고 생각하는 모양이었지만, 아이들은 대개 어른들이 믿고 싶어 하는 것보다 눈치가 빠른 법이다. 나는 엄마의 통화를 착실히 주워듣고 연이와 지안에게 전해주었다. 우리는 복도에서 이 반 선생님을 마주칠 때마다 어찌할 바를 모르고 서로만 쳐다보았다. 통굽 슬리퍼를 신고 항상 피곤한 표정을 한 이 반 선생님이 '섹스'를 했다는 게 우습고도 무서워서였다.

엄마는 연이의 등장을 무척 반겼다. 연이가 덴마크에서 살다 온 것도, 연이 아빠가 교수님인 것도 마음에 들어 했다. 엄마는 연이를 자주 집에 부르라고 했고, 나는 그렇게 했다. 엄마가 지안을 탐탁지 않아 한다는 사실을 눈치채고 있었기 때문에 지안은 자주 부르지 않았다. 역시나 엄마의 통화에서 엿들은 바에 의하면 지안은 부모님과 떨어져 할머니 손에서 자라고 있었는데, 아마 그 때문인 것 같았다. 그건 '일반적이지' 못한 일이었으니까. 일반적이지 못한 일을 감행하게 하는 그들의 사정이 무엇인지는 엄마도 몰랐지만, 여하튼 지안의 집에 그런 사정이 있다는 것 자체가 엄마를 불편하게 하는 듯했다.

학교가 끝나면 나는 연이와 함께 우리 집에 와서, 같이 숙제를 한다는 핑계로 수다를 떨거나 엄마가 틀어주는 미국 영화들을 봤다. 엄마는 "우리 윤영이한테 영어 많이 가르쳐줘라" 하며 정성껏 오렌지와 사과와 키위 따위를 깎아주었다.

첫 중간고사에서 연이는 올백을 맞았다. 나는 네 개를 틀렸다. 자존심이 상했지만, 한편으로는 당연한 결과라는 생각도 들었다. 연이는 특별했으니까. 엄마는 당장 연이네 엄마에게 전화를 걸어 연이가 다니는 학원을 알아내려고 했다. 통화는 빠르게 끝났다. 연이는 학원에 다니지 않았기 때문이다. 엄마는 그 사실을 믿지 못했다. 연이네 엄마는 학부모 모임에도 나오지 않았는데, 엄마는 그게 다 숨길 게 있어서라고 했다. 나는 엄마가 연이를 미워할까 봐 걱정스러웠다. 미워하는 마음은 쉽게 옮는다는 것을 알았으니까.

녹색이 천천히 세상을 뒤덮는 계절, 내게는 좋아하는 남자애가 한 명 생겼다. 사 학년이 된 후에는 연이를 제외한 모두에게 좋아하는 애가 하나씩은 있었고, 이성 교제가 전염병처럼 유행하고 있었다. 연이는 나와 지안을 제외한 모두에게 박한 편이었지만 특히나 공공연하게 남자애들을 무시했기 때문에, 나는 연이가 나를 시시한 남자애나 좋아하는 한심한 애로 여길지도 모른다는 공포심에 사로잡혔다. 실제로 연이는 은연중에 종종 남자애들과 어울리길 좋아하는 지안을 비난하곤 했다. 연이는 '복덩이'도 '나무'도 '종이'도 '연필'도 못마땅해했다. 지안이 '나무'의 어떤 면을 좋아하는 것 같으냐고 내게 진지하게 물어본 적도 있었다.

"'나무'보다 우리가 지안이에 대해 잘 알잖아. 걔가 줄 수 있는 거라면 너랑 나도 줄 수 있고, 안 그래?"

나는 대답할 말을 찾을 수 없어 그저 고개를 끄덕였다. 누군가가 좋아지는 마음은 그런 식으로 설명되지 않는다는 사실을, 그건 마치 나무에서 잎이 돋아나는 일이 설명되지 않는 것과 마찬가지라는 사실을, 설명할 방법을 몰랐다. 나는 길지 않은 고민 끝에 지안에게만 내 짝사랑을 알렸다.

"연이한테는 비밀로 해줘."

"그래, 그게 좋겠다."

"너도 그렇게 생각하지?"

"어, 왠지 그렇지."

엄마도, 선생님도 모르고 연이에게조차 말할 수 없는 비밀이 생기다니. 성큼 자라버린 기분이었다. 나와 지안은 내 짝사랑에 붙일 암호를 정하는 데 어려움을 겪었다. 암호를 생각해내는 건 원래 연이의 역할이었는데, 이번에는 당연히 연이의 도움을 받을 수 없었기 때문이다. 우리는 고심하다 그 애에게 '불(이름에 '화'자가 들어가기 때문이었다)'이라는 이름을 붙여주었다. 별로 만족스럽지는 않았다.

월드컵이 열리는 해였다. 바로 직전 월드컵에서 한국이 사강에 진출했던 터라 온 나라가 축구 이야기로 떠들썩했다. 스위스와 경기가 있는 날, 축구를 핑계로 연이네 집에 모여서 저녁을 먹고 놀다가 새벽 네 시에 있을 경기를 보기로 했다.

나는 어렵게 엄마의 허락을 얻어내고 잠옷과 칫솔을 챙겨 연이네 집으로 갔다.

연이네 집은 우리 집과 같은 동네에 있는 다른 아파트의 맨 꼭대기 층이었다. 문을 열고 들어가자마자 새집 냄새가 짙게 풍겼고, 나이가 지긋한 아주머니가 오렌지 주스를 들고 우리를 맞아주었다. 처음에는 그분이 연이의 엄마인 줄 알았는데 알고 보니 '일하는 이모님'이라고 했다. 나도 연이를 따라 그분을 '이모님'이라고 불렀다. 이모가 아닌 사람을 이모라고 불러보는 것은 처음이었다. 연이네 엄마가 일을 마치고 집에 돌아오자 '이모님'도 저녁상을 차린 뒤 퇴근했다. 연이네 아빠는 늦는다고 해서 연이네 엄마와 우리 셋, 이렇게 네 사람이 모여 앉아 저녁을 먹었다. 밤이 들어간 갈비찜은 이에 닿자마자 녹는 듯했고 배추김치는 아삭거렸다. 연이네 엄마는 피곤해 보였지만 상냥하고 친절했다. 저녁상에서 별다른 대화가 오가지도 않았는데 왠지 나는 주눅이 들었다. 그 식탁이 '연이네 엄마'가 아니라 '이모님'이 차린 것이어서 그랬을까.

그날 밤을 선명히 기억한다.

거실에만 에어컨이 있는 우리 집과는 달리 연이네 집에는 방마다 에어컨이 있었다. 연이의 방은 시원하고 쾌적했고, 온통 분홍색인 내 방과는 다르게 올리브색 벽지와 원목 가구로 꾸며져 있었다. 인형이나 스티커도 없었고, 대신 글씨가 작고 두꺼운 책들이 책장에 꽂혀 있었다. "너희 아빠 책이야?" 내가 묻자 연이는 "아니, 내 거야. 다음에 빌려줄까?" 하고 말했다.

어김없이 '복덩이'와 '나무', '종이'와 '연필' 이야기가 나왔다.

지안은 '복덩이'와 헤어질 생각이라고 했다. '나무'에 대한 마음도 시들시들하고, '종이'와 '연필'은 그냥 유치하다고 했다. 연이는 지안의 결정을 두 팔 벌려 환영했다.

"걔네랑 하던 거, 다 나랑 하자. 우리랑 하자."

신이 난 연이와는 달리 나는, 나도 '불'을 한심하게 여길 수 있으면 얼마나 좋을까 하는 생각을 했다.

그때 연이네 아빠가 집에 돌아와 우리에게 인사를 했다. 우리는 깜짝 놀라 혹시 우리가 하는 이야기를 들었냐고 연이 아빠를 다그쳤다. 그는 웃으며 전혀 못 들었다고 말했다. 사실 들었어도 암호로 가득한 그 대화가 무슨 내용인지는 이해할 수 없었을 것이다.

"딱 주차하고 나니까 비가 쏟아지더라."

방문 너머로 연이 아빠가 말하는 소리가 들렸다. 우리는 창문의 블라인드를 걷어 올리고 밤을 두드리는 소나기를 구경했다. 요란한 빗소리가 찰박찰박 몸에 달라붙었다.

밤이 새카맣게 깊어졌다. 나는 침대에 등을 기대고 앉았고, 연이와 지안은 침대 위에 벌러덩 누워 아무렇게나 엉켜 있었다. 자면 안 돼! 자면 안 돼! 우리는 꾸벅꾸벅 졸면서 서로를 단속했다. 그러다 갑자기 지안의 세 번째 발가락이 눈에 띄게 길다는 사실이 너무 웃겨서 졸리는 와중에도 배가 아프도록 웃었다. 반쯤 잠에 빠져서, 그러면서도 온몸으로 잠을 밀어내면서 우리는 느근느근하게 녹아 한 덩어리가 되는 것만 같았다. 현실과 몽상이 경계 없이 뒤섞이고, 설익은 진실들이 유리잔 벽의 이슬처럼 공기 중에 송골송골 맺혔다.

비 오는 여름밤에는 무슨 일이든 일어날 수 있었다.
연이가 신호탄을 던졌다.
"사실 나 너희한테 하고 싶은 말이 있는데……."
으흐흑. 별안간 연이가 울음을 터뜨렸다. 나와 지안은 눈이 휘둥그레진 채 서로를 바라보았다.
"너희, 왜 나한테 비밀 만들어? 비밀 이야기는 다 '키티장'에 하기로 했잖아. 날 버리는 거야?"
우리가 연이를 버리다니. 나는 지안과 내가 감히 연이를 버릴 수 있다고 생각해본 적이 없었다. 버린다는 말은 너무나 거대하고 무거워서, 나는 눈물이 났다. 지안도 구슬피 울었다. 언제나 대나무처럼 빳빳하던 연이가 닭똥 같은 눈물을 흘리는 모습은 한 세계가 무너지는 것과도 같은 충격을 불러일으켰다. 나는 덜컥 두려워졌다. 나한테 이런 힘이 있다고? 어떻게 쓰는지도 모르는 살상 무기를 손에 쥔 기분이었다.
나는 더듬더듬 '불'에 대해 털어놓았다.
"네가 남자애들한테 관심이 없으니까, 이런 얘기를 듣기 싫어할 줄 알았어."
물론 그것은 절반만 사실이었다. 연이는 남자애들이 중요한 게 아니라고 했다. 나와 '불' 사이에는 실제로 일어난 일이 별로 없었기 때문에 이야기는 금방 끝났다. '불'에 대한 내 마음은 내 머릿속에서 벌어지는 일들로 부푼 것이었다. 나는 연이에게 이야기를 하면서 그 사실을 깨달았다.
"나한테 비밀 만들지 마. 비밀이 우리를 우리로 만드는 거야."
무언가를 종용하듯 연이는 거듭 말했다. 그때, 무릎을

껴안고 앉아 한참이나 눈물을 그치지 못하던 지안이 조심스레 입을 열었다. 누구에게도 말하지 못한 일이 있었다고 했다. 너희에게라면 말할 수 있을 것 같다고 했다. 연이는 지안에게로 팔을 뻗어 그 애를 껴안았다.

"말해야 돼. 지금 말해야 돼."

지안은 연이에게 안긴 채 한참을 망설이다 입을 열었다.

지안의 엄마와 아빠는 타지에서 일을 하신다고 했다. 그래서 지안은 이 학년 때부터 할머니와 막냇삼촌과 함께 셋이서 살고 있었다. 여기까지는 나도 대강 알고 있던 내용이었다.

지안의 삼촌은 별다른 직업 없이 집에 있거나 혼자서, 또는 사람들과 술을 마셨고, 할머니는 일을 하셔서 저녁에야 집에 돌아왔다. 여느 때처럼 할머니가 없던 초저녁, 지안은 집에서 TV를 보고 있었다. 방에서 삼촌이 지안을 불렀다. 삼촌의 방에서는 늘 퀴퀴한 냄새가 났기 때문에 지안은 가기 싫었지만, 그래도 갔다. 삼촌이 지안에게 자기 옆에 누워보라고 했다. 지안은 그러기 싫었지만, 그래도 그렇게 했다.

"그리고…… 그리고……."

지안은 입을 막고 흐느꼈다.

"말해. 말해도 돼."

연이는 중얼거렸다. 그렇게 말하는 그 애의 눈은 사납게 번뜩이고 있었다. 언젠가 지안의 토사물을 치울 때처럼. 지안은 파리한 낯을 하고 무언가를 토해내듯 부들부들 떨었다. 나도 작게 몸을 떨었다. 에어컨 바람이 너무 차가웠다.

지안에게는 이상한 일이, 아주 이상한 일이 일어났다.

지안의 이야기에는 삼촌과 삼촌의 거칠거칠한 손, 눅눅한 침대 시트, 그리고 지안의 "바기-나"가 등장했다. 지안은 쓰라리고 오줌이 마려웠다. 지안은 모든 일이 끝날 때까지 기다렸다가, 화장실로 가서 오줌을 눴다. 삼촌은 별말을 덧붙이지 않았으나 지안은 누구에게도 이 이야기를 할 수 없었다.

방은 눈물바다가 되었고, 우리는 뜨겁게 얼싸안았다. 연이의 눈물로 무너져 내린 우리 세계의 조각들은 지안의 눈물로써 다시 봉합되었다. 아니, 오히려 견고해졌다.

'비밀이 우리를 우리로 만드는 거야.'

연이는 알고 있었던 걸까? 그건 재건을 위한 의도된 붕괴였을까? 난생처음 목격한 형태의 불행에 나는 두려움을 넘어 모종의 전율을 느꼈다. 나는 그 감정을 이해할 수 없었지만, 그게 지안에게 미안한 일이라는 것쯤은 알았다. 미안한 마음을 담아 지안을 더욱 꽉 껴안았다. 우리는 영원히, 영원히 함께 있자고 맹세했다. 앞으로 또 어떤 일이 벌어지더라도, 우리 셋만은 서로를 지켜주자고.

한바탕 울어젖힌 후 녹초가 된 우리는 불을 끄고 침대에 나란히 누웠다. 셋이 눕기에는 침대가 좁아서 우리는 한 몸처럼 엉켰다. 이거 누구 다리야! 지금 내 얼굴에 이 손 누구야! 우리는 서로의 팔다리가 재미있어서 깔깔 웃었다. 설핏 잠이 들려 할 때, 지안이 속삭이는 소리를 들었다.

"네가 없다면 나는 죽어버렸을 거야."

누구에게 하는 말인지 알 수 없었다. 문득 나와 연이가 우리 집에서 둘만 노는 동안 지안에게 그런 일이 벌어진 건 아닐까 하는 생각이 들었다. 나는 눈을 질끈 감았고, 그대로 곯아떨어졌다. 결국 우리는 축구 경기를 보지 못했다. 깨어보니 한국이 스위스한테 져서 십육 강 진출이 좌절되어 있었다. 그리고 지안의 발과 연이의 팔꿈치가 내 이마 위에 있었다. 내게는 그 사실이 더 중요했다.

나는 '키티장'에 지안의 삼촌을 죽이는 일에 대해 쓰기 시작했다. 시작은 별것 아닌 문장들이었다.

어제는 밤잠을 못 잤어. 몰래 지안이 집에 가서 지안이 삼촌을 죽였거든. 간단했어. 칼로 배를 찔러서 죽였어. 빨간 피가 콸콸 흘렀어. 아니야. 사실 몰래 독을 먹여서 죽였어. 뱃속이 다 녹는 독이었으니까 아주 괴롭게 죽었을 거야.

물론 지어낸 이야기야. 하지만 언젠가는 꼭 그렇게 하고 말 거야.

지안과 연이는 나의 '지어낸 이야기'를 재미있어했다. 나는 그들의 반응에 힘을 얻어 내 차례가 돌아올 때마다 『명탐정 코난』이나 『셜록 홈즈』 시리즈에서 본 각종의 기상천외한 방법으로 지안의 삼촌을 죽이는 이야기를 연재했다. '지안이 삼촌 살해 계획'은 우리끼리만 통하는 농담 같은 게 되었다. 학기 말 내내 우리는 덥고 습한 화장실 칸 안에서 구슬땀을 흘리며 그를 죽이는 일에 대해 이야기했다. 우리의 말들과 내 글 속에서 지안이 삼촌은 몇 번이고 끔찍한 최후를 맞았다. 내 묘사가 잔인해질수록 지안과 연이는 즐거워했다. 나는 식칼로 지안이 삼촌의 목을 잘랐고, 망치로 그의 머리통을 깨부쉈고,

독사를 훈련해 그를 물도록 했으며, 목구멍에 이불솜을 쑤셔 넣어 질식시켰다. 그러고는 유유히 범죄 현장을 빠져나와 '키티장'에 썼다.

물론 지어낸 이야기야. 하지만 언젠가는 꼭 그렇게 하고 말 거야.

방학 동안 우리는 함께 계곡에 가자고 했지만, 어린이들의 계획이 대개 그렇듯 그 약속은 어른들의 사정으로 인해 지켜지지 못했다. 나는 방학 동안 서울로 영어 캠프를 다녀오느라 한동안 연이와 지안을 보지 못했다.

이 학기가 되자 지안은 다른 아이들과 함께 화장실에 가기 시작했다. 컴퓨터실이나 과학실에 갈 때는 여전히 셋이 함께였지만. 그전과는 달랐다. 늘 비좁던 화장실 칸은 두 사람에겐 너무 넓었다. 나와 연이는 어리둥절했다. 물론 그전부터 지안에게는 다른 친구들이 많았다. 그래도 화장실은 늘 우리 셋만의 공간이었다. 여러 사람의 오줌을 주고 냄새로만 지안의 것을 맞혀보라면 그럴 수 있을 만큼, 나는 지안의 오줌 냄새에 익숙했다. 나와 연이는 화장실에서 머리를 맞대고 소곤소곤 의논을 했다. 지안에게 솔직하게 물어볼까? 연이는 그건 고학년치고 너무 유치한 게 아니냐고 했다. 우리가 지안에게 그런 게 된 건 아닐까. 고학년치고는 너무 유치한 게. 나는 연이에게 앞으로 화장실 칸 안에는 혼자 들어가는 게 좋겠다고 말했다.

지안은 무심한 얼굴로 조금씩 멀어져갔다. “나 오늘은 은지네 애들이랑 먹을게”로 시작된 날들이 점점 불어나 이제는 급식도 다른 애들이랑 먹었다. 연이가 개발해낸 의식은 둘이서만 하기에는 초라했다. 그 의식이 가졌던 마법적인 힘은 이제 빛을 잃었다. 지안은 여전히 교환일기를 썼지만, 일기에는 내용이 없었다. ‘복덩이’도 ‘나무’도 ‘종이’도 ‘연필’도 더는 등장하지 않았다. 지안에게는 새 남자친구가 생겼지만 그 애에게는 암호가 붙지 않았다. 그 애를 ‘강낭콩’이라고 부르면 어떠냐고, 연이가 제안했다. 지안은 아무런 대답도 내놓지 않았다. 나는 글로 지안의 삼촌을 죽이기를 그만두었다. 지안은 더 이상 그 이야기를 하고 싶지 않은 것 같았다. 아무런 이야기도, 우리와는 하고 싶지 않은 것 같았다.

받아들이기 어려운 일이었다. 누구도, 지안의 할머니나 엄마, 아빠조차도 모르는 지안의 비밀을 아는 건 나와 연이뿐이었다. 우리는 밤이 가장 어두운 시간을 함께 보낸 사람들이었다. 화장실을 누구랑 가는지, 밥을 누구랑 먹는지 하는 문제는 우리가 나누어 가진 것에 비하면 지극히 무의미한 일들이었다. 연이는 나를, 아니면 스스로를 안심시키려는 듯 그렇게 말했다. 그래도 지안이를 제일 잘 아는 건 우리잖아. 그런 시시한 일들은 껍데기에 불과해. 하지만 오히려 그런 일들을 함께하지 않게 되니, 나는 지안의 껍데기만을 붙잡고 친구 놀이를 하는 기분이었다. 지안의 무거운 비밀만을 떠안은 채, 지안의 다른 모든 부분은 은지네 애들에게 빼앗기고 있었다. 이런 상황에서 지안의 비밀을 알고 있다는 건 억울하기도 했고 위안이 되기도 했다. 나도 연이도 그 일에 대해 말하지는 못했다. 딱히 지안을 위해서라기보다도, 우리가 입에 담기에는 너무나 큰일이었기 때문이다. 그 비밀은 체한 것처럼 더부룩하게 속에 걸려 있었다. 어떤 비밀은 우리를 하나로 묶었으나 어떤 비밀은 우리 사이를 갈라놓았다. 어떤 비밀은 너무나 무거워서 세 사람이 힘을 합쳐도 버텨낼 수 없었다. 지안은 우리가 애달파할수록 멀리 도망쳤다. 싸운 것도 아니고, 누가 뭘 잘못한 것도 아닌데, 우리의 세계는 부서지고 있었다. 아니, 차라리 녹아 없어지고 있었다. 어디서부터 수습해야 할지 알 수도 없게. 손에 남는 파편조차 없게.

나뭇잎의 빛이 바래고 잠자리가 날아다니기 시작하자 '몰래카메라' 놀이가 유행했다. 여럿이 작당을 해서 한 명만 모르게 극적인 상황을 연출하고, 숨어서 그 한 명의 반응을 관찰한 뒤, 우르르 튀어나와 "몰래카메라였습니다!" 하고 외치는 놀이였다. 몰래카메라 때문에 싸우거나 절교하는 애들도 많았다. 그런 유의 놀이 안에는 종종 농도 짙은 악의가 도사리고 있었으니까. 나와 연이, 지안은 한 번도 몰래카메라의 대상이 된 적이 없었는데, 그건 우리 셋 중 '한 명'을 골라내는 게 불가능하기 때문이었다. 적어도 그때까지는.

연이는 자전거를 잘 탔다. 덴마크에서는 모두가 자전거를 타고 다닌다고 했다. 연이는 두 손을 놓고도 자전거를 탈 줄 알았고, 비가 오는 날에는 한 손에 우산을 든 채로 자전거를 탔다. 우리 학교 사 학년 중에 자전거로 등하교를 하는 아이는 연이가 유일했다. 나는 아파트 단지 안에서만 자전거를 탔는데, 엄마가 그 밖으로는 못 나가게 했기 때문이다. 나는 이따금 엄마 모르게 연이의 자전거 뒤에 타고 하교했고, 그럴 때면 태어나서 그때까지 십 년 넘게 본 우리 시의 풍경이 덴마크처럼 낯설어 보이는 것이 좋았지만, 이 학기부터는 새로 수학 학원을 다니기 시작하는 바람에 연이와 함께 집에 가지 않았다. 아이들은 누군가 '한 명'이 되는 냄새를 예민하게 맡을 줄 알았다.

사건의 개요는 이랬다. 자전거를 타고 집에 가던 연이를 '복덩이'가 불러냈다. '복덩이'는 연이에게 다짜고짜 사귀자고 했다. 연이는 언제나 남자애들을 시시하다고 했으므로 거절해야 마땅했으나, 왜인지 그 애는 좋다고 대답했다. 그리고 한 마디를 덧붙였다.

"그래도 애들한테는 비밀로 해야 돼. 네가 지안이 전 남친이니까."

'복덩이'는 아마도, 비열하게 웃었을 것이다. 그리고 말했을 것이다.

"비밀은 못 지키겠는데?"

몰래카메라였습니다! 사방에서 애들이 튀어나왔을 것이다. 그중에 지안이 있었다고 했다. 지안은 다른 애들과 조금도 다르지 않은 얼굴을 하고 있었을 것이다. 그리고 '한 명'이 된 연이를 보고 큰 소리로 웃었을 것이다. 연이는 자전거도 버려둔 채 씩씩대며 걸어서 집에 갔다고 했다. 울지도 않더라? 진짜 독하다고, 애들은 혀를 내둘렀다.

다음 날 학교에 온 연이는 내게 아무 이야기도 하지 않았다. 나도 굳이 연이에게서 그 이야기를 다시 듣고 싶지 않았다. 모르고 싶었다. 연이의 입장은. 지안과 연이는 서로를 모른 체했다. 연이는 화가 나서 지안을 모른 체했지만 지안은 이제야 연이를 모른 체할 수 있어서 편안하다는 기색이었다. 나와 연이는 지안을 완전히 잃게 되었음을 깨달았다. 지안은 싸구려 사탕처럼 우리 손에 쥐어주었던 제 껍데기까지 가져가버렸다. 연이가 문어체를 쓸 때마다 '쟤 또 저러네' 하는 시선을 교환할 지안이 사라지고 나니, 연이의 이야기를 듣는 게 조금 피곤해졌다. 학교가 끝나고 연이에게서 벗어나야 제대로 나만의 생각을 할 수 있었다.

먼저 지안에 대해 생각했다. 지안은 왜 그랬을까. 왜 혼자서 가버렸을까. 지안이 버리고 싶었던 건 연이였을까, 우리였을까. 우리가 알고 있는 비밀이었을까.

그다음에는 연이에 대해 생각했다. 연이에 대해 내가 느끼는 감정이 무엇인지 정확히 설명하기는 어려웠다. 내가 아는 말 중에서 고르자면…… 실망? 물론 연이가 불쌍했지만, 연이가 이렇게 쉽게 '불쌍한 애'가 되어버린 건 너무나도 실망스러운 일이었다. 연이는 특별했다. 연이는 무너져선 안 됐다. 그게 시시한 남자애들 때문이어서는 더더욱 안 됐다.

나까지 연이를 떠날 수는 없었다. 그러면 연이는 정말로 불쌍한 애가 되어버릴 것이었다. 이제 연이에게 남은 사람은 나뿐이었다. 그런 생각을 하자 나는 연이가 무거워졌다.

날이 점점 추워지면서 슬슬 학예회를 준비할 시즌이 다가왔다. 지안은 은지네 애들과 함께 이효리의 노래에 맞춰 춤을 춘다고 했다. 나와 연이는 함께 영어 캐럴 팀에 들어갔다. 우리 팀의 지도교사는 우리 담임 선생님이었다. 선생님은 연이에게 전권을 부여하고, 연습 시간에 얼굴조차 비추지 않았다. 연이는 우리가 부를 노래를 고르고, 율동도 만들고, 스무 명이 넘는 애들에게 노래와 춤을 가르쳤다. 진도를 잘 따라오지 못하는 애들은 방과 후에 남겨서 따로 연습을 시키기도 했다. 몰래카메라 사건 이후 연이는 미움을 받으려고 작정이라도 한 사람처럼 혹독하게 애들의 영어 발음에 대고 트집을 잡았다. 그러면서도 나에게는 한없이 너그러웠다. 연이는 나를 자기 바로 옆, 맨 앞줄 가운데 자리에 배치했다. 나는 열심히 연이의 지도에 따르면서도 가끔은 생각했다. 선생님은 왜 내가 아니라 연이에게 이 모든 일을 맡겼을까? 연이가 아니라 나였다면 어땠을까?

학예회 팸플릿이 인쇄되어 나왔다. '영어 캐럴 팀: 지도교사 김상숙, 조윤영 외 23명.' 일 학년 때부터 내가 속한 학예회 팀은 항상 '조윤영 외'였다. 나는 별로 그 사실이 이상하다고 생각해본 적이 없었지만, 연이는 나와 생각이 다른지 크게 분개해 점심시간에 선생님을 찾아갔다. 그러면서 굳이 나를 데려갔다. 너도 네 생각을 말하라고 했다.

"선생님, 제가 다 했잖아요. 그런데 왜 조윤영 외 스물세 명이에요?"

선생님은 물끄러미 연이를 쳐다봤다. 연이는 선생님을 마주

보았고, 나는 시선을 내리깔고 선생님의 입만 바라보았다.
“너 윤영이랑 제일 친한 거 아니었니?”
“네, 그런데요.”
선생님은 고개를 절레절레 흔들었다.
“너도 참 독하다.”
연이는 언제나 특별한 애였다. 하지만 이제는 연이가 그냥 독한 애일 수도 있겠다는 생각이 들었다. 나는 달리 할 말이 없어 연이의 손을 잡고 교무실에서 나왔다.
엄마가 선생님과 통화를 했다. 엄마는 혀를 쯧쯧 차며 연이 걔도 참 보통 아니다, 했다. 문득 지금까지의 ‘조윤영 외’들이 우리 엄마가 문턱이 닳도록 학교를 드나든 결과라는 깨달음이 나를 덮쳐왔다. 그건 아주 불쾌한 감각이었다.
결국 팸플릿은 수정되었다. 나는 잿빛 재생지에 자그마하게 인쇄된 ‘최연이 외 23명’이라는 글자를 손가락으로 짚어보았다. 선생님은 새 팸플릿을 나눠 주며 연이에게 “이제 됐니?” 하고 물었다. 연이는 대답하지 않았고, 나는 연이를 향한 선생님의 악의에 약간의 책임감을 느꼈으나 연이가 그것을 감당하는 모습이 보기 싫지 않았다. 연이는 독한 애였으니까.
점심시간에 연이와 손을 잡고 학교 복도를 걷던 중, 나는 불쑥 말했다.
“그렇게까지 해야 했어?”
응? 연이가 무고한 눈으로 나를 쳐다보았다.
“팸플릿 말이야. 네 이름 들어가는 게 그렇게 중요했냐고.”

연이는 한참 말이 없었다. 연이의 손가락이 조심스레 내 손바닥을 두드렸다.

"네 이름이 들어갔어야 한다고 생각해? 너도 알잖아, 내가 다 한 거. 너도 나한테서 배웠잖아."

하지만 너는 선생님이 다른 누구도 아닌 너에게 일을 시켰다고 좋아했잖아. 네가 여기서 제일 똑똑한 건 온 세상이 다 알잖아. 하나쯤은 양보할 수 없었어?

무엇보다 '조윤영'은 내 이름이잖아. 다른 사람도 아니고 내 이름이잖아. 너한테 남은 건 나뿐이잖아.

나는 그런 말을 할 만큼 모질지 못했다. 그래서 아무 말도 하지 않았다. 연이가 내 손을 힘주어 잡았고, 나는 힘을 좀 더 줘서 연이의 손을 털어냈다. 연이는 걸음을 멈추고 고개를 돌려 나를 빤히 쳐다보았다. 나는 연이의 시선을 외면하며 계속 걸었다. 얼굴이 뜨겁고 귓가에서 심장이 뛰는 것 같았다. 복도에서 은지네 애들과 모여 수다를 떨고 있는 지안이 보였다. 지안이 힐끗 우리를 쳐다봤다. 나는 지안과 오래된 시선을 교환했다.

나는 그다음 날부터 삼 학년 때 친했던 다운과 그 무리에 합류했다. 대단히 환영받지는 못했지만, 그 애들도 무리를 짝수로 맞추고 싶었는지 별다른 마찰 없이 나를 받아주었다. 홀수는 위험했으니까. 홀수의 세계는 기우뚱하고 불안정했다. 누군가는 반드시 혼자 남아야 했다.

나는 연이가 극적인 행동을 취할 거라고 예상했다. 연이는 그런 애였으니까. 어떻게 날 버릴 수 있냐고 울면서 우리 집에 찾아온다든지, 복도나 교실에서 내 앞을 가로막고 선다든지. 심지어는 집에 가는 길에 자전거로 나를 치어버리지는 않을까 하는 걱정도 했다. 집에 갈 시간만 되면 가슴이 두근거리는 게, 어쩌면 나는 걱정이 아니라 기대를 하고 있는지도 몰랐다. 하지만 내 걱정인지 기대인지와는 달리 연이는 아무런 반응을 보이지 않았다. 다른 무리에 편입되려는 시도도 없었다. 연이는 꿋꿋하게 혼자서 화장실에 갔고, 혼자서 밥을 먹었고, 혼자 자전거를 타고 집에 갔다. 혼자서 아이들과 선생님의 미움을 감당했다. 먼저 지안이 그랬던 것처럼, 연이도 내가 알던 것과는 전혀 다른 사람으로 변해버렸다. 그대로인 것은 나뿐이었다. 연이나 지안이 우는 모습을 다시는 보지 못할 거라는 생각이 들었다.

엄마도 틀림없이 이 상황을 알고 있을 것이었다. 한 몸처럼 붙어 다니던 우리가 셋에서 둘, 다시 하나로 갈라진 것은 아이들 사이에서도 화젯거리였으니까. 하지만 엄마는 아무 말이 없었다. 대신 엄마는 주니어 브라를 사다주었다. 나는 내가 브래지어를 갖게 되었다는 사실을 누군가에게 알리고 싶었지만, 이제 들어줄 사람이 없었다. 다운의 무리는 내 가슴에 관심이 없었고, 선생님이 검사하는 일기에는 주니어 브라 이야기를 쓰고 싶지 않았다. 연이를 향한 선생님의 악의는 점점 노골적으로 되어가고 있었다. 선생님에게 그 이야기를 하지 않는 것은 내가 지킬 수 있는 마지막 신의 같은 거였다. 아무도 읽지 않더라도 꼭 '키티장'에 주니어 브라 이야기를 쓰고 싶었지만. 그게 누구 손에 있는지 알 수 없었다.

지안과 연이의 사이가 완전히 틀어지기 전 '키티장'은 행방이 묘연해졌다.

학기 말이 되자 말하기·듣기·쓰기 교과서에는 '친구들에게 편지를 써봅시다' 하는 제안이 등장했다. 선생님은 교과서의 지시에 따라 편지를 써보라고 했다. 고마웠던 일이나 미안했던 일에 대해 써도 좋고, 용서한다는 말도 좋다고 했다.

누구에게 써야 할지는 분명했다. 무슨 말을 해야 할지 결정하는 게 어려웠다. 고마운 것, 미안한 것, 용서한 것.

연이에게

고마워. 너는 나에게 많은 걸 알려줬다. 네 덕분에 내 세계는 덴마크만큼 더 넓어졌어.

미안해. 결국 너를 미워하게 되어서.

용서해. 네가 내 세계를 무너뜨린 것을.

그리고 연이야, 나 주니어 브라를 했다.

윤영이가

짧은 편지는 썩 마음에 들지 않았다. 연이를 향한 내 마음은 고마움과 미안함, 용서 같은 간명한 말들로 요약할 수 없었다.

시간이 많이 흐른 지금도, 나는 연이를 향한 내 마음을 정확하게 표현할 말들을 알지 못한다.

나는 곁눈질로 연이를 훔쳐보았다. 연이도 책상에 코를 박고 무엇인가를 쓰고 있었다. 이번에는 지안을 쳐다보았다. 지안을 사랑하지 않은 건 아니었다. 어쩌면 우리가 우리였을 때에도, 나는 연이보다 지안을 더 편안하게 느꼈다. 하지만 왜 지안에게는 편지를 쓰고 싶지 않았을까? 내가 연이를 사랑하고 미워하고 용서하는 동안, 지안은 어디에 있었을까? 지안은 이내 편지를 다 썼는지, 편지지를 쪽지 모양으로 접어 한참 들었다 놓았다 했다. 나는 다시 연이 쪽을 바라보았다. 연이도 편지를 다 쓴 눈치였다. 반 애들은 서로에게 편지를 전하려고 자리에서 일어나 교실을 돌아다니기 시작했다. 분주한 교실에서 여전히 자리를 지키고 있는 건 우리 셋뿐이었다.

두리번거리던 연이와 지안의 시선이 마주치는 모습을 나는 보았다. 지안이 자리에서 일어났다가 조금 망설이더니 다시 앉았다. 이번에는 연이가 자리에서 일어났다. 심장이 두방망이질하듯 정신없이 뛰었다. 연이는 제 편지를 손에 쥔 채 천천히 걸었다. 나는 안 그런 척하던 것도 잊고 열렬히 연이를 쳐다보았지만 연이는 내 쪽으로는 눈길 한 번도 주지 않았다. 지안의 자리에 도착한 연이가 쪽지 모양으로 접은 지안의 편지를 들어 올렸다. 연이는 한동안 제 편지와 지안의 편지를 같이 쥐고 있다가 순식간에 그것들을 모두 찢어버렸다. 지안은 물끄러미 연이가 그러는 것을 보고 있었다. 연이는 다시 자리로 돌아가 앉았고, 지안은 팔 사이에 고개를 묻고 엎드려버렸다. 둘은 다시 서로를 바라보지 않았다.

나는 내 편지를 어떻게 해야 할지 알 수 없었다. 누구도 나를 보지 않았기 때문에.

우리 셋 중 남겨진 건 하나였다.

## 작가 노트

이 소설은 2020년 삼월에 셀린 시아마 전작전에서 영화 〈톰보이〉를 보고 와서 쓰기 시작한 것이다. 내가 처음 완성한 단편 소설이었고, 이 년이 넘는 시간 동안 수십 번 고쳐 지금의 버전이 되었다. 그러니 돌이켜보면, 나는 지나온 시간의 진실을 재구성하고 싶다는 마음, 또는 내게 상처를 준 사람들을 이해하고 싶다는 마음으로 소설을 쓰기 시작했는지도 모르겠다. 그런 의미에서 이 소설은 관계에 대한 이야기이기도 하지만 소설가의 탄생에 대한 이야기이기도 하다.

처음에는 어린아이의 시점으로 소설을 완성했다. 그러자 윤영과 지안, 연이를 어둡고 아픈 시기에 남겨두고 왔다는 모종의 죄책감이 끈질기게 마음을 괴롭혔다. 결국 몇 번째 수정에선가 이 소설을 회고조로 바꿨고 그런 후에야 이것을 세상에 내놓을 수 있겠다는 생각이 들었다.

이 아이들은 또 무수한 타인들을 사랑하고 미워하고 지탱하고 무너뜨리며 끝내 살아남았을 것이다. 꼭 우리처럼.

# 쿠쉬룩

천선란

미국 텍사스 남동부에 위치한 소도시에서 아시안 음식점을 운영하는 딕시는 딸이 출근하지 않은 지 나흘째가 되어서야 그것이 증발이라는 것을 깨달았다. 딕시는 나흘 전 딸인 레지나와 작은 다툼이 있었고, 처음에는 그 일에 대한 반항으로 레지나가 출근하지 않은 것이라 가볍게 여겼다고 말했다. 딕시는 흥분한 상태로 울고 있었기 때문에 말을 알아듣기가 어려웠다. 엔릴은 딕시를 진정시키며 신경망 속 레지나의 흔적을 추적했지만 레지나는 나흘 전 딕시가 운영하는 가게 네트워크에 접속한 뒤 사라졌다. 어디로 갔는지 이동 경로를 찾을 수 없었다. 네트워크로부터 차단되거나 보호벽에 갇힌 것도 아니었다. 딕시의 말대로 그것은 증발이었다.

마인드 업로딩 고객들이 종적을 감추고 사라지는 일에 증발이란 단어를 처음 붙인 것은 일본의 한 익명 커뮤니티에서였다. 일본은 하루아침에 흔적도 없이 자취를 감춘 사람들을 증발했다고 표현했다. 천구백구십 년 버블경제 붕괴 이후 사회 바깥의 그림자로 살아가는 사람들을 칭하는 용어였다. 그것이 신경 네트워크에서 사람들이 사라지는 현상에도 옮겨붙은 것이다. 그것은 오류나 실종, 분실, 망실과는 달랐다. 그들이 말하는 증발한 사람들에게는 공통점이 있었고 그것은 다분히 자발적이었고 의도적이었다. 기업에서는 증발이란 단어를 쓰지 못하도록 공문을 내려왔지만 외면은 한 달을 넘기지 못했다. 증발은 상하이와 도쿄, 비엔티안, 방콕, 다낭, 발릭파판, 마닐라, 멜버른, 사나,

리야드, 프리토리아, 카이로, 모스크바, 함부르크, 로마, 부다페스트, 프라하, 파리와 마드리드, 리스본, 런던, 산티아고, 브라질리아, 멕시코시티 그리고 업로딩이 가장 많은 미국 모든 도시에서 동시다발적으로 하루에 수백 건씩 일어나고 있었다.

손바닥으로 가릴 수 없는 상태라는 것을 파악하자 기업은 사태 파악과 해결에 박차를 가했고 그렇게 엔릴은 보름이나 남은 휴가를 반납하고 일터로 돌아왔다. 일이 빨리 해결되면 그에 포상 휴가를 더 주겠다고 했지만 며칠째 진척이 없었다. 증발은 날이 갈수록 많아졌고 그 어디에서도 흔적을 찾을 수 없었으며 회사 전화는 불이 나다 못해 먹통이 되었고 몇몇은 회사 앞으로 찾아왔지만, 업로딩한 가족이, 친구가, 동료가 돌연 증발할 거라는 불안감을 품고도 그곳에서 그들을 빼낼 대안이 없었기에, 모두가 빨리 찾아내라는 말만 구간 반복처럼 되풀이했다.

엔릴은 신경망을 배회하며 딕시의 말을 들었다. 딕시의 말에는 여전히 울음이 섞여 제대로 알아듣기가 힘들었지만 엔릴은 성심성의껏 대답하며 키보드를 정신없이 눌렀다. 딕시는 근래 장사가 안 돼 레지나와 싸우는 날이 많았다고 말했다가 곧장 그건 싸웠다기보다 자신이 일방적으로 레지나에게 분풀이를 했던 것이라고 고해성사하듯 내뱉었다. 지속되는 가뭄으로 원자잿값이 비싸져 이제는 종일 장사해도 마진 남는 날이 극히 드물었고, 이 상태로는 두 사람 입에 풀칠도 하지 못할 거라고 딕시가 한숨처럼 내뱉었으며 그러던 며칠 뒤 레지나가 자신을 업로딩한 것이다. 딕시는 자신이 그 아이를 궁지에 내몰았다고 믿었다. 코앞에 닥친 암울한 현실에서 숨을 쉬기 위해 내뱉은 말들이 하나뿐인 딸 레지나를 다른 세계로 밀어 넣은 것이다. 자신의 숨이. 살기 위해 내뱉은 그 숨이. 엔릴은 그때 키보드를 두드리던 행위를 멈추고 딕시에게 방금 레지나에게 했던 말을 되물었지만 딕시는 본인 감정에 취해 엔릴의 말은 듣지 않고 중얼거렸다. 엔릴은 딕시의 말을 멈추기 위해 화를 내야 했다. 엔릴은 증발한 사람들이 가장 많이 들었던 단어에 순위를 매겨 그래프로 나타냈다. 이십여 개의 단어가 반복적으로 쓰였고, 그렇게 선별된 단어 중 상위 단어를 섞으면 이런 문장이 만들어졌다.

내일 오는 답답한 숨. 어둠에 흩어진 거리. 가시를 움켜쥔 손.

푹, 꺼진 것 같아요. 엔릴은 '푹'을 힘주어 말했다. 그러니까 이런 거예요. 밀도가 아주 높은 숨이 네트워크의 시공간을 일그러트리고 있는 거죠. 표면적이 영인 행성이 무한히 수축하다 사건의 지평선 너머로 가듯, 그들도 외부에서는 절대 볼 수 없는, 빛이 빠져나올 수 없는, 시스템의 가장 깊은 어딘가로 빠진 거예요. 스스로 꺼진 것인지 빠진 것인지 아직 알 수 없지만 엔릴은 사라진 이들 모두가 스스로 꺼진 것이라는 직감이 들었다.

쉬는 동안 무엇을 했느냐고 동료인 수조가 물었다. 엔릴은 두 달 동안 서아시아를 돌았다. 티그리스강과 유프라테스강을 따라 이동했고, 기념사진 한 장 남기지 않은 채 있다가 회사의 다급한 연락을 받고 다급하게 돌아왔다. 여행을 다녀왔다기에는 여러모로 여행자의 면모가 보이지 않을 테지만, 엔릴은 이집트를 다녀왔다고 두루뭉술하게 말했다. 언니의 일 때문에 함께 다녀왔다고 말하자, 수조는 처음에는 의아해하다 곧 엔릴의 언니가 고고학을 연구하는 학자라는 것을 기억해냈다. 언니랑 나이 차이가 많이 난다고 그랬죠? 수조가 물었다. 엔릴은 고개만 끄덕였다. 수조가 집요하게 물어올까 걱정했지만 다행히 질문은 거기서 멈췄다. 나이 차 많이 나는 언니랑 여행 가면 싸우지도 않고 걱정도 없고 좋겠다. 짧은 평을 남기고 수조는 자리를 떴다.

엔릴은 시스템에 업로딩하는 것에 고민하지 않고 자진했다. 사라진 무언가를 찾는 일이라면 넌더리가 날 정도로 지겨웠지만 그런 감정과 행위에 익숙해져 있기도 했다. 사라진 사람을, 그것도 스스로 종적을 감춘 사람을 찾는 일에는 어느 정도의 태연함과 받아들임이 필요했다. 찾지 못할 것이라는, 이 길도 아닐 것이라는, 어디로 가든 다시 만날 수 없을 것이라는, 지극히 행위의 목적을 배반하는 다짐을 가져야 한다. 순례길에는 걷는 순례자의 마음이 깃들어야 한다는 걸, 몇 년째 길을 걷고 있는 엔릴은 잘 알고 있었다. 어차피 걸어야 할 길이라면 차라리 실체가 없는 길을 걷는 게 더 나을지도 모른다. 엔릴은 이십 킬로그램짜리 군장을 메고 발이 푹푹 빠지는 사막길을 걷다 숨을 몰아쉬며 그 생각을 했다. 차라리 질량이 없었더라면 얼마나 좋았을까. 가방에도, 다리에도, 마음에도……. 해방이라 여겼지만 엔릴은 시스템 속에 들어온 뒤 깨달았다. 이것 역시 언니의 부재로부터 멀어지기 위한 필사적인 집착과 동시에 언니를 찾아내겠다는 또 다른 방향의 간절함이라는 것을. 이곳에서는 걷고 싶지 않아도 걸을 수 있다. 걷는다고 생각하면 걷고, 걷지 않지만 나아간다고 생각해도 걷는다. 생각만이 행동을 지배한다. 육신의 허락 없이 이루어질 수 있는 공간. 그것의 한계나 상태는 어떠한 영향도 끼치지 않는다. 자유롭다고 해야 하나. 어딘가 맞지 않는데. 처음에는 그런 생각을 하며 걸었다.

끊임없이 이어지는 사각형 방을 지났다. 지나치게 무료한 공간이었다. 너무 하얗고, 너무 밝았다. 지겨워. 엔릴이 낮게 지껄였지만 발락은 들은 체도 하지 않는다. 발락은 시스템을 관장하는 인공지능으로, 이곳에 있는 모든 인간과 교감한다. 이곳에서 일어나는 모든 일을 발락은 알고 있다. 그래야만 한다. 그런 역할을 위해 만든 인공지능이었고, 어쩌면 발락은 여전히 그 일을 정상적으로 해내고 있을지도 모르지만, 감추고 있고 침묵하고 있다. 발락이 무엇을 함구하고 있는지 엔릴을 포함한 저 바깥의 인간들은 알 수 없다. 발락을 창조한 이들은 인간이지만, 이제 인간은 발락의 생각을 읽을 수 없다. 증발이 처음 일어났을 때 제일 먼저 발락을 찾았다고 전해 들었다. 그리고 엔릴이 물었을 때와 마찬가지로 발락의 대답은 일관됐다.

찾을 수 없습니다.

그것은 삭제되었다, 와 다른 말이었다. 찾을 수 없다는 건, 어딘가에는 있다는 말이었다.

찾을 수가 없어. 어디 있는지 모르겠어. 하지만 너무 비관적으로 생각하지 마. 너희 언니가 어떤 사람인 줄 알잖니.

엔릴은 호우에게 되물었다. 그 말은 죽지 않았다는 말과 같은가요?

그럼. 모든 죽음은 흔적을 남겨. 생명도 문명도 마찬가지지. 아무것도 남기지 않는 소멸은 없어. 찾을 수 없다는 건 살아 있다는 결정적인 증거지.

호우는 언니의 동료 학자로 올해 쉰이 되었고 언니와 같은 나이였다. 엔릴은 스물다섯 살 차이 나는 언니의 친구들을 언제나 어려워했다. 이모라고 불러야 할지 언니라고 불러야 할지 늘 고민했고, 끝끝내 어떤 호칭으로도 부르지 못하고 쭈뼛거리며 언니의 뒤에 숨고는 했었다. 친구들은 언니를 엄마로, 엄마를 할머니로 알았다. 중요한 건 엔릴에게도 언니는 엄마 같았고, 엄마는 언니가 발굴하는 고대 유적 같았다. 엄마는 시간에 수분을 빼앗겼고, 흙에서 꺼낸 것처럼 메말랐으며 머릿속에 존재하는 기억의 바위에 기록된 글자만 반복해서 읽었다. 언니는 엄마의 몸이 어디에 쓰였는지 맞히려는 학자였다. 손으로 머리를 빗게 하고, 다리로 걷는 것임을 알려주고, 입술을 오므려 소리 내는 법을 알려주었다. 하지만 깨진 유물의 형태를 되찾아준다고 해도 그것은 이미 본래의 기능을 잃어버린 몰드에 불과했다. 엔릴이 기억을 되짚을 수 있던 시절부터 엄마의 입술은 단 한 번도 엔릴의 이름을 부른 적 없었다. 없었기에 엔릴은 엄마가 자신의 이름을 지었다고 생각하지 않았다. 엔릴은 자신을 엄마의 캐스트[1]라 생각했다. 품어져 길러진 것이 아닌 어쩌다 틈에 들어가 똑같이 자라버린 생명. 엔릴을 꺼낸 이는 언니다.

---

1 공간이 생긴 몰드에 광물이 들어가 채워지면서 외형과 닮은 모양의 화석이 만들어지는 것.

언니는 엔릴이 사람이 될 수 있도록 오랜 시간 엔릴을 붓으로 털었다. 정성스럽게, 고집스럽게, 의문스럽게.

옹송그린 입술과 눈가의 가느다란 주름, 얼굴을 뒤덮은 주근깨와 기미가 덮인 관자놀이. 엔릴이 기억하는 언니의 첫 얼굴이다. 그 얼굴이 떠오를 때마다 엔릴은 고민했다. 웃고 있었던가? 옅은 웃음을 머금고 있었던가? 무표정이어도 이상할 건 없지. 그런데 왜 자꾸 울었던 것만 같은가. 언니가 정말로 얼굴을 붓으로 문질렀던가. 하지만 아무리 생각해도 그럴 리가 없다. 그렇게 엔릴은 여러 번 생각한다. 언니는 울었던 것 같고, 얼굴은 간지러웠다. 붓처럼 얼굴에 닿는 것, 붓의 촉감, 붓의 질감과 같은 것. 언니의 머리카락. 언니의 머리카락이 얼굴에 닿는다. 간질간질하게. 콧방울 옆이나 뺨이나 귓바퀴에. 누워 있고 언니의 머리카락이 얼굴에 쏟아지고, 햇빛에 꽃피운 얼굴을 한 언니가 울고 있다. 언니가 거동하지 못하는 엔릴의 위에 타올라 울고 있다.

엔릴은 몸서리를 치며 눈을 떴다. 여전히 사각형의 방이다. 기대 있던 곳이 조금 전 기댔던 벽인지, 잠든 사이 이동한 것인지 알 수 없다. 무언가를 구분할 기준점이 존재하지 않는다. 바깥에서 엔릴의 연락을 기다리고 있을 수조에게 연락을 취해봤지만 받지 않았다. 바쁜 일이 생긴 것일까. 연락은 들어온 지 얼마 지나지 않아 끊겼다. 더 정확히는 이 사각형의, 무한대로 증식하는 방에 들어온 이후부터.

엔릴은 계속 걷기 위해 몸을 일으켜 틀었다. 그리고 숨소리. 목덜미를 감쌀 정도로 긴 깊은숨. 엔릴이 뒤돌았다. 저것이 언제부터 저곳에 있었던가. 거대한 입. 잿빛의 끈적하고 점성 짙은 액체가 끊임없이 천장에서 흘러내리고, 작은 소용돌이들 수십 개가 휘감겨 있으며 입이 있다. 흘러내리는 점액질이 입술의 형태를 뭉개고 지나갔지만 입은 커다랗게 자리 잡아 끈질긴 숨을 쉬고 있다. 그것이 엔릴을 보고 있는지는 눈이 없기에 알 수 없다.

"발락?"

그러자 창처럼 점액질이 튀어 오른다. 화살처럼 엔릴에게 날아온 창은 엔릴의 얼굴 바로 앞에 멈췄다. 쩌억, 소리를 내며 창끝에 눈이 생긴다. 점액질에 둘러싸여 혼탁한 눈동자. 그것은 엔릴을 물어뜯듯이 훑어본 뒤 도로 점액질에 흡수되었다. 그것이 지나간 자리에는 검은 흙먼지 같은 것이 우수수 떨어져 있다. 눈동자는 입 옆에 스며든 뒤에도 사라지지 않고 엔릴을 쳐다보았는데, 엔릴은 그렇게라도 눈이 있는 것이 나았다. 점액질은 계속 흘러내렸지만 어딘가에 고이지도, 어딘가로 흘러가지도 않았다. 그저 흘러내리기만 할 뿐이었다.

"발락, 맞지?"

엔릴이 다시 물었다. 그것이 눈을 깜빡였다. 엔릴은 그 행위를 긍정이라 읽었다.

"왜 그런 모습으로 왔지?"

"당신이 상상했으니까."

발락의 목소리는 바깥에서 듣는 것보다 훨씬 공허했고 울림이 컸다. 말의 속도는 느렸으나 발음은 부자연스러울 만큼 정확했다.

“그런 모습을 상상한 적 없어.”

엔릴이 단호하게 대답했다. 눈동자가 뒤집혔다 돌아온다.

“했어. 끊임없이. 잠을 자는 동안. 규칙적이고 반복적이게.”

소용돌이의 회전 방향이 반대로 바뀐다. 튀어 오르는 점액질. 바닥에 떨어지면 모두 흙으로 변해버린다. 엔릴은 대화의 주제를 바꾼다. 발락의 말을 깊이 생각하고 싶지 않았다.

“모두 어디 있지?”

“찾을 수 없어.”

“아니. 그들은 아직 시스템 안에 있고 너는 그걸 알아. 아는데 감추고 있어. 알려줘. 가족들이 애타게 찾고 있어.”

소용돌이가 전부 안구로 바뀌며 몇십 개의 눈동자가 순식간에 엔릴을 응시했다. 그 눈빛은 엄마와 묘하게 닮아 있었다. 감흥 없는 눈동자.

“찾아지길 원하지 않아. 숨었어, 깊이. 아주 깊이.”

“당사자 선택이라는 말인가?”

“그곳에 원하던 목소리와 창문, 부드러운 수건, 느리게 흘러가는 구름과 거실에 깔린 조각된 노을빛이 있지. 기다렸던 사람이 머지않아 오고 아무런 생각 없이, 내일에 대한 걱정 없이 식사하고 있어.”

“그런 것들은 이미 충분히 누릴 수 있어. 이유가 되지 않아.”

“여기는 내일이 오지 않지. 시간이 흐르지 않으니까. 너도 여기 온 지 벌써 열흘이 지났는데 시간의 감각을 느끼지 못하고 있잖아."

"웃기지 마. 한 시간도 지나지 않았어."

엔릴은 그렇게 말하며 손목시계를 봤고, 고작 한 시간이 흐른 것을 확인했다. 그러자 발락은 또다시 점액질을 길게 뻗어 엔릴의 시간을 함께 바라보았다. 그러다 홀연히 흡수되었고, 점액질은 소용돌이치며 천장을 타고 올랐다. 모든 점액질이 천장을 전부 뒤덮은 뒤에야 사라졌던 입이 나타났다.

"바깥의 시간은 소용없어. 너도 잘 알 텐데……. 내가 열흘이 지났다고 말을 한 순간, 열흘이 지났어."

엔릴은 발락의 말을 반박할 수 없다. 시간이 흐르지 않았음을 주장하려면 변하지 않았음을 증명해야 했다. 엔릴의 배가 고프지 않은 것, 엔릴의 손톱이 자라지 않은 것, 엔릴의 몸이 피로하지 않은 것. 하지만 이곳에서 엔릴의 육체는 모방에 불과했다. 열흘이면 손톱이 길었어야 한다. 그렇게 생각하자 엔릴의 손톱이 빠르게 자라더니 이내 바닥에 닿는다. 엔릴은 고개를 젓는다. 자라라는 뜻이 아니었다고 생각하자, 싹둑, 잘린 손톱이 바닥에 떨어져 날카롭게 박힌다. 손톱에 자잘한 거스러미가 돋아나더니 구불구불하게 뻗어나갔다. 손톱이 왜 그렇게 자라는지 알 수 없었으나 엔릴은 생각을 멈추기 위해 노력했다. 자신이 하지 않은 생각들. 숨을 천천히 내쉬며 마음을 진정시키자 손톱이 성장을 멈추었다. 땅에 박힌 손톱들은 괴사한 선인장 군락 같았다.

"그들이 있는 곳을 알려줘. 만나서 이야기해봐야겠어. 왜 나오지 않는지, 무엇 때문인지."

"미래는 위험해."

발락이 대답했다.

"통계적으로 미래는, 인간을 불안하게 만들어. 미래는 평온함을 품지 않아."

"무슨 말이 하고 싶은 거지?"

"나는 인간을 위해 움직여. 내 동력은 그거 하나다. 인간의 미래는 죽음, 불안, 불확실, 절망, 나아지지 않음, 달라지지 않음, 변화하지 않음, 정세의 악화, 그런 것들로 가득해. 누구도 미래를 기대하지 않아. 누구도 미래를 바라지 않아. 누구도 미래에서 희망을 느끼지 않아. 인간에게 미래는 그렇다. 그전에는 어땠는지 알 수 없더라도, 인간이 내게 준 데이터는 그렇지. 적어도 지금은."

점액질이 이내 바닥으로 투둑, 투둑, 떨어지기 시작했다. 엔릴의 발치에 잿빛 소용돌이가 요동쳤다. 아무도 미래를 기다리지 않아. 아무도 미래에 희망을 걸지 않아. 아무도 미래를 바라지 않아. 발락은 세 문장을 반복해 말했다.

엔릴은 힘주어 말했다.

"만나게 해줘. 증발한 사람들."

휘몰아치던 소용돌이가 멈췄다. 은은하게 몰아치던 바람이 순식간에 멈추고 사각형의 방에 정적이 찾아왔다.

점액질이 한곳으로 모이더니 엔릴의 키만큼 탑을 쌓는다. 꼭 진흙을 뒤집어쓴 인간이 서 있는 것만 같다. 입술이 정수리에서 뻐끔거렸다.

"정말로 보고 싶은 사람이 그들이야?"

그게 무슨 뜻이냐고 되묻기도 전에 방이 분열된다. 무한으로 증식하고, 계속 경계를 밀어가며 넓어진다. 엔릴은 이 공간이 무엇을 만드는지 금방 알아차렸다. 어디선가 끊임없이 휘몰아친 모래가 땅을 뒤덮어 어느새 풀 한 포기 가까스로 고개를 내민 황량한 대지가 되고, 두 사람을 겨우 가릴 수 있는 박약한 햇빛 가림막이 펄럭였다. 우뚝 솟은 높은 바위까지. 엔릴은 이 풍경을 본 적 있다. 밟아본 적은 없지만. 애초에 밟을 수 없는 공간이지만. 언니가 엔릴을 위해 만들어준 모형 유적터다. 다른 아이들이 공주와 왕자의 집을 짓고 꾸미는 동안 엔릴은 유적이 묻혀 있는 대지 위에서 두 사람의 살림을 꾸렸다.

빗물을 받을 수 있는 바구니를 놓고, 주방과 화장실을 철저히 분리해 표시해두고. 야생짐승이 오지 못하도록 기둥을 세워 밧줄로 연결한 뒤 깡통을 달아두는 것이다. 밧줄에는 두 사람의 빨래가 널려 있고 다 타버린 장작 잿더미 속에는 잘 익은 감자와 옥수수가 숨어 있겠지. 그 옆에 세워진 또 다른 천막에는 커다란 테이블 다섯 개가 연이어 붙어 있고 그 위에 흙덩이인지 보물인지 구분하지 못할 덩어리들에 번호가 매겨진 채 진열되어 있다. 하늘에서 목소리가 천둥처럼 퍼진다.

'상상을 하는 거야. 이건 뭐였을까. 무엇에 쓰던 물건이었을까? 이건 이빨일까? 아니면 발톱일까? 이걸 모아두었을까? 모아두었다면 왜 모아두었지?'

'그건 진짜가 아니잖아.'

‘하지만 그게 가짜라고 말할 수도 없잖아. 진짜가 아니라고 가짜인 건 아니야. 얼마나 진실에 가까운지가 중요한 거지.’

어린 엔릴과 언니의 대화였다. 엔릴은 고개를 들어 천장을 보았다. 혹시나 두 사람의 모습이 보일까 싶은 기대감이었지만 청정한 하늘뿐이었다.

“봐. 너도 진짜를 찾고 있잖아. 가짜인 줄 알면서도.”

엔릴의 뒤에 언니가 서 있었다. 언니는 엔릴이 기억하는 모습보다 수척했고, 머리카락이나 옷이 전부 너저분했다. 오랫동안 떠돈 사람 같았다.

“여기서 만나네, 우리.”

언니는 반갑게 웃었지만 엔릴은 경계심을 풀지 않았다. 점액질의 형상이 보이지 않는다.

“나를 찾으러 여기까지 온 거니? 기특도 해라.”

“언니는…… 언니가 아니잖아.”

“너는 아직도 거짓을 더 바라는구나.”

언니는 엄마라는 역할을 흡수했기에 엔릴에게 ‘언니’라는 단어가 가진 의미보다 훨씬 컸다. 엔릴에게 자신이 그런 존재라는 걸, 언니도 알았다. 그러니 기다렸던 것이다. 엔릴이 다 자랄 때까지.

혼자 잘 수 있느냐고 물었던 게, 언니가 사라지기 전 엔릴에게 건넨 마지막 말이었다. 커피를 마시며 일을 하던 엔릴은 노트북에서 시선을 떼지 않은 채 뜬금없는 소리라며 덤덤하게 대꾸했고 언니는, 좋아하던 히비스커스 차를 한 입도 마시지 않고 웃었던 것 같다. 확실히 기억은 나지 않는다.

그때 엔릴은 언니를 힐끔 쳐다보고 금방 시선을 거두었다. 언니에게 희끗희끗한 머리카락이 자라나던 때쯤 언니는 자주 그런 소리를 했다. 혼자서 먹을 수 있겠어? 혼자서 잘 수 있겠어? 혼자서 고지서를 보고 돈을 이체할 수 있겠어? 엔릴 역시 그 물음의 이유를 어렴풋이 느꼈지만 단 한 번도 묻지 않았다. 고지서를 언니 방 책상 위에 올려두는 식으로 대신했다. 그렇지만 정작 언니는 이 앞에 다녀온다고 말하고 떠났다. 가스 요금 이체 방법이나 악몽을 꿨을 때 스스로를 달래는 법이 아닌, 조금만 기다리면 돌아온다는 여지를 남기고 말이다.

언니는 햇빛 가림막으로 다가가 수조 통에 든 물을 컵에 담아 마셨다. 엔릴은 이곳에서 나가기 위해 주위를 둘러봤지만 그 어디에도 통로가 보이지 않았다. 저 멀리 구름을 뚫고 올라가는 절벽이 보였고, 주변은 온통 메마른 대지뿐이었다. 그리고 거대한 뭉게구름.

"여기에 집을 지을 거야."

언니는 굵은 나뭇가지를 엮어 만든 테이블 위에 컵을 올려두고 그 옆에 놓인 나무 의자에 앉는다. 바닥에 떨어진 나뭇가지를 주워 집을 그리고, 집 여러 채를 그리고, 호수를 그리고, 광장을 그리고, 그렇게 마을을 그린다.

"오래전부터 계획했거든. 너도 알지? 우리 같이 계획했었잖아. 우리의 도시. 그날의 햇살을 만끽할 수 있는 하루. 사냥을 하고, 그렇게 잡은 짐승의 이빨을 목걸이로 만들어서 선물하는 거. 딱 그 정도면 좋겠어."

지나온 것을 들여다보고 있으면 마음이 편안하다고 했다. 언니가 만지는 모든 것은 정해져 있고 변하지 않았다. 깊게 고민해 본질을 파악하고 그것의 형태를 찾아주는 일을 좋아했다. 다가오는 내일은 알 수 없고 예측이 통하지 않지만, 과거의 물건은 정답을 정해두고 기다리고 있다. 너무 오래 헤매지 않게 이따금 단서를 던져주면서 차분히 진실의 세계로 인도한다고, 언니는 말하며 행복해했고, 엔릴은 그럴 때마다 언니가 두려워하는 미래는 무엇인지, 그게 아니라면 언니가 이미 당도한 미래가 처참한 것인지 생각했다.

언니가 나무 상자 안에서 식기를 꺼냈다.

"밥 좀 먹는 게 좋겠어."

"나는 갈 거야."

언니가 아닌 줄 알면서도 엔릴은 친절하게 굴었다.

"찾아야 할 사람들이 있고, 해야 할 임무가 있어."

언니는 대꾸 없이 구겨진 종이로 식기를 훑었다.

엔릴이 자리를 떴다. 하염없이 걷다보면 언젠가 허상은 깨질 것이다. 구름이 저토록 두껍게 뭉쳐 있는데 햇빛은 구름 한 점 없다는 듯 땅에 내리꽂혔다. 뒤통수가 뜨겁게 달궈졌지만 발밑에 그림자는 없다. 하지만 그 생각을 하는 순간 검고 긴 그림자가 엔릴의 발에서 뻗어져 나왔다.

엔릴은 한참을 걸었다. 아무리 걸어도 절벽은 가까워지지 않았고 길은 컨베이어 벨트 위를 걷는 것 같았다. 힘들거나 배고픈 것이 없어 다행이었다. 이런 생각을 해도 그런 감각은 생겨나지 않았다. 그쯤에서 엔릴은 시계 보는 것을 그만두었다. 시침과 분침이 엉망이었다. 시침은 빠르게 흐르다 엘릴이 쳐다보면 급격하게 속도를 늦췄고, 분침은 이따금 숫자판을 역행했다.

“적응하면 괜찮아져, 걱정하지 마.”

발락의 목소리가 들렸다. 주변을 살피자, 몇 걸음 떨어진 땅에 소용돌이가 치고 있었다.

“장난은 그만 쳐. 재미없어.”

“내가 만든 공간이 아닌걸.”

“네가 만들진 않았더라도 네가 없앨 수는 있을 텐데.”

“무얼 위해서?”

“나를 위해서.”

“너를 위해서 이 공간을 없앨 수 없어.”

엘릴은 계속해서 앞으로 나아갔다. 소용돌이가 엘릴을 쫓았다.

“여기를 만든 것도 없앨 수 있는 것도 내가 아니고 너야, 엘릴.”

그렇다면 엘릴은 바라본다. 원래의 모습으로 복구되기를. 지긋지긋한 이 공간을 빠져나갈 수 있기를. 증발한 인간들을 끄집어낼 수 있기를. 하지만 아무런 일도 일어나지 않았다. 엘릴은 어느 순간 걸음을 멈춘다. 지치고 힘들다기보다 걷는 행위가 지겨워졌다.

“여기에는 네가 두려워하는 것이 아무것도 없어.”

“나는 미래를 두려워하지 않았는데.”

엘릴이 무신경하게 대꾸했다. 이제는 발락의 어떤 말도

귀담아듣지 않았다. 발락은 열흘이 지났다고 했지만 엔릴은 고작해야 두 시간이 지났다고 믿었다. 발락의 말을 빌리자면, 엔릴이 그렇게 믿는 순간 시간은 두 시간밖에 지나지 않은 것이 된다. 엔릴은 눈살을 찌푸리며 하늘을 올려다보았다. 햇빛을 여과 없이 통과시키는 뭉게구름. 저건 뭐지? 하고 묻자 순식간에 소용돌이가 증식한다. 흥분한 것처럼 보였다.

"네가 감춰둔 것."

엔릴은 뭉게구름이 감춰둔 어떤 것을 본다. 햇빛에 빛나는 날카로운 직선. 뭉게구름 속에 무언가 있구나. 어쩌면 이곳을 나갈 수 있는 단서일지도 모른다. 뭉게구름이 사라졌으면 좋겠다고 생각하지만 변하는 건 없었다. 맑은 하늘이 보고 싶다거나 구름 속에 감춰둔 것을 보고 싶다는 바람도 소용없었다. 엔릴은 자리를 잡고 앉아 본격적으로 구름을 응시했다. 햇빛이 쨍한 하늘을 바라보고 있어도 눈물이 맺히지 않는다. 모방은 감각을 흉내 내지 못한다. 텅 빈 얼굴로 종일 허공을 응시하던 엄마와 같은 것이다. 엔릴은 잠시 눈을 감았다. 바람이 불었으면 좋겠다고 바라자, 머리카락을 헤치며 따뜻한 바람이 불어왔다. 천천히 쓸려가는 구름을 상상했다. 그 안에는 크고 커다란, 정육면체가 있다. 엔릴은 머릿속에 이미지를 떠올린 뒤 눈을 떴다. 고개를 들자 어느새 뭉게구름은 사라지고 희고 커다란, 의미를 알 수 없는 그림이 뒤덮인 정육면체가 하늘에 덩그러니 떠 있었다.

그것은 엔릴이 감춰둔 것이라기에 너무 생소하고 낯설었다. 엔릴은 한숨을 내쉬며 자리에서 일어났다. 정육면체는 아무런 단서도 되지 못했다. 계속 걷는 게 나았다.

작은 변화라도 있었으면 좋겠는데. 적어도 컨베이어 벨트를 걷고 있다는 기분만이라도 들지 않았으면 했다. 이렇게 삭막한 곳을 좋아하는 인간은 없어. 황량하고 쓸쓸하잖아. 이번에도 엔릴이 원하는 것이라 반박할 줄 알았는데 땅에서 풀이 솟아나기 시작했다. 땅을 뚫고 올라오는 억센 힘이 경이로울 지경이었다. 순식간에 땅은 무릎까지 오는 풀로 뒤덮였고, 눈앞의 절벽에서도 억센 뿌리가 뚫고 올라왔다. 절벽에 매달리듯 나무들이 자랐다. 뿌리와 가지를 제대로 뻗지 못한 나무들이 엉망으로 엉겨 붙었고 절벽은 곧 푸른 잎을 뒤집어썼다. 엔릴은 나무들이 가지로 엉키고, 서로의 몸을 뚫고 자란 이유를 안다. 어릴 적 엔릴이 했던 상상이다. 숲에 나무가 엄청 많으면 저 날카로운 나뭇가지가 서로의 몸을 뚫지 않을까? 살기 위해 서로 엉겨 붙어 베베 꼬여 자라지 않을까?

그리고 여전히 하늘에는 정육면체가 떠 있었다. 엔릴은 문득 정육면체에 새겨진 그림이 궁금해졌다.

"저것도 내가 만든 건가?"

"응."

높게 자란 들풀 탓에 소용돌이가 보이지는 않았지만 풀들이 요동치는 곳에 발락이 있을 거라 생각했다.

"나는 저런 그림을 본 적이 없는데."

"있어. 여기에 있는 모든 것은 네 기억에서 뽑혀 나왔어. 네가 보지 않은 것도 아무것도 없어. 그런 건 존재하지 않아."

엔릴은 그림을 유심히 본다.

"증발한 인간들, 그들도 이런 곳에 있는 건가?"
"각자가 만든 세계에 있지."
"……행복해하나?"
"불안하게 하는 모든 불확실함이 없으니까. 이곳은 확신만이, 뚜렷하고 단단한 것만이 있으니까."
"그럼 왜 누구도 작별 인사를 하지 않은 거지? 본인이 원했다면 바깥에 있는 사람들에게 인사 정도는 해줄 수 있는 거잖아."
발락은 한동안 말이 없었다. 엔릴은 발락이 더 할 말이 없을 거라 생각했으나 그게 아니었다.
"본인의 행복을 위해 떠나는 인간은 말을 남기지 않아."
이번에는 엔릴이 입을 다물었다. 발락의 말을 사실이라 믿고 싶었다.
자리에 앉으니 풀들의 높이가 엔릴의 어깨 언저리까지 왔다. 아늑하다고 느꼈다. 엔릴은 정육면체를 바라보았다. 밤이 왔으면 좋겠다고 생각했다. 스위치를 내리듯, 하늘이 탁! 어두워졌다.
바깥에서 볼 수 없는 별들이 빛나고 정육면체는 은은하게 빛났다. 엔릴은 표면에 새겨진 형상을 주시했다. 날개로 보자면 그림이었지만 그것은 의미를 품고 있는 쐐기문자일 가능성이 높았다. 비슷한 모양이 조금씩 변주되고, 반복적으로 나열되어 있었다. 머리 달린 생선 가시 같은 것, 별자리 같은 것, 증기의 표시와 기호, 그리스어와 유사한 것들이 보였다. 낯설어도 규칙이 있다. 모든 글자에는 반드시 규칙이 있다. 그 규칙을 찾아내기 위해서는, 상상하고 또 상상해야만 한다.

엄마의 마음을 상상하는 거야. 미간을 찌푸리면, 어디가 불편하겠다고 추측하는 거지.

하지만 그런 능력은 결국 쌓인 경험에서 나온다. 언니는 엄마의 메시지를 몇만 번씩 오독한 후에야 제대로 된 해독법을 찾은 것이다.

하나만 찾으면 돼, 엔릴. 모든 의미는 하나의 규칙만 찾으면 바로 알 수 있어. 돌조각 하나가 사냥을 할 때 쓰였다는 걸 알면 그들의 삶을 상상할 수 있고, 엄마가 불편함을 느낄 때 어떤 비음을 내는지 깨달으면 다른 의미도 알 수 있어. 엔릴, 모든 것에는 가장 단순한 규칙이 있어.

엔릴은 하염없이 정육면체를 바라보았다. 바라보며 언니가 자신에게 남긴 의미는 무엇이었는지를 상상해보았다. 울고 있던 언니의 얼굴. 고여 있던 엄마의 시간. 과거를 파헤치고 이해하던 언니의 삶. 엔릴은 무심결에 중얼거렸다. 언니가 원하지 않았다. 엔릴이 존재하는, 모든 시간을. 언니가 원했던 미래가 아니었다.

아주 오랜 시간이 흘렀다. 엔릴의 생각이다. 몇 분, 몇 시간이 아니라 몇 달과 몇 년이 흐르도록 엔릴은 정육면체를 노려봤다. 그러자 그림들의 규칙이 보인다. 아주 작은 진실 하나. 변하지 않는 고정 값.

'쿠쉬룩.'

언니의 목소리가 귓가에 스쳤다.

'쿠쉬룩은 수메르어로 상자를 뜻해. 이 상자의 이름은

쿠쉬룩이야, 알았지?'

'이 상자에 뭘 새길 거야?'

'엘릴과 언니의 암호를 새길 거야. 우리가 글자를 만들자. 소원을 비는 거야. 그럼 아주 먼 훗날 우연히 이걸 발견한 학자가 이 뜻을 파헤치기 위해 골머리를 쓰겠지.'

'글자를 어떻게 만들어?'

'우리만의 규칙이 있으면 돼. 언니는 기억을 이 작대기로 고정할 거야. 점 하나 찍은 걸 니은으로, 점 두 개면 디귿, 사선이 더해지면 리을로…….'

엘릴이 자리에서 일어났다. 정육면체의 다른 면에도 글자가 새겨져 있었다. 엘릴은 정육면체의 주위를 돌며 글자를 해독했다. 자음 기억과 모음 아, 자음 지읒과 모음 오, 그리고 다시 자음 기억. 그것은 언니와 엘릴이 만든 글자가 맞았다.

엘릴은 정육면체 주위를 한 바퀴 다 돈 뒤 걸음을 멈췄다.

"약속 장소야."

엘릴이 중얼거렸다.

"언니와 만나기로 했어."

"어디서?"

발락이 되물었다.

"……두려움이 없는 곳."

정육면체에 새겨져 있던 글자가 하나씩 바닥으로 떨어졌다.

"헤어지지 않을 수 있는 곳. 내가 언니한테 말했지. 언니, 늙지 마. 죽지 마. 엄마처럼 멈추지 마. 계속 내 옆에 있어달라고 말했고, 언니는 그걸 이 행성이 허락하지 않는다고 했어."

모든 글자가 다 떨어지자 정육면체가 점점 작아지기 시작했다. 집채만 했던 것은 어느덧 엔릴의 주먹만큼 작아지다, 어느 순간 점이 되어 톡, 공간을 뚫고 사라졌다. 뚫린 구멍에서 빛이 뿜어져 나왔다.

"어서 언니를 만나러 가."

발락이 말했다.

"하지만 그건……."

언니가 아닐 텐데. 언니를 찾고 싶다는 엔릴이 만들어낸 가짜일 뿐일 텐데.

"하지만."

발락이 이어 말했다.

"진짜가 아니라고 가짜가 되는 건 아니잖아."

'하지만 그게 가짜라고 말할 수도 없잖아. 진짜가 아니라고 가짜인 건 아니야. 얼마나 진실에 가까운지가 중요한 거지.'

"끊임없이 상상하고 상상해서, 세계를 만드는 거지. 두려운 것이 없는 완전한 세계를. 그렇게 우주를 만드는 거야, 이곳에서. 그럼 이곳이 진짜가 되겠지."

엔릴은 다시 걸었다. 한참을 걷다, 손목시계를 확인했다. 시침과 분침이 모두 정상적으로 움직이고 있었고 그렇게 오래도록 걸어 아침이 찾아왔을 때,

햇빛 가림막 아래서 불을 피우고 있는 언니의 뒷모습이 보였다.

## 작가 노트

'쿠쉬룩'은 수메르어로 상자를 뜻합니다. 검고 적막한 전시실에 가득했던, 글자라고 해야 할지 그림이라고 해야 좋을지 알 수 없는 언어에 압도되었던 순간을 글로 남기고 싶었습니다. 정체를 알 수 없는 것에는 공포심과 안도감이 존재합니다. 그런 곳에서 느끼는, 내가 아닌 나를, 그렇게 마주하는 낯선 너를, 소슬함을 느끼시길 바라며.

# 멀리서 인어의 반향은

최의택

"아리엘?"

용궁의 뒤뜰을 빠져나가던 나는 그대로 석상처럼 굳어버린다. 분명히 모두가 잠든 것을 확인했는데. 놀라움도 잠시, 나를 '공주님'이 아닌 '아리엘'이라 부를 존재가 몇 안 된다는 것을 깨닫고 목소리가 들린 쪽으로 고개를 돌린다.

"샤샤?"

샤샤는 날 부른 게 의도치 않은 행동이라는 듯 움찔하고는 들고 있던 바구니를 내팽개치고 산호 틈으로 숨어든다. 하지만 그 어떤 산호층도 샤샤의 다리들을 몽땅 감춰줄 순 없을 것이다. 대마녀 우르술라의 딸인 샤샤는 평범한 인어들 사이에서 언제나 눈에 띄는 아이다.

"샤샤."

나는 샤샤가 내팽개친 바구니를 집어 든다. 이건 아티나 언니가 키우는 해초잖아? 언니는 최근 들어 인간들 때문에 해초 찾기가 산호 속에서 산호 찾기라며 해초를 되살리기 위해 자기 정원에 옮겨 심고는 알뜰살뜰 보살피는 중이다. 언니의 정원에는 해초 말고도 희귀한 생물이 많아 호기심을 자극하지만 함부로 드나들 수 없다. 아버지인 트리톤 왕도 예외가 아니건만, 이걸 어떻게 샤샤가…….

나는 음흉한 미소를 숨길 수 없다. 최소한 오늘의 잠행이 아버지 귀에 들어갈 일은 없겠어.

"샤샤, 산호 그만 괴롭히고 나와."

샤샤가 미끄러지듯 나오더니 어쩔 줄 몰라 하면서도 내 손에 들린 바구니를 빼앗는다.

"해초야."

"보면 알아."

"해초 중에서도 이 근방에서 보기 드문 거머리말이라는 것도?"

"그건……. 결국은 해초잖아."

"그렇지. 공주 아리엘과 내가 결국은 인어인 것처럼."

"됐으니까, 아티나 언니한테 들키기 전에 빨리 가자."

"근데 너 옷차림이 왜 그래? 웬 갑주를……."

샤샤한테 달려들어 그 애의 입을 틀어막고 함께 전속력으로 올라간다. 내 힘을 당해낼 수 없다는 것을 아는 샤샤는 여섯 다리를 축 늘어뜨린 채 양팔로 바구니를 꼭 끌어안고 있다.

용궁에서 멀지 않은 곳에는 이름을 발음하기 쉽지 않은 왕국의 영토가 있다. 그곳 해안가는 아름답기로 정평이 나 있다. 나는 특히 그곳 항구에 있는 등대를 지켜보는 것을 좋아해서 자주 간다. 등대를 보고 있으면 왠지 다른 세계와 이어지는 기분이 든다. 내가 들어설 수 없는 세계를 잠깐이나마 느껴보는 것 같달까.

"여기 올 줄 알았어."

"최연소 마녀께서 어련하시겠어."

샤샤는 내 비꼼도 칭찬으로 듣는 천재적인 재능을 가지고 있다.

"아리엘, 넌 좀 상상력을 키울 필요가 있는 것 같아. 엄마한테 특제 물약 부탁해볼까?"

"됐어. 상상력 있으면 뭐 해? 어차피 진짜도 아닌데. 난 진짜 세상을 보고 싶다고."

"진짜 세상은 바다 밑에 있어."

"맞아. 하지만 내가 아는 세상이지. 나는 내가 알지 못하는 세상을 보고 싶어. 저기."

나는 바다를 비추는 등대와 그 너머의 육지를 가리킨다. 샤샤는 내 손끝을 따라 육지를 보더니 퍽 심각한 얼굴로 날 향해 말한다.

"하지만 우린 인어야. 인간이 아니라. 이 몸으로는 저길 다닐 수 없어."

나는 좀 짜증이 나서 대꾸한다.

"알아, 나도."

"아는데 그런 소리를 어떻게 할 수 있지?"

샤샤는 진심으로 이해하지 못하겠다는 얼굴이다. 그래, 이게 샤샤지. 무서울 정도로 똑똑하지만 융통성이라곤 먹고 죽으려 해도 없는 아이. 그런데 샤샤의 두 눈이 빨판처럼 똥그래진다. 어딜 보는 거야? 나는 뒤를 돌아보고 이를 악문다. 어부들의 선단이다. 샤샤가 내 팔을 붙든다.

"아리엘, 돌아가자. 돌아가야 해."

"내가 왜 이 야심한 시각에 용궁을 나왔다고 생각해?"

"저 괴상망측한 인간들의 건축물을 보려고."

"물론 그것도 내 목적이긴 하지. 하지만 그게 다는 아니야."

"음, 내가 떠올릴 수 있는 최악의 목적은 아니길 바라."

"네가 뭘 떠올렸든 그것보다는 더 위험할 거야. 여기 있어."

나는 샤샤의 손을 뿌리치고 바닷속으로 들어간다. 꼬리를 있는 힘껏 쳐대 선단 쪽으로 다가간다. 최근 인간들은 처음 보는 물건들을 가지고 와 물고기들을 싹쓸이해가곤 한다. 사실 인간들이 생존을 위해 하는 어업 자체를 문제 삼기란 어려운 것이 현실이다. 그러나 기계를 이용해 과도하게 물고기를 잡는 바람에 바다는 점점 고요해지고 있다. 트리톤 왕의 명으로 인어들이 과도한 어업을 방해하고는 있지만 나날이 발전하는 인간들의 기술력을 따라가기란 여간 어려운 일이 아니다. 그렇다고 손 놓고 있을 수도 없는 노릇이고, 그저 할 수 있는 일을 할 뿐이다.

배에서 투하된 그물이 사실상 먹이로서 가치가 없는 새끼들을 모조리 낚아채는 것을 보자 몸 안의 피가 들끓는 기분이다. 나는 갑주에 숨겨온 날카로운 쇠붙이로 그물망을 끊는다.

"다들 나와!"

물고기 떼가 한바탕 바다를 휩쓸고 뿔뿔이 흩어진다. 텅 빈 그물이 끌어올려진다. 아마 그물이 빈 것을 보면 인어의 소행임을 깨닫고 다음 수를 쓸 것이다. 선단의 규모에 따라서는 인어를 공격하기 위해 작살을 쏘는 경우도 있다지만 이번 선단은 규모도 장비도 그리 걱정할 정도는 아니다. 그래도 물고기를 잡기 위한 또 다른 수단이 준비되어 있을 텐데 혼자서는 한계가 있다. 이쯤이면 근처에 있는 인어들이 모일 법도 한데 왜 이렇게 잠잠하지? 나는 아예 호출 신호를 발산한다. 그러자 엉뚱하게도 샤샤가 다리들을 펄럭이며 다가온다.

"끝났어?"
"이제 시작이야. 너 부른 거 아냐."
저 멀리서 인어의 반향음이 들려온다.
"인어들 불렀으면 우린 그만 가자. 너무 위험해. 인어 사냥꾼이라도 나타나면 어떡해?"
"인어 사냥꾼? 뭐, 인어를 먹기라도 한대?"
"인간들의 해괴한 생각을 이해하는 건 아마 엄마도 무리일걸. 하지만 인어를 포획하려는 사람들이 있다는 소문은 제법 신빙성 있어. 들리는 말에 의하면 인어 사냥꾼은 먼저 평범한 어부들을 보내서 인어들을 유인한대."
바다 곳곳에서 들려오는 반향음이 왠지 소름 끼쳐서 나는 멍하니 인어들을 쳐다본다. 인어들은 나를 보고 놀라서 예를 갖춰 인사한다. 맞다, 얼굴을 가려야 하는데……. 하지만 머리 위로 드리우는 그림자가 모두의 이목을 집중시킨다. 샤샤는 설명을 멈추지 않는다.
"물고기를 구하기 위해 인어가 나타나면 그제야 그들은 정체를 드러내는데, 소문이 사실이라면 인어 사냥을 위한 선박은 크기가 어마어마하대. 왕국의 통치자가 타는 배만큼이나."
나는 망연자실해서 말한다.
"저거만큼?"
샤샤가 위를 올려다보더니 입을 떡하니 벌린다.
"아니. 저거만큼이 아니야. 저거야."
그 순간 머리 위로 뭔가가 덮친다. 나와 샤샤는 물론 다른 인어들도 옴짝달싹 못 하게 딱 붙어버린다. 그물이다. 샤샤가 평소와 다름없는 목소리로 말한다.

"그물이야."

"여기 있는 모두가 알아!"

"쇠사슬로 돼 있다는 것도?"

그건…… 알고 싶지 않은 사실인데. 나는 어떻게든 꼬리를 움직여 공간을 만들어보려고 하지만 꿈쩍도 안 한다.

"아파, 아리엘! 가만히 좀 있어."

"가만히 있다간 우리 모두 끝이야!"

"그러게 내가 말했잖아, 위험하다고. 넌 말을 참 안 듣는다니까. 왕께서 주름이 늘지 않을 수가 없어."

나는 할 말이 없어 그냥 미안하게 됐다고 말한다.

몸이 끌어올려지는 게 느껴진다. 정말 끝인 건가? 하지만 인어를 잡아서 대체 뭐하지? 이래 봬도 몸의 절반은 인간과 비슷하게 생겨서 아무래도 먹기는 힘들 텐데. 뭐, 샤샤 말마따나 인간들의 생각을 어찌 알겠어. 나는 그물 너머로 바닷속 세상을 바라본다. 왠지 무섭다거나 하지는 않다. 심장이 좀 빨리 뛰는 것 같기는 한데, 이런 기분 처음이 아니다. 어렸을 때 느껴본 적 있다. 다름 아닌…….

그때, 수면을 깨부수고 뭔가가 뚝 떨어진다. 작살인가 싶지만 그보다는 크기가 큰 것 같다. 마치 인간처럼…….

"인간이야."

샤샤의 말에 나는 놀란다. 진짜 인간이잖아! 저게 어디서 떨어진 거야? 어느새 우리는 수면 가까이 끌어올려져 있고 바다 위에서 인간들이 지르는 소음이 들려온다. 샤샤가 눈을 감고 집중한 채 말한다.

"정확히는 모르겠지만 상황이 안 좋은 것 같아. 뭘 찾는데?"

"떨어진 인간을 찾는 거야."

"그걸 어떻게 확신해?"

"음, 보통은 그냥 알아."

샤샤는 심각한 얼굴로 바다 위와 떨어진 인간을 번갈아 본다. 나는 답답함에 한숨짓다가 문득 깨달은 게 있어서 말한다.

"움직임이 멈췄어."

"좀 됐어."

"그럼 말을 했어야지!"

나는 인어들에게 말한다.

"자, 모두 그물 밖으로 힘을 실어요! 최대한 공간을 만드는 거예요!"

끌어올려지는 힘이 없으니 그물이 제법 벌어진다.

"샤샤, 나가서 입구 좀 벌려줘!"

샤샤가 인어라고는 믿기지 않는 유연함으로 틈을 비집고 나가 여섯 다리를 쫙 펼쳐 틈을 벌린다. 나는 외친다.

"나가요!"

내가 마지막으로 그물 밖으로 나가며 샤샤를 데리고 곧장 인간이 있는 쪽으로 간다.

"샤샤, 저 인간 공기 방울로 감싸줘."

"왜?"

"숨을 못 쉬잖아!"

샤샤는 맥락을 이해할 수 없다는 얼굴로 어쨌든 내가 말한 대로 한다. 공기 방울로 감싸인 인간은 의식이 없어 보인다.

"아리엘, 이 인간도 지위가 높나봐."

샤샤의 말대로 인간이 입고 있는 복식은 어부나 상인의 것과 다르다. 하지만 지금 중요한 건 그런 게 아니다. 나는 공기 방울 속으로 꼬리를 휘둘러 인간의 가슴을 내리친다.

"죽일 거면 뭐하러 마법을 쓰라고 한 거야?"

"그런 거 아니야!"

인간이 컥, 하더니 물을 토해낸다. 그러고는 한 번 더 꼬리를 휘두르려 준비하는 날 보고 말한다.

"결국 이렇게 됐네. 인어를 죽게 만든 죄를 인어들이
관장하는 지옥에서 갚다니. 굉장히 개연성 있어."

"이게 뭐라는 거야."

내가 말하자 샤샤가 대답한다.

"아직 정신을 못 차린 것 같아. 한 번 더 쳐."

내가 꼬리를 드는 것을 보고 인간이 외친다.

"잠깐! 그래도 일국의 왕잔데, 그런…… 상스러운 방식으로 죄를 벌할 까닭이 있을까요?"

"이 인간은 이미 틀린 것 같아. 아리엘, 그냥 편히 보내주자."

샤샤가 여섯 다리를 쭉 펼치는 것을 말리고 나는 공기 방울 속으로 고개를 들이민다. 인간의 말을 해보지만 쉽지 않다.

"아리엘, 아가미 닫아야지."

"그러려고 했어!"

나는 아가미에 힘을 빡 주고 인간에게 말한다. 여전히 발음이 좀 세기는 하지만 그래도 의미 전달에는 아무 문제 없는 수준이다.

"이봐, 인간!"

인간은 주변을 둘러보더니 말한다.

"아, 저요. 뭐, 틀린 호칭은 아니죠. 하지만 이왕이면 위대한 정복왕 윌리엄 왕께서 친히 지어주신 에릭이라는 이름으로 불러주시면 고맙겠습니다……. 그쪽 존함이……?"

잘못 걸렸다 싶지만 무슨 상관이겠어.

"아리엘."

에릭은 다시 한번 주변을 돌아보다가 머리 위쪽으로 보이는 거대 함선의 바닥을 보고는 얕은 한숨을 내쉰다.

"지옥이란 야속하군요. 굳이 아버님의 배와 인어의 형상을 한 악마로 괴롭히지 않아도 충분히 고통스러운데. 자, 안내하시죠. 불가마든 가시밭길이든."

나는 잠시 이 요상한 인간을 샤샤의 말대로 그냥 편히 보내줘야 하나 고민하다가 인내심을 갖고 말한다.

"에릭, 잘 들어. 여긴 지옥 같은 데가 아냐."

"예? 그럼요?"

"네가 떨어진 바닷속."

에릭은 멍한 얼굴로 다시 주변을 본다.

"그럼 제가 아직 살아 있는 건가요?"

"맞아. 샤샤의 마법으로 공기 방울을 끌어모았어. 하지만 시간이 없어. 어서 돌아가. 네 세상으로."

"싫어요."

"뭐?"

에릭은 용케도 공기 방울 속에서 무릎 꿇는 자세를 취한다.

"싫어요. 아버님이 얼마나 무서운 분인지 바닷속에는 그 명성이 닿지 않았나요? 감히 당신께서 내려주신 목숨을 스스로 포기하려 한 절 용서하지 않으실 겁니다. 이대로 돌아가면 저는 위대한 정복왕께 요절이 날 거라고요."

"죽으려 했다고? 왜?"

"저 때문에 인어들이 죽게 생겼거든요."

그 말에 반응할 새도 없이 머리 위에서 내리꽂히는 뭔가의 흐름을 느끼고 공기 방울을 꼬리로 밀쳐낸다. 그 즉시 커다란 작살이 눈앞을 꿰뚫고 지나간다. 조금만 늦었어도 에릭이 죽을 뻔했다. 나는 급히 전투 신호를 보내고는 샤샤와 에릭을 데리고 좀 더 아래로 내려간다. 전투를 돕고 싶지만 조금 전 에릭이 한 말을 더 자세히 들어야 할 것 같다. 에릭이 수압 때문에 쪼그라드는 공기 방울 속에서 정신 사납게 빙글빙글 돌면서 말한다.

"차라리 날 죽여 시신을 띄워 보내요. 안 그럼 아버님의 폭주는 멈추지 않을 거예요. 괜히 정복왕이라 불리는 게 아닙니다."

나는 에릭을 멈춰 세우고 묻는다.

"말해, 너 때문에 왜 인어들이 죽게 된 건지."

에릭은 입술을 깨물고는 마지못해 말한다.

"저는, 누가 뭐래도 정복왕의 대를 이을 유일무이한

왕자입니다. 문제는…….”

“빨리 말해!”

에릭이 한숨짓는다.

“제가 정복왕이라는 이름을 물려받기엔 너무나도 약하다는 것이죠.”

“병이라도 있어?”

“그건 아닙니다. 저는 아픈 곳 없이 말짱해요. 말짱하기만 한 게 문제라면 문제겠죠. 최소한 정복왕의 입장에서 볼 때는 말입니다.”

에릭이 말을 할 때마다 공기 방울이 빠르게 줄어든다.

“샤샤, 어떻게 좀 해봐. 공기 방울 말이야.”

“안 돼. 이 깊이에서는 호흡하는 정도가 최선이야.”

나는 결국 에릭과 얼굴을 거의 맞대고 말한다.

“그러니까, 네가 약한 거랑 인어랑 무슨 상관이냐고.”

“어……. 인어에게는 마법의 힘이 잠재되어 있기 때문에? 이것처럼요.”

옆에서 샤샤가 정정한다.

“정확히는 우리 몸에 잠재된 게 아니야. 바닷속에 있지. 우리는 그 힘을 부리는 것뿐이고. 그마저도 아무나 할 수 없고.”

에릭이 샤샤를 힐끔 보더니 묻는다.

“뭐라고 하신 것 같은데요.”

“됐고. 그러니까 인어의 힘이 필요해서 사냥을 하고 있단 거잖아.”

“예. 제 눈앞에서 인어의 심장이 끄집어내지는 광경을 차마

볼 수가 없었습니다. 그렇다고 감히 왕께 저항할 수도 없고요. 결국 인어를 포획한 기계를 망가뜨리고 그대로 바다로 몸을 던지는 게 약한 제가 할 수 있는 최선이었죠."

"최선이라고? 저게?"

온 바다가 출렁이는 바람에 나는 놀라서 고개를 쳐든다. 바닷속에서 폭발이 일어났다. 그 여파로 인어들이 휩쓸렸고, 정신을 잃고 아래로 떨어지는 인어도 있다. 에릭이 비명을 내지르더니 내 팔을 잡아당기고 소리친다.

"절 위로 보내주세요! 죽이든 말든 상관없어요! 제 생각이 짧았어요. 저만 없어지면 다 끝날 거라고 생각했는데……. 이런 식이라면 차라리 저만 아버님의 손에 죽는 게 낫겠어요. 부탁입니다!"

두 번째 폭발이 바다를 헤집는다. 나는 공기 방울을 받쳐 들고 바다 위로 올라간다. 수면에 떠오른 에릭이 위에다 대고 멈추라고 하는 소리가 들린다. 곧 바다는 잠잠해지고, 잠시 뒤 작은 배가 에릭을 향해 다가온다. 개헤엄을 치던 에릭이 고개를 물속에 처박고 있는 힘껏 소리친다. 들리진 않지만 고맙다고 하는 것 같다.

작은 배가 왕의 함선으로 돌아가자 에릭이 사다리를 타고 올라간다. 배의 그림자가 드리운 수면으로 고개만 빼꼼 내밀고 보는 내 옆에서 샤샤도 고개를 내밀더니 말한다.

"끝난 거야?"

"아마도?"

"정말 죽는 거야?"

"그래도 부자지간인데, 설마. 우르술라가 널 죽일 수 있을 것 같아?"

"겪어보지 않아서 알 수가 없는데."

"그걸 겪어봐야 알아?"

"아무튼 돌아가자. 이 거머리말을 되도록 빨리 손질해야 해."

"대체 그걸로 뭐 하게?"

"내가 왕비가 될 수 있는 유일한 방법이야."

"뭐?"

그 순간 왕의 함선 위에서 에릭의 괴성이 들려온다. 샤샤가 말한다.

"엄마가 날 죽일 수 있는 확률이 높아졌어."

우르술라의 동굴은 예나 지금이나 변함없이 소름 끼치는 구석이 있다. 아니, 더한가? 우르술라가 아버지의 청을 받아들여 용궁의 공식 마녀가 되면서 비어버린 지 수년이나 지난 지금의 동굴은 어쩐지 예전보다 더 음산하게 느껴진다. 나도 모르게 샤샤의 팔을 꾹 끌어안자 샤샤가 이상한 소리를 내며 웃는데, 동굴과는 조화가 잘 되는 웃음이다.

"그냥 용궁으로 갈 걸 그랬어."

"하지만 거기에는 엄마가 있잖아. 엄마가 알게 될 거야. 우리가 하려는 일을."

"뭐 어차피 처음도 아닌데……."

별로 대수롭지 않게 말하다가 아차 싶어서 입을 틀어막지만 이미 터져버린 공기 방울이다. 샤샤가 우르술라를 닮은 쭉

째진 눈으로 날 보며 묻는다.

"인간화 마법이 처음이 아니라고? 그걸 왜 이제 말해?"

"에이, 어렸을 때 육지 구경하느라 몇 번 해본 것뿐이야……."

"한 번이 아니야?! 야, 아리엘!"

"그치만 바다 밑 세상은 나한테 너무 지루하다고! 새로운 세상을 보지 않으면 죽을 것 같았어. 그래서 몇 번…… 아니, 그보단 좀 더 많이…… 육지를 구경했을 뿐이야. 그게 잘못은 아니잖아?"

"잘못이야. 내가 그걸 모르고 약을 제조했어봐. 바다 밖으로 나가자마자 마법이 풀렸을지 몰라. 내성 때문에!"

아, 그쪽이었어? 나는 속으로 한숨 돌린다.

"그러고 보니 우르술라한테 그런 얘기를 들었던 것 같기도……."

"얘가 아주 위험한 소리를 하네. 내성 때문에 약효가 없는 건 차라리 다행이야. 최악의 경우에는 영영 인간인 채로 살아야 할지도 모른다고. 으, 생각만 해도 끔찍해."

나는 인간화 상태였던 내 어린 시절을 떠올려본다. 끔찍하지는 않다. 아니, 솔직히 그때는 그 모습이 좋았다. 우르술라한테 마법의 위험성에 대해 듣고는 인간으로 산다는 건 어떤 느낌일까 상상해보기도 했다. 모르긴 몰라도 육지를 탐험하러 다니기엔 좋겠다고 생각했다. 그땐 너무 어렸다.

"됐으니까 약이나 만들어. 시간이 없다고."

샤샤가 순식간에 동굴을 휘젓고 다니며 두 팔과 여섯 다리 한가득 재료를 쓸어 담고는 낡고 오래된 솥단지에 쏟아붓는 모습을 지켜보는데 가슴이 벌렁거려서 크게 한숨 내쉬어본다. 이 느낌은 뭐지?

"그런데 인간이 이미 죽었으면 어쩌지?"

"그러니까 최대한 서둘러."

샤샤가 주걱을 휘저으며 날 뚫어져라 본다. 샤샤의 저 꿰뚫는 듯한 눈빛은 아무리 봐도 익숙해지지 않는다.

"뭐, 왜!"

"되게 즐거워 보여."

그러고는 양어깨를 떨군다.

"알아, 말이 안 되지. 이 와중에 네가 즐거울 리 없어. 난 언제쯤 다른 인어의 마음을 제대로 이해할 수 있을까. 이건 약도 없다는데."

나는 위로의 말을 하려다가 멈칫한다.

"아니야, 샤샤……. 네가 맞을지도 몰라. 나 지금 즐거운 것 같아."

"그 인간이 죽었을지도 몰라서?"

"아니!"

나는 샤샤가 봉한 물약을 낚아채고는 동굴 밖으로 나간다.

"고마워!"

전속력으로 바다를 꿰뚫고 올라간 나는 왕의 선박이 있는 방향을 확인한다. 잠잠한 걸 보면 더는 무차별적으로 공격하는 것 같진 않다. 하지만 그게 에릭의 상태와 어떤 관련이 있는지는 모르겠다.

"장례를 치르고 있는 건 아닐까?"

샤샤의 목소리에 깜짝 놀라서 나는 그만 물약을 놓치고 만다. 샤샤가 기다렸다는 듯이 새 물약을 건넨다. 그것 말고도 다리마다 물약이 하나씩 끼워져 있는데, 내게 건넨 것까지 다섯이다. 원래도 준비성이 철저한 아이지만 그래도 과한데 싶어서 내가 조심스럽게 묻는다.

"그 절반이 네 몫은 아니지?"

샤샤가 다리 세 개를 자기 쪽으로 끌어당긴다.

"맞아."

"뭐 하게?"

샤샤가 물약 하나를 순식간에 마셔버리고는 말한다.

"약효 받으려면 좀 걸려. 넌 내성까지 있잖아. 빨리 마셔."

일단 샤샤의 말대로 하면서 생각한다. 뭐, 혼자인 것보단 낫겠지. 그리고 샤샤는 똑똑하니까 외교적으로도 큰 도움이 될 것이다. 나는 물약을 마시고는 말한다.

"가자."

샤샤가 가면서 묻는다.

"물론 계획은 있는 거겠지? 그래도 인간 왕을 만나러 가는 거잖아."

"날 몰라서 묻는 거야?"

"널 아니까 묻는 거야."

"그렇다면…… 네가 옳아. 계획 같은 건 없어. 야, 원래 전투는 즉흥적으로 하는 거야."

샤샤가 내 팔을 붙잡고 말한다.

"지금 싸우러 가는 거였어?"

"꼭 그렇다는 건 아니지만, 외교적인 싸움이 될 수도 있지."
"그렇다면 더더욱 우리 둘이 가는 건 아니지 않아? 지금이라도 돌아가서 왕께 알리는 게……."
샤샤가 얼굴을 찌푸리더니 물속으로 가라앉는다. 내가 얼른 안아 왕의 선박 쪽으로 간다. 곧 나도 약효가 발휘될 것이다. 왕에게 알려야 한다는 샤샤의 말이 틀린 건 아니다. 하지만 그렇게 하면 너무 늦는다. 사실 비단 에릭 때문이 아니다. 이 일에 왕이 나서는 순간 나에게는 명분이 사라지게 된다. 영원히 인간인 채로 살아야 할지 몰라 포기했던 인간화 마법을 쓰고, 내가 알지 못하는 세상에서 새로운 경험을 할 수 있는 명분. 아니, 핑계. 그 핑계조차 찾지 못해 억지로 외면한 채 살아온 세월이 수년이다. 이 기회를 놓치고 싶지 않다.
"아리엘……. 멈춰……. 너무 무모해……."
샤샤가 인간의 다리를 하고서 말한다.
"나도 알아, 샤샤."
"근데 왜……."
"그만큼 간절하니까. 너무 걱정하지 마. 나 이래 봬도 트리톤 왕의 딸이야. 다 믿는 구석이 있다고."

우리는 곧장 왕에게로 안내된다. 선원들은 꼭 우리가 하늘에서 뚝 떨어진 돌멩이라도 된 것처럼 군다. 뭐, 아주 틀리다고는 할 수 없다. 바다 한가운데서 갑자기 사람이 둘이나 튀어나왔다. 게다가 자신들을 인어라고 주장하니 약간 무섭게 생각하는 것도 무리는 아니다. 하지만 애초에 이들이 인어를 잡기 위해 이곳에 있다는 점을 고려하면 참으로 어처구니없는 일이 아닐 수 없다. 어쩌면 이들 중에는 인어의 존재 자체를 부정하면서도 그저 돈을 벌기 위해 승선한 사람들이 없지 않을 것이다. 아닌 게 아니라 내가 인어라고 말하자 웃음을 터뜨린 사람도 있었기 때문이다. 결국 마법으로 단단히 봉인한 아가미를 보여줘서야 사람들은 '그래도 혹시 모른다'는 듯 왕에게 보고했다.

배의 뒤편에 위치한 방으로 들어가자 저 안쪽에서 누군가 걸어 나오는데, 복장만 보더라도 왕이라는 것을 짐작할 수 있지만 도저히 에릭이 두려워하는 사람이라고는 생각하기 어렵다. 너무나도 왜소해 보이는 그 사람이 우리와 우리의 인간 다리를 쳐다본다. 또 아가미를 보여야 하나 생각하는데, 옆에서 샤샤가 딱딱한 말투로 말한다.

"우린 왕을 만나기 위해 왔어요."

나는 입술을 지그시 물며 왕임이 틀림없는 자의 눈치를 살핀다. 그는 그저 웃음을 터뜨리며 방 한쪽에 있는 전신 거울 앞에 서서 그것을 통해 우리를 본다. 가운데가 볼록한 거울 속에는 키가 크고 우람한 신체를 자랑하는 위대한 정복왕 윌리엄이 있다. 왕이 말한다.

"에릭이 말한 인어가 당신들이군."

"에릭, 그러니까 왕자는 무사한가요?"

왕이 놀란 건지 화가 난 건지 알 수 없는 표정을 하고는 발끝을 까딱거린다.

"무사하오. 그 모자라기 짝이 없는 꼬락서니를 온전하다고 볼 수 있다면. 못난 자식을 둔 아비로서 감사를 표하겠소. 한데, 그걸 확인하려고 온 거요? 그런 모습으로?"

"할 말이 있어요. 인어를 공격하는 일을 그만둬요. 인어의 심장을 먹는다고 없던 힘이 생기지는 않아요!"

왕이 얼굴을 붉히더니 소리친다.

"에릭, 저 멍청한 놈이 무슨 얘길 얼마나 했는지는 모르겠지만, 나와 내 왕국에는 인어가, 인어의 힘이 필요하오. 설마 인간의 다리로 내 앞에 서서 인어의 힘을 부정할 수 있을 거라고는 생각지 않길 바라지."

"이건……."

"직접 봤으니 알 것 아니오. 그놈은 구제 불능이야. 왕자라는 지위가 아니었다면 길거리에서 빌어먹다 진작에 비명횡사 했을지도 모른다고. 내가 대체 왜 이런 얘기까지 해야 하는지 모르겠군. 뜻은 전달됐을 거라 믿네."

왕이 돌아서더니 안쪽으로 들어간다. 나는 어떻게든 왕을 돌려세우기 위해 소리친다.

"내 아버지, 트리톤 왕께서 나서시면 후회하게 될 거예요!"

왕이 멈칫하더니 돌아선다.

"트리톤? 인어들의 왕?"

샤샤가 얼른 그렇다고 답한다. 왕이 다시 이쪽으로 다가온다. 방금 전까지와는 사뭇 다른 발걸음이다.

"이 공주께선 아직 외교를 할 줄 모르는군. 그런 중요한 얘기는 맨 먼저 알려야 하는 거요. 그래야 피차 번거로운 일을 줄일 수 있지. 좋소. 폭력적인 방법으로 인어를 포획하는 일을 멈추도록 하겠소."

뭔가 조짐이 좋지 않은데. 나는 말한다.

"바라는 게 있군요."

"누구와는 달리 똑똑하군. 살아 있는 인어를 딱 하나만 내어주시오. 인어 하나로 나머지 인어 전체의 안전을 보장받을 수 있는 기회요."

"뭐라고요?"

"이성적으로 생각하시오. 나라고 이따위 야만적인 해적질을 하고 싶은 줄 아오? 그만큼 간절한 거라고 생각해주었으면 좋겠군."

나는 두 주먹을 불끈 쥔다.

"다시 말하지만 인어의 심장을…… 먹는다고 힘이 생기지는 않아요. 이 다리와는 아무 상관 없다고요."

"증명할 수 있소?"

"말도 안 돼요!"

"우리 중 누구도 그것을 알지 못하고, 그렇다면 못난 자식을 둔 아비로서 할 수 있는 모든 것을 해봐야 하지 않겠소? 아마 반대의 경우도 마찬가지일 텐데."

반대의 경우? 아버지가 나를 위해 인간을 사냥한다면? 그렇게 해서 얻게 된 진짜 다리로 세계를 돌아다닐 수 있다면? 그러면 좋을까? 아니. 절대 그럴 리 없다. 그리고 그 마음은 에릭도 마찬가지다. 그렇지 않다면 바다에 뛰어들지도 않았을 테니까.

"에릭은 세계를 탐험하고 싶어 해요. 인어를 희생해서 얻는 힘으로 정복왕의 뒤를 이어가기 싫어한다고요."
왕의 얼굴이 다시 붉어진다.
"내 인내를 시험하지 마시오. 막말로 당신들은 어느 정도의 어업은 눈감아주지 않소? 왜지? 물고기는 인어가 아니니까 상관없는 거요?"
"그럴 리가 없잖아요! 다만 인간들도 살아야 하니깐……."
"내가 알고 있는 것과는 얘기가 많이 다르군. 어부들 말로는 인어도 물고기를 먹는다던데."
"무슨 말을 하는 거예요? 인어들은 물고기를 먹지 않아요."
"보아하니 저 친구는 입바른 소리를 하는 데 주저함이 없는 것 같은데, 어떻소, 정말 모든 인어가 물고기를 먹지 않소?"
나는 샤샤를 돌아본다. 샤샤가 평소와 다름없는 태도로 대답한다.
"아니요."
나는 샤샤한테 가서 어깨를 붙잡고 일으켜 세운다.
"너, 그게 무슨 소리야?"
"모든 인어가 해초류만 먹고 살아갈 수는 없어. 해초류는 귀하거든. 변방에 사는 가난한 인어들은 육식을 해. 인간 어부와 거래를 하기도 하고 아니면 직접 사냥을……."
"그만!"
샤샤는 입을 닫고는 다시 앉는다. 나도 그 옆에 주저앉는다. 두 다리가 금방이라도 무너질 것 같다.
"그래, 현실은 암담한 법이지. 하지만 왕족이라면 견뎌내야 해."
나는 아무런 대꾸도 하지 못한다.

"자, 마지막으로 말하리다. 인어를 주시오. 인어들이 함께 사는 물고기를 잡아먹는다는 사실에 비해 크게 야만적인 일도 아니지 않소?"

나는 분노로 가득 차 자리에서 벌떡 일어난다. 하지만 그 순간 눈앞이 빙 돌더니 어느새 바닥에 엎어져 있다. 왕이 날 끔찍하다는 듯 내려다보더니 사람을 부른다. 샤샤가 내 곁에 와 속삭인다.

"어떻게 벌써 풀리지? 너 대체 이번이 몇 번째야?"

지금 중요한 게 그거니? 말하려고 하지만 열려버린 아가미로 소리가 다 새어 나간다. 다시 시도해보기도 전에 정신을 잃는다.

여긴…… 바다?

뭐지? 설마 꿈이었나? 언제부터? 약을 먹기 전? 아니면 에릭이 바다에 빠지기 전?

"일어나셨군요."

나는 화들짝 놀라 몸을 크게 움직이다가 천장에 머리를 부딪힌다. 아파…… 그런데…… 천장? 꼬리 아래쪽에서 익숙한 목소리가 다시 말한다.

"소용없어요. 이 서배스천의 집게발로도 상처 하나 나지 않는다고요."

가재 서배스천이 끈으로 집게발이 묶인 채 바위틈에 웅크리고 있다.

"서배스천! 여기가 어디야?"

“어디긴 어디예요, 왕의 배에 딸린 수조지. 기억 안 나세요? 샤샤가 한 말도요?”

“샤샤? 갠 어딨는데?”

“그 땅딸막한 꼬마 왕과 죽이 잘 맞더군요. 조만간 결혼식이 열릴지도 몰라요. 왕이 샤샤를 마음에 들어 하는 눈치던데. 자기 모자란 자식 놈에게 꼭 필요한 배필이라나 뭐라나.”

나도 모르게 웃음이 나온다.

“샤샤를 몰라서 하는 말이야?”

“공주님이야말로 그 애에 대해 잘 모르는 것 같아요. 그 애도 마녀 우르술라의 핏줄이에요. 용궁에 방 하나 차지하고 있는 걸로는 성에 안 찰 위인들이라고요.”

문득 샤샤가 왕비 어쩌고 했던 것이 떠올라서 고개를 절레절레 흔든다. 그리고 벽을 찾아 더듬어본다.

“소용없어요. 주방장이 아니면 안에서는 열 수 없다고요. 할 수 있었다면 이 천하의 서배스천이 이러고 있겠어요?”

“그 꼴로?”

나는 서배스천의 집게발을 풀어준다.

“근데 어쩌다 여기 있는 거야?”

“묻지 마세요.”

서배스천은 토라진 것처럼 바위틈으로 머리를 파묻는다. 나는 수색을 계속한다. 서배스천의 말대로, 천장의 문은 안에서는 열 수 있을 것 같지 않다. 방향을 바꾸어 샅샅이 뒤지고 다니던 나는 오른쪽 벽면 너머로 천 같은 것이 덮여 있는 것을 발견한다. 가림막인가?

"이쪽으로 연결돼 있나 본데?"

"그래봐야 인간들이 구경하려고 만들어놓은 거겠죠. 이 이상의 굴욕은 사양이에요."

"혹시 샤샤가 있을 수도 있잖아. 도움이 될 인간을 만나게 될지도 모르고."

"설마요. 제 집게발에 장을 지지죠."

나는 반대편에서 펄럭이는 천 쪽에 고개를 들이밀고 주먹으로 벽을 쳐본다. 서배스천이 소용없다고 노래를 불러도 아랑곳없이 계속해서 두드린다. 손이 아파서 견딜 수 없을 즈음, 천이 걷히고 에릭이 나타난다. 에릭이 크게 놀란 표정으로 천을 마저 걷더니 뭐라고 말하지만 들리진 않는다. 나는 귀를 가리키고 고개를 가로젓는다. 에릭이 금세 알겠다는 얼굴을 하더니 잠시 기다리라는 듯 손짓을 하고는 어디론가 간다.

"녀석, 눈치 하난 빠삭한데, 하긴 그런 아비 밑에서 살아남으려면 그럴 수밖에."

에릭이 뭔가를 들고 온다.

"옳거니! 필담을 하려는 모양이에요. 그런데 공주님, 인간 언어를 아세요?"

"그, 글쎄?"

입이 가벼운 서배스천한테 어렸을 때 인간 마을에서 글을 익혔다곤 절대 말 못 하지.

에릭이 손때 묻은 공책을 펼쳐 보인다.

'당신이 어떻게 여기에? 설마 낚인 건가요? 저 불쌍한

바닷가재처럼?'

"뭐래요?"

나는 대충 웃어넘기고는 에릭을 향해 고개를 가로젓는다. 어떻게 설명해야 할지 고민하는 내게 에릭이 다시 글로 말한다.

'그냥 말해요. 저는 입 모양을 읽을 줄 알거든요. 어머님에게서 배웠어요. 다른 것도 배웠지만 그건 당신이 할 줄 모를 테니.'

그래서 나는 말한다.

"정말?"

'정말.'

나는 놀라서 손뼉을 친다.

'거긴 어쩌다 들어갔어요?'

"왕을 만나러 왔어. 인어들을 공격하지 말라고 말하려고."

에릭은 감명받은 눈으로 날 빤히 본다.

'당신은 정말 용감하군요. 왕은 당신 같은 사람이 되어야 해요. 저처럼 할 수 있는 거라곤 아무것도 없는 사람이 아니라.'

"너도 할 수 있는 게 있어."

'물론 저도 그렇게 생각해요. 육분의도 다룰 줄 알죠. 하지만 왕자한테는 쓸모없는 능력이에요. 저 같은 놈의 생각이 왕께 의미가 있는 것도 아니고요.'

"그렇지 않아. 가서 말해. 지금 이대로가 좋다고."

'정말 그럴까요? 어찌 됐든 저는 왕이 될 거예요. 그리고 다른 나라의 왕들에게 놀잇감이 되겠죠.'

"그래서 왕이 시키는 대로 인어의 심장을 먹을 거야?"

'그건 싫어요!'

"그렇게 말해!"

'하지만…….'

"말은 해봤어?"

에릭은 아무것도 쓰지 않는다.

"에릭, 나도 한때는 세상이 내게 요구하는 대로 하기 위해 노력했어. 그래서 얻는 것은 분명 있었지. 하지만 잠깐이었어. 곧 뼈저리게 느끼게 돼. 내가 내가 아닌 느낌. 그래서 결국 관뒀던 건데……."

미련을 버리지 못하고 다시 헛된 욕망을 좇은 대가로 나는 지금 인간 왕의 배에 딸린 수조에 갇혀 있다. 나는 벽을 쾅 짚고 소리치듯 말한다.

"널 버리면서까지 세상이 요구하는 대로 살지 마. 최소한 이야기해. 그래서 알려. 네가 원하는 걸."

에릭이 결연한 표정으로 밖으로 나가고, 나는 서배스천 곁에 주저앉는다.

"가서 도움을 요청한대요?"

"나 방금 너무 웃겼지?"

"예. 입만 벙긋벙긋, 좀 웃겼어요."

나는 씩 웃고는 아예 드러눕는다. 외로움이 물밀듯 내 안을 채운다. 어렸을 때 홀로 인간 마을을 거닐며 느꼈던 기분. 어린아이가 혼자 돌아다닐 수 있는 곳은 전부 구경한 나는 그 너머의 세상이 궁금했다. 때마침 왕의 명령에 의해 세계를 일주할 사람들을 모집하고 있었다. 나는 병사에게 물었다. 인어도 여행할 수 있어요? 병사는 아이에게 친절했다. 무릎을 굽혀 눈높이를 맞추고 웃으며 말했다. 인어는 걸을 수 없어서 세상을 탐험하는 어려운 일은 할 수 없단다. 그리고 덧붙였다. 하지만 인어에게는 인어만의 세상이 있잖니. 나는 울면서 마을을 빠져나왔다. 세상에 나 혼자인 것만 같고, 나 혼자서는 아무것도 할 수 없을 것 같은 무력감을 느끼며, 나는 홀로 터덜터덜 항구로 나와 바다에 몸을 던졌다. 그러고는 두 번 다시 올라가지 않았다.

"서배스천이 했던 말이 맞아. 바다 밑 세상, 내 세상이 최고야."

"불후의 명곡이죠."

서배스천이 목청을 가다듬는다. 노래를 하려는 순간 배가 흔들린다. 서배스천이 내 머리카락을 휘어잡고 소리친다.

"저 멍청한 놈이 결국 사고를 쳤어요!"

그때 천장이 열리고 샤샤가 나타난다. 나는 튀어나갈 것처럼 위로 올라가 샤샤를 끌어안는다. 샤샤가 이상한 소리를 내더니 말한다.

"다 해결됐어. 이 배는 곧 난파될 거야."

"뭐?"

"멍청한 인간들이 세이렌의 협곡이라고 부르는 곳으로 내가 이 배를 유도했어."

"그럼 인간들이 다 죽잖아!"

"당연하지. 그곳 물살은 인어들도 꺼릴 만큼 무자비하니까.

여기서 기다리고 있다가 물이 차면 빠져나가면 돼. 내가 생각해도 완벽한 계획이야."

"샤샤, 당장 멈춰!"

"왜?"

"비켜, 내가 할 거야."

"그 상태로?"

수조의 벽을 짚고 넘어가려다 나는 꼬리를 보고 멈칫한다. 이 상태로 지금 내가 할 수 있는 일이 뭐지? 없다. 아무것도. 결국 나는 다시 물속으로 주저앉는다. 샤샤가 머리를 물에 담그고 말한다.

"기뻐해야 할 상황이야."

"기쁘지 않아."

"왜지? 인간들이 바다에 빠져 죽는 것 때문에? 하지만 인간들은 늘 바다에 빠져 죽어. 용궁에서 파악하는 걸로만 해마다 수백 명이 넘는다고."

"적어도 인어에 의해 죽게 되지는 않지."

"그런 경우도 없지는 않아."

나는 샤샤를 노려본다. 평소 같으면 내가 노려보는 즉시 여섯 다리를 가지런히 내리는 샤샤지만, 지금 날 내려다보고 있는 샤샤에겐 내릴 문어의 다리가 없다. 그래서인지 샤샤는 날 빤히 마주 볼 뿐이다. 평소와 다른 위화감의 원인은 뭘까. 내 안에 있는 걸까, 아니면…….

샤샤가 말한다.

"아리엘, 나는 지금 정말 행복해."

나는 무슨 말이냐는 듯 샤샤를 올려다본다.
“지금 너한테는 내가 꼭 필요해. 나는 그게 정말 좋아.”
서배스천이 내 옆구리를 파고드는 게 느껴진다.
“생각보다 시간이 걸리는데. 확인하고 올게.”
샤샤가 사라지자마자 서배스천이 속삭인다.
“제가 말했죠? 정말 소름 끼치는 모녀라니까요!”
나는 수조 위로 올라가 바깥을 확인한다. 주방으로 보이는 공간에는 적막만이 감돈다. 조용해도 너무 조용한데. 샤샤가 말한 협곡으로 가고 있다면 진작에 무슨 소동이라도 벌어졌어야 하는데. 나는 서배스천을 주방 쪽으로 던지고 말한다.
“상황을 파악해.”
서배스천은 구시렁대며 밖으로 나간다. 그리고 잠시 뒤 뽈뽈거리며 와서는 상황을 보고한다.
“믿을 수 없는 일이 벌어졌어요. 그 멍청한 인간 아이가 키를 잡고 있어요.”
“배는?”
“흔들리긴 하지만 난파될 것 같진 않아요.”
그때 샤샤가 돌아온다. 샤샤는 서배스천이 발에 채는 것도 모르고 내게 다가온다.
“일이 틀어졌어. 에릭이 어떻게 알고 방향을 돌렸어. 왕이 보고 놀라더라. 사실 나도 놀랐어. 걔가 협곡에 대해 어떻게 알고 있는 거지?”
나는 다만 말한다.

"세계를 탐험할 꿈을 가지고 있으니까."

우리는 왕이 사과의 의미로 하사한 서배스천(내가 선택하자 샤샤와 왕 모두 실망했다)을 데리고 바다 밑 세상으로 되돌아온다. 샤샤는 그때까지 잘 간수하고 있던 해초를 손질하겠다며 인사도 없이 사라져버린다. 대체 그걸로 어떻게 왕비가 될 수 있다는 건지 모르겠지만, 지금 당장은 궁금하지 않다. 나는 몇 년 전 마지막으로 인간 세상에서 돌아왔을 때처럼 탈진한 듯한 기분으로 내 방에 가서는 그대로 깊은 잠에 빠진다.

얼마나 오래 잤는지는 모르겠다. 깨어나보니 샤샤가 곁에서 꾸벅꾸벅 졸고 있다. 조개껍데기로 장식한 꾸러미를 들고. 내가 몸을 뒤척이자 샤샤가 흠칫한다.

"여기서 뭐 하는 거야?"

"이거 주려고. 내가 만든 특제 영약이야. 회복에 도움이 될 거야."

"거기 두고 가."

나는 왠지 궁금해서 묻는다.

"혹시 거기에 해초도 넣었어? 거머리말 말이야."

"맞아. 어떻게 알았어?"

"내가 그걸 먹는 거랑 네가 왕비가 되는 거랑 관련이 있어?"

"난 그렇게 생각해. 확률이 그리 높지는 않지만."

"무슨 확률?"

"네가 왕이 될 확률. 너도 알다시피 너한테는 경쟁자가 많잖아. 아티나, 알라나, 아델라, 아쿠아……."

"잠깐만."

샤샤가 말을 끊긴 것에 아쉬움을 드러내며 내 말을 기다린다.

"너 너무 당연하게 내가 너랑 결혼할 거라고 생각하잖아."

"그래야 내가 왕비가 될 수 있으니까."

"난 너 싫어!"

샤샤가 흠칫 놀라는 모습을 보니 마음이 찌릿하지만, 한편으로는 수조 안에 있는 날 내려다보던 샤샤의 냉담한 얼굴이 떠올라 후련하기도 하다.

"왜, 왜지? 나랑 너는 이 바다에서 유일한 친군데? 다른 선택지가 없는데?"

"너한테 내가 친구이기는 해?"

"당연하지."

나는 수조에서 느꼈던 감정을 떠올리지 않으려 고개를 절레절레 흔든다. 아직 그때의 감정이 내 자격지심 때문이 아니라는 확신이 없다. 지금 이런 대화를 나누는 건 또 다른 앙금을 남길 뿐이다. 나는 어떻게든 이성적으로 대처하기 위해 노력한다.

"샤샤, 만약 내가 왕이 되면 대를 이을 아이가 필요해. 안 그래?"

"당연하지."

"근데도 나랑 결혼을 하겠다고?"

"단성생식을 하면 돼. 물론 단성생식은 상황이 여의치 않을 때 어쩔 수 없이 택해야 하는 최후의 수단이지만."

나는 이마에 손을 짚는다.

"샤샤, 미안한데, 나 좀 쉴게."

"그래, 그래서 그 인간도 돌려보냈어."

"인간이라니?"

"에릭 말이야."

"무슨 말을 하는 거야? 에릭을 돌려보내다니, 어디에서 어디로?"

"바다에서 육지로."

나는 꿈을 꾸고 있는 건가 싶어 내 볼을 꼬집어본다. 꿈은 아닌데.

"뭐 하는 거야?"

"에릭이 바다에 있다니, 설마 또 죽으려고 뛰어내린 거야?"

"그런 건 아닌 것 같아. 죽으려고 했다면 숨을 쉴 수 있는 장치를 가지고 오지 않았겠지. 공기로 가득 찬 요상한 통 속에 들어간 채로 바닷속을 헤매고 있더라고. 널 찾길래 자고 있다고 돌려보냈어. 어차피 더 내려올 수도 없대."

나는 창밖으로 고개를 내밀어 위를 올려다본다. 옥의 티 같은 점 하나가 바다에 떠 있는 게 보인다.

"저거는 아니겠지?"

내가 그것을 가리키자 샤샤도 고개를 내밀어보고는 맞다고 끄덕인다. 맙소사, 저게 뭐야? 나는 곧장 창밖으로 뛰쳐나가 위로 헤엄쳐 올라간다. 샤샤가 따라 올라오며 묻는다.

"내가 정말 싫어?"

"그런 거 아니야."

샤샤는 안도한다.

“그렇다고 그게 너랑 결혼한다는 의미는 아니야. 그 두 가지는 별개의 문제라고.”

샤샤가 내 팔을 꼭 움켜쥐는 바람에 나는 멈추어 선다. 샤샤가 정말이지 진지한 표정으로 말한다.

“그래, 그 두 가지는 논리적으로 별개의 사안이야. 내가 너무 성급했어. 미안해.”

샤샤의 이런 모습은 처음 보는 것 같다. 나는 마음이 약해져서 샤샤의 팔을 마주 잡고 말한다.

“나도 아까 너 싫다고 한 거 사과할게. 본심은 아니었어.”

“거짓말을 한 거야? 왜?”

“그런 건 아니고, 그냥 좀 화가 나 있었어.”

“나한테?”

“나도 잘 모르겠어. 생각을 정리할 시간이 필요해. 아무튼, 난 널 싫어하지 않아.”

샤샤가 화색이 돼서 입을 열기에 재빨리 덧붙인다.

“다시 말하지만 결혼하고는 별개야.”

샤샤가 어깨를 살짝 떨군다. 그러고는 말한다.

“내가 만든 특제 영약 꼭 먹어. 어쩌면 생각이 바뀔지도 모르니까.”

“너 거기에다 무슨 짓 했어?”

“짓이라니. 내 능력을 최대한으로 발휘한 작품이야.”

그렇게 말하고는 줄행랑을 치는 샤샤의 뒷모습을 눈으로 좇던 나는 일단 위로 올라간다. 옥의 티에 가까이 다가가 보니 웬 오크통 안에 에릭이 들어가 발장구 치고 있다. 뚫려 있는 아래쪽으로 들어가 공기층에 머리를 집어넣자 에릭이 크게 놀란다.

"에릭, 여기서 뭐 해?"

"아리엘! 그게 말이죠, 당신에게 하고 싶은 말이 있어서 내려왔다가 이제 올라가야 하는데 아무래도 위에서 이걸 끌어올려줄 사람이 잠들었나봐요. 그래서 그냥 있어요."

나는 좀 어이가 없어서 웃는다.

"인어는 오래 자나봐요. 우리가 헤어진 지도 한참은 지났는데."

"아, 그게……. 근데 무슨 말을 하려고 여기까지 내려와?"

"왕께 얘기했다고요. 제가 원하는 건 정복왕의 뒤를 잇는 게 아니라 세상을 탐험하는 일입니다, 하고. 놀랍게도 왕께서 기회를 주시기로 했어요. 제가 위험에 처한 선박을 구한 일이 도움이 됐던 것 같아요. 물론 아리엘이 해준 말이 아니었다면 꿈도 못 꿀 일이었고요. 고맙습니다."

"잘됐네."

"지금 왕국에서는 세계 일주를 목표로 사람들을 모집하고 있어요. 그래서 말인데, 혹시 함께하실래요?"

나는 어렸을 때 생각이 나 거부감부터 들지만, 부러 장난스럽게 꼬리를 휘둘러 통을 친다. 에릭이 두려움에 몸을 움츠리는 걸 보니 미안해진다. 하지만 모른 척하고 말한다.

"잊은 거야? 나 인어야. 걸을 수 없다고."

"그래서 생각을 해봤는데요."

에릭이 품속에서 공책을 꺼내 펼친다.

"이런, 젖었네요. 그래도 알아보는 데 지장은 없어요."

공책에는 유리로 된 항아리가 그려져 있는데, 아래쪽에 바퀴가 달렸다.

"요즘 왕국에서는 새로운 형태의 배를 제작하고 있습니다. 물레의 바퀴 같은 것을 배에 달아서 바람의 영향 없이 항해를 할 수 있도록요. 그걸 보고 생각했어요. 반대로 바퀴를 달아 바다를 옮길 수는 없을까. 그러면 아리엘 같은 인어가 육지를 다닐 수 있을 텐데."

에릭이 날 똑바로 바라본다.

"아리엘이 저한테 한 말, 꼭 저한테만 한 건 아니라고 생각해요. 제가 세계 일주 얘기를 할 때 빛나던 아리엘의 눈을 잊을 수가 없었죠. 아리엘, 같이 가요."

"하지만……."

"이거면 가능해요."

"하지만 그 안에서 뭘 할 수 있지? 가만히 앉아서 지켜보는 것 말고 뭘 할 수 있는데? 틀림없이 짐만 될 거야."

"뭘 꼭 해야 하나요?"

에릭의 목소리에는 힘이 실려 있다.

"뭔가를 할 수 있어야만 자격이 있는 건가요? 정말 그렇게 생각하는 거예요? 제 아버지가 했던 말과 뭐가 다르죠? 그렇다면 저 또한 자격이 없겠군요. 왕자로서 지휘하는 일 말고는 할 수 있는 게 없거든요."

"그런 뜻은 아니었어."

"그럼 같이 가요."
나는 쉽게 대답하지 못한다. 그런데 통이 흔들린다.
"깼나봐요. 어차피 정식 출항은 멀었으니 그때까지
생각해봐요. 그리고 항구로 와요. 등대가 있는 곳이요.
알았죠?"
나는 결국 답한다.
"알았어."

등대가 있는 항구에는 커다란 배들이 빽빽하게 들어차 있고
인간들의 소음으로 시끄럽다. 샤샤가 양손으로 귀를 틀어막고
소리친다.
"꼭 이렇게까지 해서 인간들과 어울려야 하는 거야?"
"물론 이렇게까지 할 필요는 없지."
"그럼 돌아가자. 토할 것 같아."
"그렇다고 어울리면 안 되는 것도 아니야. 돌아가 있어.
진귀한 약초가 있으면 얻어다 줄게."
샤샤가 날 어느 때보다도 더 빤히 보는데 공격성마저
느껴지는 것 같아서 내가 묻는다.
"뭐야, 그 눈빛은?"
"아니야. 잘 다녀와."
샤샤는 날 노려보는 그대로 바다 아래로 가라앉는다. 그러다
다시 불쑥 튀어나와 말한다.
"내가 만든 특제 영약 안 먹었더라."
"야, 네가 그걸 왜 아는 건데!"

"나는 바다에서 엄마 다음으로 똑똑하니까. 꼭 먹어."

샤샤가 다시 수면 아래로 가라앉는다. 정말이지. 나는 한숨 쉬고는 항구를 향해 헤엄쳐 간다. 항해 준비를 마친 거대한 선박들이 들어찬 항구는 온갖 소리로 소란스럽기 그지없다. 나는 아예 바닷속으로 들어가 등대가 있는 항구의 끝으로 전속력으로 헤엄친 뒤 튀어 오른다. 등대 옆에는 일전에 에릭이 보여준 그림과 놀랍도록 똑같이 생긴 유리 항아리가 세워져 있다. 그 옆에 있던 에릭이 손을 크게 흔든다.

"아리엘! 역시 올 줄 알았어요. 세계를 향한 열망은 그렇게 쉽게 꺼지는 게 아니죠."

"굳이 그렇게 큰 소리로 여기 인어가 있다고 알릴 필요는 없어."

나는 물속에 숨어 사람들의 눈치를 살핀다. 그런데 뭔가 다르다. 아무도 내 쪽을 보지 않는다. 보더라도 그냥 그런가 보다 하고는 제 갈 길을 간다. 이런 적은 처음이라 나는 조금 얼떨떨한 기분으로 에릭을 올려다본다. 에릭은 약간 의뭉스럽게 웃고는 말한다.

"어서 타보세요."

나는 항아리 안으로 들어가본다. 깜찍하게도 가짜 산호로 장식까지 해놓았다.

"어때요?"

"뭐, 나쁘지는 않아."

그때 멀리서 한 꼬마가 이쪽을 보고 소리친다.

"인어공주다!"

그러고는 달려오더니 반짝반짝 빛나는 눈으로 날 보고 말한다.

"저 『인어공주』 열 번은 넘게 읽었어요. 잘 때마다 엄마한테 읽어달라고 해요. 인어공주랑 결혼할 거예요."

내가 설명을 요구하는 눈으로 에릭을 보자 에릭이 어색하게 웃으며 꼬마를 돌려보낸다.

"『인어공주』……. 불후의 명작이죠."

"에릭!"

"아, 실은 당신과의 만남을 소재로 동화를 써서 배포했어요."

"그게 무슨……."

"백성들에게 인어가 그저 신기하기만 한 존재가 아니라는 걸 알리고 싶었어요. 당신이 배에 오르는 동안 불편한 시선을 받지 않을 수 있게요."

나는 다시 한번 인간들을 본다. 우습게도, 서운하리만큼 날 의식하지 않는데, 그래서 편안하다.

"물론 동화 한 권으로 당장 바뀌지는 않겠지만, 오늘 당신의 출항이 세상을 바꾸는 데 보탬이 될 거예요."

"왜 이렇게까지 하는 거야?"

"저와 같은 꿈을 꾸는 당신을 돕지 않을 수가 있나요."

나는 미소를 감추지 못한다. 그리고 말한다.

"너 그거 알아? 이 세상의 대부분이 바다 밑에 있다는 거. 내가 앞으로 보여줄게."

그때, 등줄기에 찌릿한 기운이 흘러 뒤를 돌아본다. 바다는 고요하지만 수면에 거품이 맺혀 있다.

"왜요?"
나는 에릭을 딱한 눈으로 본다.
"아무래도 너 조심해야 할 것 같아."

항해 첫째 날 밤, 에릭의 비명이 배를 흔들어 깨운다. 하여간에 성질 급한 건 알아줘야 한다니깐. 에릭의 방구석에 세워둔 항아리 밖으로 고개를 내밀고 나는 소리친다.
"샤샤, 그만둬!"
에릭의 침대 위에서 시뻘건 단검을 쳐든 암살자 샤샤가 내 목소리를 듣고 돌처럼 굳는다. 뻣뻣한 자세로 내 쪽을 돌아본 샤샤가 두건을 벗더니 혼자 보기 아까운 표정으로 말한다.
"설명이 필요할 것 같은데."
"누가 할 소리!"
나는 체중을 앞으로 실어 항아리를 전진시킨다.
"그 칼은 뭐야, 진짜 죽이기라도 하려고?"
"엄마 거야. 훔쳤어. 좀 위험한 마법이 걸려 있거든."
그 말에 샤샤의 밑에 깔린 에릭이 다시 한번 새된 비명을 내지른다.
"조용히 해! 사람들이 듣겠어!"
내가 쏘아붙이자 에릭이 뚝 그친다.
"너도 그만 내려와. 그러다 진짜 죽이기라도 하면 전쟁이야."
하지만 샤샤는 꿈쩍도 하지 않는다. 무언가 할 말이 있는 얼굴인데 어떤 방식으로든 매듭을 지어야 할 것 같다. 나는 항아리 밖으로 몸을 던져 샤샤를 끌어안고 그대로 창밖으로 뛰어내린다. 인간의 모습을 한 샤샤는 마법으로 봉인된 아가미 때문에 숨을 쉬지 못한다. 저번 때와 상황이 역전됐다는 못된 생각을 하다 샤샤를 끌어안고 수면 위로 올라간다. 샤샤가 숨을 헐떡이며 말한다.

"갑자기 무슨 짓이야?"

"너야말로 무슨 짓이야?"

"나? 방해되는 것을 없애려 했지."

"에릭?"

"그래, 에릭이 너와 내 안정을 뒤흔들었어. 아까 그 웃기지도 않는 어항 같은 게 아니었으면 네가 바다 밖으로 나갈 생각을 했겠어? 아리엘, 정신 차려! 넌 인어고 네가 있어야 할 곳은 바다 밑이야!"

"틀렸어! 내가 있어야 할 곳 따윈 없어. 내가 있는 곳, 내가 가고 싶은 곳이 있을 뿐이야."

샤샤는 혼란스러워한다. 그 때문인지 마법이 풀리고 본래의 모습으로 돌아간 샤샤가 그대로 힘없이 바닷속으로 까부라진다. 배의 현창 밖으로 고개를 내밀고 에릭이 소리쳐 묻는다.

"아리엘! 괜찮아요?"

"응! 아무래도 돌아가봐야 할 것 같아."

"그래요. 앞으로도 기회는 많을 테니까요."

그 많은 기회를 놓치지 않으려면 정리해야 할 것이 있다. 나는 바닷속으로 들어가 샤샤를 찾는다. 뭐야, 그새 어딜 간 거야? 나는 신호를 발산해 샤샤를 부른다.

"샤샤! 너처럼 유능한 애가 대체 왕비 자리에는 왜 그렇게 집착하는 건데?"

대답은 돌아오지 않는다. 포기하고 돌아설 즈음 샤샤의 반향이 들려온다.

"그래야 인정받을 수 있댔어. 우리 같은 마녀들은."

"네가 생각해도 그런 것 같아? 내가 널 인정하지 않는 것 같냐고?"

"아니. 그래서 널 좋아하지."

"그럼 된 거 아냐?"

샤샤가 해파리처럼 휘적거리며 천천히 모습을 드러낸다. 꽤 가까운 곳에 있었는데 보호색 때문에 알아보지 못했다. 나는 얼른 다가가 샤샤를 안아준다. 샤샤가 완전히 내게 기대 한참을 가만히 있더니 말한다.

"네 말이 맞아. 나처럼 유능한 인어가 왕비 자리에 연연할 필요는 없는 것 같아."

나는 흥에 겨워 샤샤의 양어깨를 잡고 말한다.

"그렇다니까! 그러니까 결혼 같은 쓸데없는 소리는 관두고 우리 모험이나 떠나자. 내가 에릭한테 항아리 더 만들어달라고 할게."

샤샤가 날 똑바로 쳐다보더니 날 밀치고 달아난다.

"또 뭔데?"

"그동안 잘못 생각해온 게 있어!"

멀리서 샤샤가 외친다. 나도 소리쳐 묻는다.

"뭐냐고?"

샤샤의 대답을 듣고 나는 멈칫하는데, 내가 못 들은 줄 알고 샤샤가 다시 말한다.

"결국은 널 좋아하는 거야! 그러니까 달라지는 건 없어!"

나도 모르게 헛웃음을 짓는다. 그리고 이렇게 중얼거린다.

"아니, 달라진 거야. 우리 모두가."

그러고는 샤샤를 따라 아래로 내려간다. 달라진 마음을 안고.

## 작가 노트

『인어공주』는 철저하게 에이블리즘, 다시 말해 비장애중심주의로 점철된 이야기다. 그러나 인간의 본질을 꿰뚫는 이 이야기는 불후의 명작이기도 하다. 최근 들어 다양한 분야와 매체에서 다소 정치적으로 올바르지 못한 옛이야기를 다시 쓰는 작업이 한창인데 사실 나는 그런 목적으로 이 소설을 쓴 것은 아니다. 소설가가 된 이후에야 나 자신과 장애를 똑바로 응시하게 되면서 나는 나와 장애가 꽤 '재밌는' 장난감이 될 수 있다는 것을 깨달았다. 마치 레고 모형을 부수고 다시 조립하는 것처럼 나는 인어공주라는 오래된 장난감을 내 방식대로 다시 쌓아 올리는 놀이를 했던 것이다.

그 결과는 나쁘지는 않지만 약간 부족하다는 느낌이다. 달라질 것을 종용받던 인물들이 있는 그대로의 모습으로 하고 싶은 것을 향해 손을 뻗는 것은 만족스럽지만, 과연 그들이 공주나 왕자 혹은 최연소 마녀가 아니었더라도 이렇게 순탄하게 제 모습과 욕망을 지킬 수 있었을까? 우리가 사는 세상이 그렇게 동화적인가?

따라서 이번 놀이는 내게 있어 디딤돌이 되어줄 것이다. 이 소설을 딛고 쓰게 될 또 다른 무언가를 기대해주셨으면 좋겠다.

『인어공주』를 다시 쓴 작품 중에 가장 쿨하다고 해주신 그린북 에이전시의 임채원 매니저님께 감사드린다. 가장 듣고 싶었던 유의 평이었다. 그리고 샤샤가 제 목소리를 찾을 수 있게 끌어올려주신 열림원의 김민지 편집자님께도 감사드린다. 이 소설의 톡톡 터지는 듯한 제목도 김민지 편집자님께서 제안 주셨는데 덕분에 이 소설이 여러모로 좋아질 수 있었다.

디즈니에서 『인어공주』 실사판을 제작한다는데 원작의 에이블리즘을 어떻게 씻어낼지 기대가 된다.

작품 해설

# 실격당한 자들을 위한 동화

전청림

2022년 문화일보 신춘문예로 평론을 발표하기 시작했다.

이 소설집을 지배하는 하나의 분위기가 있다. 집 나간 사람들이 뻔대며 방랑하는 분위기. 에워싸는 집의 온기를 받아들이지 못해 홀연히 외투를 집어드는 탕아蕩兒들의 이야기. 아, 탕아라는 이름의 격렬한 말맛이 못내 아쉽다. 이건 차라리 여리게 떨리는 작은 둥지, 혹은 깨지기 쉬운 미온의 꿈. 한 발짝 한 발짝 신중하게 걷고 비틀거리는 초라함도 껴안는 식물성의 빛. 광휘의 화려함보단 새싹과 반딧불의 지저귐. 예민하고 거친, 그러나 깊은 구석을 찌르는 공손함. 마음껏 피고 지는 불순물. 아픔의 끌로 우주를 넓혀가는 위태로움. 이성으로 꽉 짜여 있던 우리를 앞으로 수없이 무너뜨릴 서사의 예감.

한국 문단에서 여성, 비정규직, 소수자 문학의 멜랑콜리한 상쾌함은 단연 집 없는 탕아만이 누리는 활력이었다. 문학의 천재와 적자嫡子의 입에서 나온 한 무더기 명령을 팽팽히 웃어넘기는 풋풋한 언어. 탄산처럼 날쌔고 따가운 언어. 이 독특한 언어 속에서 남몰래 반항심을 몰아쉬고 자유를 거머쥐는 것은 탕아만의 비기였다. 세계에서 존립을 거부당한 경험, 다시 말해 '실격당한 자'로서의 적개심은 탕아를 움직이게 하는 힘이었던 것이다.

이십일 세기에 이르러 탕아들은 한 몸이었던 육신을 쪼개고 나누어 비인간 행위자에게까지 분산시키고, 객체들의 세계를 열어젖히며 반항의 범위를 한껏 확장한다. 탈근대적 상상력과 포스트휴머니즘이라는 새로운 사유에 힘입어 해방된 객체들의 이야기가 탈옥수의 잔치처럼 몰려든다.

방탕아들의 따가운 소동이 벌어지는 이 소설집은 실격당한 자들을 위한 동화童話로서 현실의 곤궁과 결핍을 벗어난 충만한 상상력의 비전을 내건다. 동시에 이 이야기들은 오늘날 문학의 지각변동을 상징하는 동화動話로서 움직이는 서사의 세계를 아우른다.

반다나 싱은 「사변 소설 선언문」에서, 사변 소설은 "존재할 수 없거나 아직은 존재하지 않는 것에 대해 이야기"한다고 말한다. 인어공주, 우주여행, AI의 이야기들로 기술과 신화를 아우르며 현존하지 않는 상상의 차원에 당도하는 이 소설집은 SF의 약진이라는 우리 시대의 문학적 분모를 예증하며 탄생했다. 그리고 그들만이 할 수 있는 새로운 여행을 시작했다. 발바닥이 땅에 내려앉은 배회 대신 중력을 거스르는 우주여행을 이루고 온 '돌아온 탕아'의 모습은 과연 어떠할까.

## 2. 숫자가 된 아이들과 성장의 실험

탕아는 낯선 외계 속에서 자기 자신의 갈피를 발견하고 다시 돌아온 인간이다. 보다 고양된 자기를 조형하기 위한 여행, 친근한 세계를 벗어나 바깥을 향하는 충만한 교양의 체험. 오래전 헤겔이 말한 바 있는 이 소외와 지속의 드라마는 끊임없이 자기를 개혁하는 혁명적 실천의 일환이었다. 떠남의 경험으로부터 새겨진 인장이 한 인간의 삶의 내력과 조우하며, 그를 이전과 다른 인간으로 만든다. 이 소설집이 흥미로운 이유는 이와 같은 지고한 지적 여정의 경로가 일곱 작가의 단편을 따라 흐르기 때문이다.

이혜오의 「하나 빼기」, 설재인의 「이십 프로」, 서혜듬의 「영의 존재」는 탕아의 이름이 헛되지 않을 출발의 순간, 그러니까 이 여행의 역력한 서두에 해당하는 시간을 담당한다. 이 소설들은 각기 개성적이고 매력적이면서도 두 가지의 공통점을 지닌다. 학창 시절을 배경으로 하며, 제목에 숫자가 셈해진다는 것. 청명한 여름, 삶에 빠져서는 안 될 사춘기의 빛이 소설을 감싸고 있는데 이 비장한 숫자들 탓에 마음 한구석이 서늘해진다. 어떤 셈법과 어른들의 파이 놀음이 아이들의 세계를 장악하고 있을까.

이혜오의 「하나 빼기」는 일기장, 비밀, 은어로 포장된 애정 어린 단짝 친구들의 세계가 '힘'의 세계로 이루어져 있다는 것을 적확하게 묘사한다. '나'와 지안, 연이는 학교에서 친밀한 사이다. 그런데 이 친밀함에는 어떤 역학이 작용한다. 이들은 "서로를 친밀하게 여겨서라기보다는 우리 바깥의 사람들이 지나치게 낯설어서", 그러니까 스스로를 보호하고 생존하기 위해서 '우리'라는 바운더리를 만들고 있기 때문이다. 살아남기 위한 생존 전략으로서의 사회성이, 충분히 치밀하지도 완전히 어리석지도 않은 사 학년의 세계—저학년과 고학년의 경계 그즈음—에서 서투르게 반죽된다. 화장실 칸 안에 옹송그리고 앉아 키득거리는 그 "작고 습한 세계"는 매양 배시시 웃는 귀여운 시절로 보이지만, 실은 부모와 선생이라는 어른들의 힘의 논리가 시시때때로 침입하는 구슬프고 메마른 세계다. 자물쇠가 달린 아이들의 비밀 일기장은, 꼭꼭 숨긴 친밀함을 나누는 우정의 공간인 동시에 인정 투쟁을 치고받는 연습장이 된다.

어딘가 종교적이고 엄숙한 데가 있는 '우리' 사이는 외부에는 발설할 수 없는 비밀을 깊숙이 공유하며 유지된다. 비밀은 낯선 외부로부터 '우리'라는 집단을 보호하고, 동시에 구성원들 간의 신뢰를 다지게 한다. 연이의 말처럼, "비밀이 우리를 우리로 만드"는 것이다. 그러나 비밀을 생산할수록 이들 사이는 파국에 가까워진다. 폐쇄적인 신뢰 관계를 표방하는 아이들의 비밀에 '나'의 엄마, 연이의 아빠, 지안의 삼촌이 쉼 없이 드나들고 있기 때문이다. 그러므로 지안의 비밀이 '우리' 사이를 봉합하려 들었을 때, 그것은 동시에 감당할 수 없는 무게로 그들을 와해시키는 것이기도 했다. 지안의 비밀은 세 명의 여자아이들이 감당하기에는 지나치게 뜨겁고 강렬하다. "어떤 비밀은 우리를 하나로 묶었으나 어떤 비밀은 우리 사이를 갈라놓"기도 하며, "어떤 비밀은 너무나 무거워서 세 사람이 힘을 합쳐도 버텨낼 수 없"다는 것.

지안의 비밀은 발설된 순간 그 무게로 셋이라는 작은 몸들을 주저앉힌다. 담박한 우정과 소소한 행복을 원했던 아이들을 순식간에 '결사'라는 정치적 자리로 올려버리기 때문이다— 이들의 비밀 일기장이었던 '키티장'이 순식간에 '지안이 삼촌 살해 계획'으로 뒤덮이는 것을 보라— 여자아이 셋이 만든 우정 그룹이 한순간 비밀 결사가 될 때, '우리' 내부의 성질과 생태계는 뒤바뀐다. 그 뒤엉킨 유대 속에서 '우리'를 이끌어나갈 생존 규칙은 달라지고, 이제 서로는 이전과 같은 온도로 서로를 대할 수 없다. 그러나 그들은 여전히 그 속에서 일기장을 나누고 싶은 작고 흔들리는 아이들이다. 아이들은 위기를 누그러뜨리기 위해 이 소설의 제목처럼, '하나 빼기'의 공식을 실천한다. 공공의 적을 상정하고, 그 적을 몰아내기 위해 합동하며 공동체를 단단히 다지는 것. '몰래카메라'를 통해 '진짜 적'을 솎아내고, 음모와 술수에 익숙해져가며 아이들은 한 겹씩 자기 자신을 늘려나간다. 공동체와 연대의 기초에 대한 날카로운 사회적 본능을 익히기 위해서. 그러므로 주니어 브라를 입고 이 시절을 통과하는 '나'는 그 안에 감춘 한 겹의 비밀처럼, 여러 겹으로 분화된 자신을 마주하게 된다.

'하나 빼기'의 공식이 '우리'만의 세계를 그리는 기틀이라면, 이 무자비한 공식이 시스템화된 사회는 어떤 모습일까. 설재인의 「이십 프로」는 바로 그 현실의 모습을 보여준다. 소설에서 학생들에게 '수최(수학 최나정)'라고 불리는 최나정은 외국어 고등학교의 수학 선생님으로서 조직에 몸 바쳐 일한다. 그 다소곳한 헌신을 인정받아 나정은 입학시험의 면접관이 되고, "서울대 진학률 오 위권"을 고수하는 학교의 명성을 유지하기 위해 불량품을 걸러내듯 아이들을 변별한다. "솎아내"야 할 아이들을 구분하고, "솎아지는 자"가 되지 않기 위한 강파른 몸부림이 학교 안팎을 일제히 사막화시킨다.

문제는 이 경쟁에서 치외법권인 아이들이 있다는 것이다. 외고 전체 정원의 이십 퍼센트를 담당하는 사회통합전형, 이른바 사통 아이들. 입시의 압박에 내몰려 한강에 투신한 '고인'은 바로 이 사통의 존재에 분노하고, 그중의 한 명인

'예진'을 괴롭힌다. 이 방향성을 잃은 복수는 약자를 대하는 우리 사회의 저열한 감수성의 계보를 상기시킨다. 약자가 압도적으로 열악한 위치를 차지하는 구조 속에서, 어떤 이들은 약자가 받는 최소한의 보호망을 특혜라고 상정하며 이를 무화하고자 애쓴다. "세상 좁다?"라는 말로 그들의 침묵을 종용하고, 그들을 감싸는 이를 공정하지 않은 "피씨충"으로 프레임화한다. 가난이 살에 닿는 취약한 자리, 그 협소한 자리에 머무는 것조차 어려워 비틀거리는 사람들의 삶을 붕괴시키고 굴복시킨다.

그러나 문제는 고인을 강자로, 예진을 약자로 맥락화하는 이 시도를 거북스럽게 하는 무언가가 서사 내에 잔존한다는 것이다. 고인은 죽어서도 사람을 괴롭히는 악인이지만, 자살을 암시하는 글을 인터넷에 올리고 한강에 투신하는 순간에 그는 지난한 입시 과정을 통과하며 고통받는 청소년 중 한 명이었다. 고인이 예진을 향해 칼을 겨눌 때, 뒷짐을 지고 싸움을 부추기는 어른들을 보라. "슈아내"라는 명령으로 아이들을 입시 지옥에 몰아넣는 부장, 차별에 대한 실질적 안전망 없이 사회통합전형을 욱여넣은 교육부, 어디 병원장이라는 고인의 아버지, 엿듣고 방관하는 교장. 어른의 무능은 아이들을 생존 경쟁으로 내몰리게 하고, 강자를 향해야 할 힘의 벡터는 어느새 경쟁의 당사자인 약자들의 싸움으로 전치된다. 그러므로 고인과 예진, 이 둘은 서로를 잡아먹으면서도 희생양의 위치를 공유한다. "너는 아주 형편없다"는 나정의 말이 고인과 예진에게 모두 가닿는 이중성을 가진 이유도 그 탓이다.

면접장에서 아이들에게 무표정하라는 지시를 어기고, 나정은 입학이 확정된 사회통합전형 대상자에게만 미소를 보였다. 입시 현장과 학교의 관료적 시스템에 환멸을 느끼던 그녀였지만, 그 미소 속에서 나정은 이미 "솎아내는 자"의 지위에 꼭 알맞은 권력을 행사하고 있던 것이다. 경쟁에서 자유로운 사람이 여기 있다고, 난 너희만큼은 솎아내지 않노라고. '악의 평범성'이라는 한나 아렌트의 말을 빌리지 않아도, 이 소설은 우리가 모두 권력의 장을 수동적으로 인준하는 한 개인이라는 사실을 여실히도 보여준다. 나정은 임용 경쟁과 위계구조에 지친 무력한 피고용인 중 한 명이지만, 동시에 자신이 부정하고 싶은 권력의 일면을 무의식적으로 체화하며 피해자와 가해자 사이를 오가는 인물이다. 그러나 책임은 나정에게만 있는 것이 아니다. 몸담은 사회에서 "나는 솎는 자인가, 혹은 결국엔 솎아질 자인가"를 매양 고민하는 우리 역시 생존 경쟁을 종용하는 사회의 카르마에서 쉬이 벗어날 수 없지 않은가.

타인의 고통에 연루된 한 개인으로서 우리는 어떻게 현실의 압력에 대처해야 하는가. 「하나 빼기」와 「이십 프로」의 상상력을 공유하며, 서혜듬의 「영의 존재」는 이 역동적인 숫자들의 끝과 시작이 한데 모여 녹아내리는 제로(영)의 지대를 상정한다. 「영의 존재」에서 '나(선주)'와 공영은 "무리의 이탈자"로서 소수자의 감정을 공유하고, "아무에게도 하지 않았던 진짜 얘기"를 나눈다. 그러나 소수자의 감정은 결코

동일한 것이 아니다. '나'와 영이 사이에 펼쳐지는 위로와 기만, 동정과 자만의 교활한 감정은 소수자들 사이에도 동물적인 구별 짓기가 작동한다는 증거이기도 하다. 결코 사소하지도, 약하지도 않은 이 위계는 서로의 '마이너 필링스(캐시 박 홍)'를 자극하며 둘 사이의 끈을 갈라놓는다. 손으로 찢은 휴지처럼, 깔끔하지 않게 뜯겨나간 이 관계의 단면에는 지저분한 응어리가 들러붙어 있다. 영이의 불행으로 스스로를 위로했던 '나'는 죄책감과 부끄러움에 몸서리치고, 생활의 무게에 어떤 결심을 잃지 않으려 꼿꼿했던 영이의 자세는 이른 나이에 어울리지 않는 비장함과 엄숙함으로 '나'를 질리게 한다.

그러나…… 이런 이야기로 충분한 걸까. 가족을 부양하느라 바빴던 영이, 어른보다 더 어른 같아서 멀어질 수밖에 없었던 영이. 대학을 가느라, 먹고사느라, 안 본 지 오래되어서 잊어버린 영이. 소설은 '나'가 영이를 대하는 이러한 마음가짐에 가벼운 친구 사이 이상의, 조금 더 윤리적인 책임을 묻는다. 요컨대 방파제 위에서 생일 케이크를 나눠 먹는 시간 동안 둘의 사이는 윤택했다. 공이 두 개여서 희미한 자신의 이름이 못내 아쉬운 영이에게, '나'는 "존재하지 않는다는 그 개념 자체로 존재"인 '영의 존재'를 적절히도 증명하며 그녀를 오롯이 살게 한다. 친구로서 '우리'의 사이를 위한, 인간으로서 서로의 책임에 대한, 소수자로서 함께 견디는 힘에 대한 아름다운 존재 증명이 그 두 존재의 손을 소복이 포개도록 한 것이다. 칠판에 적힌 후원 계좌 따위가

감히 감당할 수 없는, "영영 밀려나기만 하는 밀물"과도 같은
한 존재에 대한 책임이 '나'에게 있었다. 그러므로 영이가
제 스스로를 삶에서 밀려나게 했을 때, 그토록 쉽게 영이를
방관한 '나'의 부끄러움은 반드시 드러나야만 했다. 소설의
처음과 끝, 그러니까 소설의 기원과 마지막이 맞붙는 '영의
자리'에서 '나'는 영에 의해, 영을 방기한 대가로, 영원토록
고통받는다.

"그때는 몰랐다……"라는 '나'의 변명은 얼마나 옹색한가.
앎의 자리는 그렇게 쉽게 얻어지지 않는다. 몰랐다, 잊었다는
변호는 우리를 정말로 무결하게 만드는 놀라운 단어다.
그러나 우리는 그 무결함의 자리에 타인을 상상하지 않으려는
태만함과 게으름, 즉 '적극적 무지'가 있다는 것을 기억해야
한다. 알기 위해서는 상상해야 하고, 공감하기 위해서는
배워야 한다. 누군가를 기억하는 감정은 인간이 생래적으로
갖춘 것이 아니다. 공부하고 노력해야 얻을 수 있는 귀중한
자산이 바로 윤리적 감정이라는 빛이다. 그런 감정의 윤기가
인간을 인간으로, 우리를 우리로 바로 서게 만든다. 영이가
단호하게, 그리고 뼈아프게 말하고 있지 않은가. 난 떠난
적이 없다고. 누군가 정말로 날 찾아주길 기다리며 머무르고
있었다고. 그러니 너는 너의 무구의 내력을 자랑하기 전에,
나를 배웠어야 했다고.

이제 이 여정의 서투른 출발은 타인의 고통을 상상하고, 타자他者라는 존재를 기억하려는 죄책감의 자리를 떠안았다. 이 마음을 품고 밖을 상상하는 방법을 이야기하기 위해, 최의택은『인어공주』를 다시 쓴다.「멀리서 인어의 반향은」에서 물거품이 되어 죽으려는 사람은 아리엘이 아니라 에릭(왕자)이다. 에릭의 아버지인 정복왕 윌리엄은 몸이 약한 에릭에게 왕위를 물려주기 위해 인어의 심장이 주는 미신적 약효에 매달리고, 인어를 포획하여 무자비하게 희생시킨다. 에릭은 자신의 힘을 위해 벌어지는 끔찍한 광경을 멈추게 하기 위해 바다에 몸을 던진다.

위험을 무릅쓰고 뭍으로 올라가고자 하는 아리엘의 욕망은 제 육신을 매끄럽게 감싼 물의 무게를 뚫고 상승하려는 의지다. 청청한 바다가 도리어 단단한 알이 된 상황을 깨려는 성장의 탐험인 셈이다. '인어는 세상을 탐험할 수 없다'는 선입견에 도전하지 않고서는, "바다 밑 세상, 내 세상이 최고야"라는 말은 우물 안 개구리의 외침에 불가하다는 것을 아리엘은 안다. 그러나 인어의 탐험에는 많은 제약이 따른다. 꼬리와 아가미는 인어의 생존 조건이지만, 뭍으로 올라오는 순간 무력감의 근원이 된다. 소설은 인어공주의 육체적 상황을 비인간-장애의 조건으로서 제시하고, 이를 제약하는 사회의 시선을 그리는 것이다.

버거워 보이는 아리엘의 여정에는 '샤샤'라는 든든한 존재가 있다. 소설은 마녀와 공주, 뚱뚱한 여자와 아름다운 여자, 늙은 여자와 어린 여자가 대립하는 『인어공주』 서사의 여성 구도를 유쾌하게 비틀어 우르술라의 딸인 샤샤를 등장시킨다. 샤샤는 어머니 우르술라의 재능을 물려받아 물약을 만들고, 아리엘의 모험에 조력하며 그녀의 기개를 한껏 응원한다. 샤샤의 마음은 응원에서 그치지 않는다. 청혼을 스스럼없이 하면서도 서로를 친구라 부르는 이 관계는 어딘지 퀴어함마저도 엿보인다.

그러나 샤샤와 아리엘의 관계가 낭만적인 자매애처럼 매끄럽기만 한 것은 아니다. 둘은 협동하지만 자연스럽게 갈등하고, 대화하고, 충돌한다. 다양한 시선을 교차하고 응답하며 다층성을 모색해나가는 이 소설의 시선은 한 존재가 가지는 특이성을 어떻게 존중할 것인가에 대해 자연스럽게 답하며 서사를 마무리한다. 인어들의 세계일주가 바퀴 달린 어항을 통해 가능해지는 모습을 그리며 장애라는 정체성이 몸에 고정된 '실체'가 아니라, 사회적 대우에 따라 만들어지는 유동적인 '상황'임을 이야기하고 있기 때문이다. 사회와 환경이 달라진다면 어떤 장애는 장애가 아닐 수 있다. 소설 속에서 이 변화를 가속화하는 것은 동화라는 책의 물성으로 인간 사이에서 가시성을 얻게 된 인어공주의 모습이다. '보이지 않는 것'은 혐오의 가장 극단적인 형태이며, 보이지 않던 이들을 보이게 하는 것은 우리에게 가장 큰 인식의 전환이 될 수 있다. 아리엘과 샤샤의 상황을 퀴어/장애/여성이 교차하는 다층적 상황으로 읽는다면, 이 소설은 우리에게 더욱 다양한 서사가 필요하다는 요구를 텍스트 내/외부에서 충실히도 수행하고 있는 셈이다.

반인반어半人半漁인 인어공주는 기존의 규범에 의해 식민화된 몸으로서 불구의 상징이었다. 때로는 자본주의 내에서 비천한 계급을, 남성적 시선에 의해 억압된 여성의 몸을, 정상의 범주에서 벗어난 장애를 상징하는 인어공주의 대척점에는 백인/남성/왕족인 에릭이 자리한다. 실로 이 소설에서 가장 특이한 인물인 에릭은 기존의 왕자 에릭과 달리 약하고 충동적이다. 그러나 소설은 기성 권위의 상징이었던 에릭의 권위를 약화하는 단순한 구도를 떠나 준비된 윤리적 주체로 그를 자리매김한다. 그는 준비된 인간이었기에 물속에서 뻐끔거리는 아리엘의 입 모양을 읽을 수 있었고, 세이렌의 협곡으로 향하는 배의 키를 돌릴 수 있었으며, 『인어공주』라는 동화를 배포하며 세상에 불편한 시선들을 희석했다. 인어의 삶에 대한 다정한 헌사가 에릭의 손에서 어떻게 묘사되고 있는지는 소설에서 밝혀지지 않는다. 그것은 미-래未-來의 서사로서, 우리에게 아직 도래하지 않은 삶의 가능성을 예증하는 것이기 때문이다.

서사 내부에 감추어진 재현은 서윤빈의 「마음에 날개 따윈 없어서」에서도 발견된다. 자율주행 차량이 상용화된 근미래의 시대, 스스로 생각하는 AI는 인간 대신 차를 운전한다. 인격 AI가 운전하는 도로는 미래도시처럼 매끈하고 자동화된 공간이 아니다. 인간이 운전하며 겪는 모든 갈등과 도덕적 딜레마가 인격 AI에게 이양된 채 위험하게 내달리고 있기 때문이다. 그러므로 AI가 지배하는 유유하고 상쾌한 도로에는 "선인장 뿌리 같은 스키드 자국"이 있고, 보험 회사에서 일하는 '나(한소임)'는 교통사고의 과실을 밝혀 각자의 책임을 따져 물어야 한다. 그런데 여기에서 문제가 생긴다. 인간의 과실에는 사건의 의도와 목적이 가려지고, 법의 언어와 판관의 결론으로 고의와 무고의 범위가 새겨진다. 그러나 운전하는 AI에게 어떻게 책임의 경중을 물을 수 있을 것인가. 인간이 만들어낸 AI는 어느 시점부터 인간으로부터 독립적일 수 있으며, 어떻게 스스로의 행위에 대한 책임을 떠안을 수 있을 것인가. 예컨대 튜링 테스트나 중국어 방The Chinese Room 실험은 바로 이와 같은 윤리적 물음으로부터 등장한 사고 실험일 것이다.

소설은 자율주행 차량에 탑재된 AI에게 '인격 AI'라는 특별한 이름을 붙인다. "인격이라는 이름의 선택 알고리즘은 반드시 어떤 요소에 관한 가중치를 부여한 선택을 하도록 프로그래밍 되어 있다"는 것이다. 가중치를 부여한 선택. '도덕적'이라거나 '윤리적'이라는 거창한 수식어가 붙지 않더라도, 인격은 주관성이라는 올곧고도 불안정한 이름을 선사받는다. 웬디 희경 전이 이야기하듯, 기계적이고 무성적으로 보이는 알고리즘과 빅데이터도 실은 차별적·선별적 배제의 결과물이며 통제의 산물이다. 무차별적 데이터의 수집처럼 보이는 알고리즘이 오히려 차별받는 신체를 생산한다는 것이다. 빅데이터의 실상이 이러할진대, 이를 기반으로 딥러닝을 하는 AI의 선택이 중립적이고 객관적일 것이라는 상상은 다소 안일하지 않을까. 소설은 바로 이러한 질문을 던진다.

소설에서 스스로 '연화'라는 이름을 붙이는 인격 AI는 트롤리 문제와 같은 도덕적 딜레마에서 나름의 대답을 지니고 있으며, 콜오토에 탑승한 인물들의 관계에 개입하며 돌발 사고를 초래하기도 한다. '나'는 이러한 연화의 선택이 "객체 지향적 사고로 인한 사소한 사고"일 수도 있다고 의심하지만, 소설의 질문은 그 이상의 지점을 포착한다. 인격 AI라는 고도로 발달한 인공지능이 소설 내부에 자아를 가진 한 인물로 등장할 때 발생하는 "레종 데트르, 존재의 위기"를 발견하고 있기 때문이다. 시스템과 자아, 인공지능과 인격, 최적과 최선, 규칙과 사명, 비인간과 인간 사이에서 움직이는 연화의 선택은 때로는 주인의 행복을 바라는 반려동물의 마음처럼 따뜻하고 때로는 과한 오지랖을 부리는 주인공의 친구처럼 섬뜩하다.

소설은 바로 이 언캐니한 지점을 '선인장'이라는 메타포로 설명한다. 그 어떤 식물보다 푸릇한 색을 간직하고 있음에도 가시가 박혀 따갑고, 물을 잔뜩 머금어 서서히 증발하는 피부는 차갑다. 그 속은 물렁물렁해서 뿌리가 썩기도 하고, 몸속의 수분을 지키느라 누구보다 전력이다. 선인장이 가진 식물성과 종種적 특성은 기계 같은 인간인 '나'와 인간 같은 기계인 연화의 사이를 횡단하며 인간이 가진 '마음'의 특성을 돌아보게 한다. "마음에 날개 따윈 없"으니까 "비밀처럼 혼자 머금"을 수 있다는 모나미의 마음은 기계성의 가시가 박혀 있던 '나'를 단번에 흔들며 찰랑이게 한다. 포스트휴먼의 논의는 인간과 비인간의 완벽한 단절이 아니라 융합과 균열의 정신이라는 로지 브라이도티의 이야기처럼, 근대 이후의 인간은 기꺼이 인간과 비인간 사이에서 흔들리며 인지적 확실성을 성찰해나간다. 선인장의 따가움보다 그 연약함에 주목하는 소설은 인간의 정신과 자아가 물렁물렁하게 녹고, 떠들썩한 객체들의 세계로 진입하는 '탈인지(스티븐 샤비로)'의 상상력을 보여준다.

## 4. 기억과 진실의 에스노그라피

문학을 읽는다는 것은 내 안의 젊음을 발견하는 과정이다. 사춘기의 세계를 지나고 비인간의 세계를 경유하며, 우리는 우리 자신의 세포 하나하나가 타인을 위한 감각의 장으로 전환되고 깨어나는 경험을 했다. 그러나 가장 중요한 것은 이 경험을 잊지 않은 채 자기 자신에게로 돌아오는 것이다. 탕아의 일화가 의미 있었던 이유는 그가 '돌아온 탕아'였기 때문이고, 돌아왔을 때 그는 그전과 아주 다른 사람이었기 때문이다.

그런데 육선민의 소설은 「돌아오지 않는다」고 선언한다. 주어가 생략되어 있으니, 그것을 밝혀야겠다. 요컨대 이 소설에서 '돌아오지 않는 것'은 세 가지이다. 인류가 화성으로 이주한 이 소설의 배경에서, 먹색과 잿빛으로 가득 찬 지구는 "안식의 별"이 되어 생명을 품지 못한다. '나(이우)'의 엄마는 저명한 과학자로, 지구에서 살던 기억을 잊지 못하고 메모리박스를 개발한다. 엄마가 죽자 화장된 몸에서 정체불명의 구슬이 나온다. 구슬이 "응축된 기억"이자 우리에게 남겨진 유언일지도 모른다고 생각한 '나'는 지구여행을 감행한다. 그리고 이 지구여행에는 구슬의 자녀들 중 하나인 '오로라'와 간병인 '제프 씨'가 함께다.

소설에서 등장하는 여러 인물들은 잃어버린 지구의 모습을 받아들이지 못한다. 그들은 청성교라는 종교를 통해 지구의 푸른 모습靑星을 광신적으로 믿고 있으며, 엄마와 간병인 제프 씨 역시 이러한 믿음의 일원이 된다. 소설은 검게 그을린 지구의 모습을 그리며 "당신들이 기억하는 지구는 다시는 돌아오지 않는다"는 섬뜩한 메시지를 던지고, 오늘날의 기후 위기에 경각심을 알린다. 병든 후에는 다시 되살릴 수 없는 지구. 이것이 이 소설에서 돌아오지 않는 첫 번째.

한편 기억, 메모리 기기, 과거와 현재를 탐구하는 소설은 더 많은 것을 이야기하고 있기도 하다. 생전 '나'의 엄마는 메모리 프로그램을 개발하느라 기억 오류를 앓았으며, 복구되지 않는 고향 별에 대한 기억에서 헤매었고, 지구로의 귀환을 꿈꾸었다. 회개한 자들만 지구의 본모습을 볼 수 있다고 믿는 음모론에 부응하듯, 엄마는 과학 연구에 집착하며 현재를 의심하고 과거를 믿는다. 여기에서 오로라는 질문을 던진다. "근데 있잖아요, 사실 메모리 기기는 과거보다는 현재를 담는 장치잖아요. 그런데 왜 기억 상자라는 뜻의 이름을 붙였을까요?"라고 말이다. '지금 내가 보고 있는 것'을 담는 장치임에도 과거형의 시제를 띠는 메모리 기기는 사실 "왜곡된 세상을 기억을 토대로 바로잡"으려는 인간의 가치론적 목적과 의도가 있었기에 실증적인 과학적 원리와 균열을 일으킨다. 엄마는 죽지도 변하지도 않는 유령 행성으로 지구를 재창조하려 드는 기괴한 과학자였던 것이다.

그러므로 한편에서 병든 지구는 '돌아오지 않는다'는 의미가 존재한다면, 그 지구에 대한 과거의 기억에 골몰하는 것은 우리 자신을 '돌아오지 못하게 한다'는 의미가 있다고 말할 수 있다. 과거에 침몰당한 채 현재로 돌아오지 못했던 엄마의 마음, 그것은 이 소설이 가진 '돌아오지 않는 것'의 두 번째 의미다. 다시 말해, 이 소설은 무언가를 지키는 마음을 소구하는 한편 무언가를 애도하는 방법에 대해서도 함께 이야기하는 것이다. 그것은 과거의 자신과 결별하는 마음이기도 하다. 화성에서 메모리 기기를 개발하는 저명한 과학자였지만, 과거의 기억에 열중하는 동안 엄마는 이삭을 터는 아버지 옆에서 평생 별을 세는 아이였을지도 모른다. 메모리 기기의 본질마저도 거스르는 그 악착스러운 고집 앞에 엄마는 조각난 기억을 붙잡으며 자기 자신마저도 잃게 된다.

소설의 말미, 지구의 땅에서 저항 없이 부서진 엄마의 구슬을 바라보며 '나'는 엄마와는 달라진 자기 자신을 발견한다. 엄마가 지구를 떠나보내지 못했고, 제프 씨도 자신의 오빠를 애도하지 못했던 것과 달리, '나'는 역설적으로 병든 지구에서 엄마를 떠나보낸다. 지구도, 엄마도, 지구를 향한 엄마의 마음도 떠나보내는 '나'의 애도는 이 소설에서 돌아오지 않는 것의 세 번째 의미를 차지한다. 잿빛 지구의 모습을 확인하기 위해 '나'는 지구에 당도해야만 했고, 그 마음으로 죽은 엄마를 떠나보내야만 '나'의 애도는 완수되는 것이었다. 돌아오지 않아서 돌아갈 수 있는 마음, 깨닫기 위해 떠나는 여행. 그 여행에는 반드시 귀환이 필요하다. 어떻게 보면, '나'는 화성의 그 어디에도 뿌리내리지 못한 엄마에게 적절한 묫자리를 선사하기 위해 지구로 내려왔는지도 모를 일이다. 비록 병들었다 하더라도, 지구만이 엄마에게는 유일한 귀환처였을 테니 말이다.

그렇다면 인간이 되돌아갈 곳은 반드시 자기 자신의 고향일까? 인간은 연어처럼, 귀환하고 산란해야만 살 수 있는 존재인가? 과거-현재-미래의 시간이 중첩된다면, 인간의 고향은 미래일 수도 있지 않은가? 천선란의 「쿠쉬룩」은 바로 이러한 질문을 던진다. 인공지능, 비인간, 이세계異世界가 등장하는 이 소설집 내부의 다양한 주제를 아우르고, 이야기들의 무게를 든든하게 떠받치고 있는 소설 「쿠쉬룩」은 마인드 업로딩 시스템에 종사하는 '엔릴'의 이야기를 다룬다. 엔릴은 신경 네트워크에서 '증발'한 사람들을 찾아 나서는데, 그중에는 엔릴의 언니도 포함된다. 증발蒸發이란 문자 그대로 물질이 기화氣化하는 상태 변화를 지칭하는 단어인데, 증발의 과정에서 해당 물질의 질량은 오롯이 보존된다. 증발이 "오류나 실종, 분실, 망실"과는 전혀 다른 현상이고, "찾을 수 없습니다"와 "삭제되었다"가 다른 말인 이유다. 그러므로 엔릴은 스스럼없이 사라진 사람들을 찾기 위해 시스템에 들어서게 된다. 그들의 질량은 어딘가에 분명 보존되어 있기 때문이다. 이때 엔릴이 들어선 시스템의 시공간은 육신의 한계도 시간의 변화도 공간의 제약도 없는 "무한대로 증식하는 방"으로서, 현재/과거/미래, 진짜/가짜, 현실/상상의 구분을 무화한다. 증발한 이들은 "각자가 만든 세계" 속에서 원치 않는 미래와 작별하지만, 결국 자기가 만든 보물상자 안에 스스로 갇히는 셈이다.

외부와의 단절을 통한 자기 구원. 하루아침에 한 인간이 현실에서 사라지는 현상은 주변인들에게 혼란을 준다. 그러나 사라진 이들의 선택은 상상계적 세계로의 도피 그 이상의 무언가를 담고 있다. 소설에서 증발은 전 세계에 만연한 사회적 현상으로서, 신자유주의적 병폐 이후 사람들이 선택할 수 있는 출구가 가상의 형태로 제출된 하나의 '사건'을 의미한다. "사회 바깥의 그림자로 살아가는 사람들"이 수다하고, '출구 없는 가난'이라는 현실이 지속되는 시기에 작가는 닫혀 있는 '출구'의 형태를 가상으로 비틀어 열리게 한다. 그 출구 이후의 삶은 현실과 다른 세계이지만, "내일 오는 답답한 숨. 어둠에 흩어진 거리. 가시를 움켜쥔 손"이 계속되는 현실보다는 적어도 안전하다. 사람들은 이 가상의 출구로 앞다투어 몰릴 수밖에 없다. 담담하게 그려지지만, 증발은 사회적 재난의 의미와도 같은 것이다.

그러므로 소설에서 증발은 도피와 구원, 자유와 폐제, 재난과 순례 사이의 양가적 의미를 지닌다. 사라진 이들은 "스스로 꺼진 것"이지만 그 과정에 사회의 압력이 작용했다는 점에서 이 선택에는 자의와 타의가 한데 뭉쳐 있다. 또한 한계가 없어서 "자유롭다고 해야 하"지만 "어딘가 맞지 않는" 일그러짐이 있다. 그러나 중요한 것은 그 가운데에 '규칙'이 존재한다는 것이다. 모든 선택에는 이유가 있고, 낯설어 보여도 규칙이 있다는 것. 예컨대 증발한 이들에게는 나름의 이유가 있고, 시스템의 한가운데에 발락이 존재하기에 시스템은 카오스가 아닐 수 있다. 엔릴은 언니를 "상상하고 또 상상"하며 규칙에 가까이 다가서고, '쿠쉬룩(상자)'의 존재를 통해 언니를 파헤친다. 그리고 그 규칙은 엔릴과 언니가 함께 연루된 "우리만의 규칙"이라는 점에서 엔릴은 더 이상 바깥 세계로 나갈 수 없게 된다. 그 둘의 약속과 진실이 서로를 끌어당기는 인력引力이자 시스템 내부의 중력이 되어, 엔릴을 거부할 수 없는 운명으로 들어서게 하기 때문이다.

현실의 삶에서 엔릴의 언니는 과거에 매여 있었다. "과거를 파헤치고 이해하던 언니의 삶"은 고고학자로서의 언니의 직업을 가리키기도 하지만, 고대 유적처럼 메마른 엄마를 보듬는 돌봄의 시간을 지시하기도 한다. 엄마가 발굴을 기다리는 고대 유적이었다면, 그 '캐스트'인 엔릴은 엄마의 더블double로서 언니에게 돌봄의 과업을 부과하는 또 한 명의 인물이다. 엔릴의 언니가 뜻하지 않게 부여받은 돌봄의 의무는 한 인간의 삶을 "원했던 미래"와 단절시키며, 그를 끝없이 퇴행의 순간으로 귀속시키는 것이기도 하다. 요컨대 현실에서 엔릴의 언니가 마주했던 삶은 폐허에 예속된, 고여 있고 정체된 삶이었던 것이다.

"진짜가 아니라고 가짜가 되는 건 아니"라는 소설의 문장은 이런 점에서 다시 상기해볼 필요가 있다. 과거에 정박된 채 현재를 살 수밖에 없었던 엔릴의 언니처럼, 증발한 이들의 삶은 가짜보다 더욱 가짜 같은 진짜였을 수 있다. 엔릴은 바로 이러한 언니의 현재를 보증하는 '미래'로서 언니에게 기꺼이 연루된다. 고대 화석으로서 죽음에 가까운 삶을 의미했던 엄마와 달리, 엔릴은 엄마의 캐스트(유적)인 동시에 생동하는 아이로서 과거와 미래가 접붙여진 전미래前未來적 시점을 담지한다. 요컨대 언니를 고통받게 한 것이 과거-현재-미래라는 현실의 선형적 시간이었다면, 시간이 뒤얽히고 섞이며 구성되는 엔릴의 시공간은 인과론적인 세계가 설명할 수 없는 수행의 효과들을 창발한다. 과거가 현재가 되고 미래가 과거가 되는 뒤엉킨 시간 속에서 과거는 결코 아픔만을 상징하지 않는다.

현실 속에 이미-도착한 오래된 미래로서 언니와 규칙을 맺었던 엔릴은 가상의 세계에서 언제나-다시 언니를 호출한다. 현실과 과거, 미래가 갈기갈기 얽혀 있는 이 공간에서 엔릴은 끊임없이 언니의 삶을 재창조하는 윤리적 의지를 수행하는 것이다. 그것은 한 인간을 "끊임없이 상상하고 상상"하며 진실하고 정확하게 이해하겠다는 의지에 가깝다. 이미 지나갔다고 믿었던 과거가 뒤얽힌 시간 속에서 휘어지고, 증발된 이들의 역동적 물질성을 오롯이 감각하는 이 형태는 캐런 바라드가 양자역학을 경유해서 말하는 '얽힘entanglement'으로서의 실천에 가까이 다가선다. 나와 타자가 얽혀 있는 세계 속에서 진짜와 가짜의 배타적인 심문은 의미가 없으며, 서로가 어떠한 방식으로든 함께 연루되어 있다는 진실만이 약동한다. 그리고 주인공 엘린은 이 진실 속에서

"시침과 분침이 모두 정상적으로 움직"이는 현재를 본다. 영영 돌아오지 않을 것 같았던 언니의 뒷모습이 보일 때, 우리는 그 모습이 진짜와 가짜의 구분을 벗어난 진짜, 즉 사실fact이 아니라 진실truth이라는 것을 안다.

## 5. 비인간의 카르마

영의 자리를 기억해달라는 요청을 잊지 않는 주체는 바깥의 세계를 상상하고, 나와 타자가 함께 연루된 얽힘을 '고정값'으로 받아들인다. 바깥을 든든히 품에 안은 주체는 경계 너머의 안목을 보증한다. 그 경계는 어떤 경계인가? 소녀와 어른, 인간과 비인간, 현실과 가상, 진짜와 가짜, 현재와 미래, 뭍과 바다……. 경계의 유동성을 내부에 품은 한 인간은 소용돌이와 역동성을 자신의 존재태로 삼아 자기동일성을 경계할 수 있다. 독립성과 독자성이 자신의 정체가 아님을, 바깥과 섞이고 버티고 솟아지는 관계만이 자기를 지각하게 함을 깨닫는 것이다.

돌아온 탕아는 더 이상 탕아가 아니다. 그는 여행의 기억을 간직한 채 성장한 한 인간일 뿐이다. 그리고 그 기억들이 내부에 상존하는 이상, 그는 비非인간을 내부에 품은 인간으로서 근대적 휴먼이라는 인간의 경계를 넘어선다. 그러나 그는 곧 떠나야 한다는 것을 안다. 안주할 수 없다는 것, 성장해야만 한다는 것, 넓어져야 한다는 것. 이제 이 소설들 속 비인간들이 호방하게 묻는다. 우리는 무엇을 위해 다시 떠나야 하는지, 어디까지 가야 할지, 언제 되돌아와야만 하는지를 말이다. 다시 출발해야 할 때, 우리는 젊음의 한복판을 지나는 이 소설을 두고두고 떠올리게 될 것이다. 이 젊은 소설가들이 인간에게 끝없는 물음을 던지는 비인간의 과업을 이토록 열어젖혔으니 말이다.

해설의 제목은 김원영, 『실격당한 자들을 위한 변론(사계절, 2018)』을 참고했음을 밝힙니다.

## 문학 웹진 LIM

여기, 뚫고 나오는 이야기의 숲

| | |
|---|---|
| 문학 웹진 LIM | 등단 여부 및 장르에 구애받지 않는<br>여기의 젊은 작가들을 위한 새로운 연재 플랫폼입니다.<br>장·단편 소설, 에세이 등 이채로운 작품을<br>요일마다 하나씩 만날 수 있습니다. |
| 젊은 작가 단편집<br>림LIM 시리즈 | 웹진에 연재한 작품 중 일부를 엮어<br>일 년에 두 권 출간합니다. |

| 2023년 3월 연재 작품 | | |
|---|---|---|
| | 윤혜은 장편 | 『멀어지는 기분』 |
| | 이하진 장편 | 『모든 사람에 대한 이론』 |
| | 황모과 장편 | 『그린 레터—잎맥의 사랑 연대기』 |
| | 이유리 단편 | 「달리는 무릎」 |
| | 천선란 에세이 | 「바람과 햇볕의 기억」 |

'-림LIM'은 '숲'의 뜻을 더하는
접미사이자 이전에 없던 명사입니다.

www.webzinelim.com

림LIM
젊은 작가 단편집 1
『쿠쉬룩』

| | |
|---|---|
| 초판 1쇄 발행 | 2023년 3월 20일 |

| | |
|---|---|
| 지은이 | 서윤빈 · 서혜듬 · 설재인 · 육선민 · 이혜오 · 천선란 · 최의택 |
| 펴낸이 | 정중모 |
| 펴낸곳 | 도서출판 열림원 |

| | | | |
|---|---|---|---|
| 출판등록 | 1980년 5월 19일(제406-2000-000204호) | | |
| 주소 | 경기도 파주시 회동길 152 | | |
| 전화 | 031-955-0700 | | |
| 팩스 | 031-955-0661 | 페이스북 | /yolimwon |
| 웹진 | www.webzinelim.com | 트위터 | @yolimwon |
| 이메일 | editor@yolimwon.com | 인스타그램 | @yolimwon |

| | |
|---|---|
| 주간 | 김현정 |
| 책임편집 | 김민지 |
| 편집 | 조혜영 · 황우정 · 최연서 · 이서영 |
| 디자인 | 강희철 |
| 마케팅 홍보 | 김선규 · 최가인 |
| 온라인사업 | 서명희 |
| 제작 관리 | 윤준수 · 이원희 · 고은정 |

| | |
|---|---|
| 표지·본문 디자인 | 굿퀘스천 |



ISBN 979-11-7040-175-9 04810
ISBN 979-11-7040-174-2 (세트)